한국 고전문학의
에로스

대우휴먼사이언스 006

한국 고전문학의 에로스

열정과 관능의
장면을 들추다

조광국 지음

아카넷

머리말

한국 고전문학, 특히 고전소설에서 남녀의 사랑을 잘 그려낸 작품이 있나요? 여러분은 어떤 작품을 떠올리실지…….

'서양 작품을 들라 하면 쉽게 댈 수 있겠고, 우리 현대소설 중에서 꼽아보라면 몇 작품이 머리에 스치기는 하는데…… 왜 고전소설에서 들라고 하는 거야. 혹시 없는 것은 아닌가? 아 있네, 「춘향전」「운영전」이 있잖아.'

그렇게 생각한 사람은 바로 나였다. 우리 고전문학을 전공한다며 대학원 석사 과정에 들어갔을 때에 그랬다. 훗날 현대시 전공 선배 교수로부터 이런 질문을 받았다.

"조 선생, 「춘향전」의 주제는 뭐라고 생각해요? 신분 상승인가? 절개, 아니면 부조리 고발인가요?"

잠시 나는 뜸을 들였다. 차분히 대답하려고 해서 그런 것이 아니라 무슨 말을 해야 할지 잘 몰라서였다. 박사학위 논문을 쓰면서 「춘향전」을 비롯하여 기녀가 등장하는 설화와 고전소설을 많이 훑어보았다고 자부하던 참이었는데, 또 막막해지고 말았다.

"그럼, 선생님은 뭐라고 생각하시는지요?"

대답하기가 곤란한 상황에서는 되물어보는 것이 단방약이다.

"사랑이지, 뭐. 철부지 사랑!"

간단명료했다. 그로부터 7, 8년이 지난 후에 그 '철부지 사랑'이라는 말은 「춘향전」을 다루는 이 책 한컨에서 키워드로 자리를 잡았다. 책의 제목은 '한국 고전문학의 에로스'라고 붙였다.

에로스eros는 남녀 사이의 열정적인 사랑을 뜻한다. 서로 다른 두 인격체가 열정적인 사랑에 빠지면 성적으로 결합하여 마음과 몸이 하나가 되는 것을 느낀다. 거기에 그치지 않는다. 정신적으로도 하나가 되고, 정서가 고양되는 듯한 황홀한 경험을 한다.

그런데 잘 살펴보면 열정적인 사랑에 빠졌다고 해서 두 남녀가 생각과 감정이 일치하고 그 깊이가 비슷해지는 것만은 아니다. 열정적인 사랑에 빠져도 남녀 당사자들은 서로 다른 처지와 상황을 완전히 떨쳐낼 수는 없다. 우리 고전소설 작품은 그런 미묘한 지점을 포착했다. 서로 다른 생각과 처지를 극복하여 열정적인 사랑의 결실을 맺는 경우도 있고, 그렇지 못해서 비극적인 결말을 맞이하기도 한다.

서양에서는 중세 이후로 에로스의 본뜻이 변하여 남녀 사이에 욕정적이고 관능적인 사랑을 의미하게 되었다. 에로스를 줄여서 '에로'라고도 하는데 '에로'는 성적性的 자극이 있는 것, 선정적인 것을 뜻한다. '에로문학'과 '에로소설'에서 '에로'가 그런 뜻이다. 순수한 사랑을 벗어났는데도 그 이상으로 마력魔力을 발휘하여 남녀를 육체적 쾌락에 빠져들게 하고 욕정적 환락의 세계로 끌어내린다.

　우리 고전소설 가운데 대하소설은 팜파탈의 여성 캐릭터를 비중 있게 다루었고, 그 요부妖婦가 쳐놓은 덫에 걸려 희생당하는 남성의 모습을 담아내기도 했다. 이런 대하소설들에 대해 일반인들은 전혀 모르고 있어서, 그 소개만으로도 교양의 폭을 넓히는 데 도움을 줄 것으로 보인다.

　에로스는 남녀 사이의 열정적인 사랑부터 욕정적이고 관능적인 사랑까지 폭넓게 쓰이고 있다. 이 책에서는 열정적인 사랑을 에로스의 출발점으로 보고 욕정적이고 관능적인 사랑은 거기에서 가지를 친 것으로 보고자 한다. 우리 고전소설의 흐름을 보면 에로스의 변화상을 포착할 수 있다.

　나는 이 책을 총 5장으로 구성하고, 각 장마다 두 편의 작품을 배치했다. 옴니버스 식으로 작품을 다루면서 각 장마다 강조점을 달리하는 한편, 각 장의 서두에서 소설사의 맥락을 간단하게 나마 제시해보고자 했다. 오늘날의 사례와 견주면서 현대적 감각을 살리고자 했으며, 학문적인 용어는 될 수 있는 대로 쉽게 풀어 썼다.

1장은 초기 전기소설에 해당하는 「조신」과 「김현감호」를 다루었다. 이들 작품은 설화적 속성이 크다. 설화는 작품 세계가 그리 조밀하지는 않지만 인간의 심층적인 내면을 다각도로 해명하는 데 도움을 준다. 이들 두 작품은 에로스의 단초를 보여줄 뿐 아니라, '사랑의 열정만으로 사람이 살 수 있는가'라는 근본적인 질문으로 에로스의 향방을 암시한다는 점에서 가치가 크다.

2장은 초기 전기소설인 「최치원」과 한참 후에 출현한 김시습의 「이생규장전」을 다루었다. 두 작품은 이세상 인간과 저세상 혼령이 만나 사랑을 할 만큼 에로스가 얼마나 큰 힘을 가지고 있는지를 보여준다. 「최치원」은 이방인 인간과 원한 맺힌 혼백의 만남을 '하룻밤 사랑'으로 담아내 고독한 사람들에게 사랑의 열정이란 무엇인지를 새로운 각도에서 맛보게 한다. 「이생규장전」은 전란으로 사별한 부부가 못 다한 사랑을 지속할 만큼 사랑의 열정이 얼마나 강렬한지를 잘 보여준다.

3장은 16세기 말에서 17세기 초 무렵에 출현한 「운영전」과 「주생전」을 다루었다. 이 두 작품은 그동안 형성된 '1 : 1'의 양자 관계를 탈피하여 '2 : 1'의 삼각관계로 다채로운 남녀의 사랑을 펼쳐냄으로써 시선을 끌었다. 특히 「주생전」이 '여 – 남 – 여'의 삼각관계를 설정했다면, 「운영전」은 '남 – 여 – 남'의 삼각관계로 묘미를 부렸다. 두 작품은 에로스의 배타성제3자를 용납하지 않는 배타성 이 삼각관계를 통해 어떻게 드러나고 어디로 흐르는지를 잘 보여준다.

4장은 「춘향전」과 「구운몽」을 다루었다. 두 작품은 남녀의 사랑이 비극적으로 끝나던 기존의 작품 결말 방식에서 탈피하여 해피 엔딩happy ending을 선보였다. 로맨스다운 로맨스로 에로스의 새로운 장을 열었다고 할 수 있다. 두 작품은 동시대를 풍미하면서도 「춘향전」은 현실성 차원에서, 「구운몽」은 환상성 차원에서 로맨스의 색채를 다채롭게 한 것으로 보인다.

5장은 대하소설인 「유이양문록」과 「청백운」을 다루었다. 이들 작품은 상층 가문에 속하는 남녀의 사랑 이야기를 다루었는데, 「유이양문록」은 상층 남녀의 첫눈에 반하는 사랑을 여러 쌍에 걸쳐 다양하게 설정하여 그 열정적 사랑이 어떻게 흘러가는지를 잘 보여준다. 「청백운」은 팜파탈에게 희생을 당해 욕정적 환락의 세계로 빠져드는 남성의 모습을 잘 담아냈다. 욕정적인 관능으로 자리를 잡은 에로스를 포착한 것으로 보인다.

덧붙이고 싶은 말이 있다. 인간의 힘과 재간으로는 결코 닿을 수 없는 영역이 있다는 것이다. 인문학조차도 지상의 인본주의로 일관하면 한계가 있을 수밖에 없다는 게 내 생각이다. 성경은 인류의 역사를 에로스의 역사라고 보지 않을뿐더러 에로스를 인간 생명의 근원으로 보지도 않는다.

올해, 내가 몸담고 있는 아주대학교에서 연구년을 맞아 이 책을 쓸 수 있었다. 김동연 총장을 비롯하여 관계자들께 감사를 표한다. 그리고 이 책을 쓰도록 주선하고 여러 모로 도움을 주신 추호석 이사장께 감사의 말씀을 드린다. 대우재단의 학술사업 일환으로 이 책이 나왔으니 이 또한 감사하지 않을 수 없다. 그리고 이 책의 출판을 맡아주신 아카넷 김정호 대표께도 감사의 말씀을 드린다.

무엇보다 이 책은 예수 그리스도의 손길이 있었기에 가능했다. 어찌 감사하지 않을 수 있을까. 나에게 생명이요, 길이요, 진리니……

2015년 11월 19일

조광국 쓰다.

차례

4장 해피 엔딩 로맨스의 두 갈래, 현실성과 환상성

일러두기

이 책의 몇몇 대목들은 나의 논문이 밑바탕이 되었다. 용어를 알기 쉽게 바꾸고, 앞뒤 문맥을 가다듬었을 뿐 아니라 남녀의 사랑, 에로스를 중심으로 내용을 고치고 새로운 것을 보태는 데 품이 많이 들었다. 각 장의 내용에 밑바탕이 된 내 논문들을 제시하면 다음과 같다.

1장 「김현감호」; 「다문화 가정의 부부 교육 방안」. 3장 「주생전」; 「주생전」과 16세기 말 소외양반의 의식 변화와 기녀의 자의식 표출의 시대적 의미」. 4장 「춘향전」, 「구운몽」; 『기녀담 기녀등장소설 연구』. 5장; 「유이양문록」에 구현된 '첫눈에 반하는 사랑'의 양상과 의미」, 「청백운」에 구현된 기첩 나교란 · 여섬요의 자의식」.

이 논문이 실린 논문집, 논문 게재 연도 등의 상세한 내용은 이 책 뒤쪽에 있는 참고문헌란을 보면 된다.

1

초기 전기소설의 에로스,
그 비극적 결말

"사랑을 하면은 예뻐져요~"라는 유행가가 있다. 사랑에 빠진 이들은 제 아무리 감추려 해도 행복감을 감출 수 없으니 그럴 만도 하다. 사랑하는 이들은 잠시라도 헤어지기 싫고 떨어져 있을 때엔 무엇을 해도 손에 잡히지 않는다. 밤새도록 핸드폰을 붙들고 별별 이야기를 다한다. 사랑의 열정에 사로잡힌 것이다. 사랑을 하는 사람은 누구나 한번쯤 그런 열정을 경험한다.

인간은 사랑의 열정이 자기 내부에 있는 것으로 안다. 특히 사랑에 빠진 연인들은 자신의 내면 깊은 곳에서 사랑의 열정을 키워냈다고 여긴다. 사랑을 해보지 못한 사람은 그런 사랑의 열정을 지닌 사람을 부러워하며 자신도 언젠가는 그런 사랑에 빠져드는 것을 꿈꾸곤 한다.

초기 전기소설의 에로스, 그 비극적 결말

그런데 인간이 사랑의 열정을 키운 것이 아니라 사랑의 열정이 인간을 이리저리 흔들어놓는 것은 아닌지 생각할 수 있지 않을까? 그게 가능하다면 인간이 주체가 되는 '사랑의 열정'이 아니라, '사랑의 열정'이 주체가 되고 인간이 그 열정에 이리저리 휘둘린다고 할 만하다. '사랑의 열정'의, '사랑의 열정'에 의한, '사랑의 열정'을 위한 인간이 된다고나 할까?

잘 헤아려보면, 우리는 이 두 가지 면을 모두 인식해왔음을 알 수 있다. 비록 비극적으로 끝났지만 우리는 로미오와 줄리엣을 숭고한 사랑을 이룬 주인공으로 본다. 반면에 주변에서 사랑의 열정에 휘둘려 사랑의 도피 생활을 하다가 인생사를 그르친 사람들을 가리켜 '정신 나간 사람'이라고 손가락질하지 않는가?

일찍이 우리 고전 서사문학에서도 남녀의 사랑 이야기에서 인간과 사랑의 열정, 이 둘을 따로따로 보되 한 자리에서 함께 다루려는 시도가 있었다. 「조신」, 「김현감호」 등이 바로 그런 작품들이다.

1

「조신」
사랑의 열정, 그 행방

「조신」은 남주인공 조신과 여주인공 김낭자가 열정적으로 사랑
하지만 결국에는 헤어지고 만다는 이야기를 담고 있다. 『삼국유
사』에 실려 있는데, 설화로 보는 학자도 있고 소설로 보는 학자
도 있다. 다음은 현대어로 풀어놓은 것이다.

옛날 신라가 서울이었을 때 세달사의 장원莊園: 사원이 소유하던 대규모
의 토지이 명주 날리군에 있었다. 세달사에서 승려 조신調信을 보내어
장원을 맡아 관리하게 했다.
조신은 그 장원에 와서 태수 김흔의 딸에게 깊이 반했다. 그는 여러
차례 낙산사의 관음보살 앞에 나아가 그녀와 맺어지게 해달라고 남
몰래 빌었다. 그렇게 하기를 여러 해가 지나고, 그 사이 김흔의 딸

초기 전기소설의 에로스, 그 비극적 결말

은 배필이 생겼다.

그는 불당 앞에 가서, 관음보살이 자기의 비원悲願; 온갖 힘을 기울여서 이루려 하는 비장한 소원을 들어주지 않았다고 원망했다. 날이 저물도록 슬피 울다가 사모하는 정이 사무쳐 잠시 노곤해지더니 잠이 들었다.

꿈속에서 갑자기 김낭자가 기쁜 낯빛으로 문으로 들어와 활짝 웃으면서 말했다.

"저는 일찍이 스님을 잠깐 뵙고 알게 되었습니다. 마음속으로 사랑하여 잠시도 잊지 못했지요. 그러나 부모의 명령에 못 이겨 억지로 다른 사람과 결혼하고 말았습니다. 이제 (죽어서) 그대와 함께 무덤에 묻히는 벗이 되고자 왔습니다."

조신은 기뻐서 어쩔 줄 모르며 그녀와 함께 고향으로 돌아갔다. 그녀와 40여 년 동안 함께 살면서 자녀 다섯을 두었다. 그러나 집이라곤 다만 네 벽뿐이고, 끼니는 콩 이파리나 명자주국과 같은 변변치 못한 것이었는데 그나마 제대로 연명할 수조차 없었다. 두 사람은 앞날을 헤쳐 나갈 의지를 잃고 식구들을 데리고 사방으로 다니면서 입에 겨우 풀칠이나 하며 지냈다. 그렇게 10년 동안 들판으로 떠돌아다니다 보니, 옷은 메추라기가 매달린 것처럼 너덜거리고 얼마나 기워 입었는지 제대로 몸을 가릴 수가 없을 정도였다.

명주 해현령을 지날 때 열다섯 살 되는 큰아이가 그만 굶어 죽고 말았다. 두 사람은 통곡하면서 아이를 길가에 묻고, 남은 네 자식들을 데리고 우곡현에 이르러 초가집을 짓고 살았다. 부부가 늙고 병들고, 게다가 굶주려서 일어설 수도 없었다. 열 살짜리 딸애가 돌아다니며 동냥질을 했는데 그만 마을에서 개에게 물리고 말았다. 아프다고 울며불며 부모 앞에 와서 눕자, 부모도 탄식하며 하염없이 눈물을 흘렸다.

부인이 눈물을 훔치더니 말했다.

"내가 처음 그대를 만났을 때는 얼굴도 아름답고 젊었으며 옷차림도 깨끗했어요. 한 가지 맛있는 음식도 당신과 나누어 먹었고, 얼마 되지 않는 옷감이 있으면 당신과 나누어 옷을 해 입었습니다. 집을 나온 지 50년 동안에 정은 깊이 들었고 사랑도 깊어졌으니 두터운 인연이라고 말할 수 있지요. 그러나 요즘 들어 쇠약해져서 해가 지날수록 병이 깊어지고, 굶주림과 추위도 날로 심해지는데, 남의 집 곁방살이에 하찮은 음식조차 빌어먹지 못하네요. 여기저기 남의 집 문 앞에서 동냥질하는 부끄러움은 산더미보다 더 무거워요. 아이들이 추위에 떨며 굶어도 미처 돌보지 못하는데, 우리가 사랑한다지만 어느 겨를에 부부의 정을 즐길 수 있겠어요? 젊고 고왔던 얼굴과 예쁜 웃음도 풀잎 위의 이슬처럼 사라지고, 지초, 난초와 같은 약속도 버드나무의 솜털과 같이 바람에 날아갑니다. 나는 당신에게 해를 끼칠 뿐이요, 당신은 내게 근심이 될 뿐입니다. 곰곰이 헤아려보니, 옛날에 기뻤던 일이 바로 근심의 시작이었네요. 당신과 내가 어

초기 전기소설의 에로스, 그 비극적 결말

쩌다가 이 지경에 이르렀는지요? 여러 마리의 새들이 함께 굶어 죽는 것보다는 차라리 짝 잃은 난새봉황과 비슷하다는 상상의 새가 거울을 보면서 짝을 부르는 것이 낫지 않겠어요? 힘들면 버리고 뜨뜻하면 친해지는 것은 인정상 차마 할 수 없는 일입니다만, 가고 멈추는 것이 사람의 힘으로 되는 것이 아니고, 헤어지고 만나는 것도 운명이에요. 우리 이제 그만 헤어지기로 해요."

조신이 이 말을 듣고 크게 기뻐했다. 부부가 각각 아이 둘씩 나누어 데리고 막 떠나는 참이었다.

아내가 말했다.

"나는 고향으로 갈 테니, 당신은 남쪽으로 가십시오."

이리하여 서로 작별하고 길을 떠나려 하는데 꿈에서 깼다.

타다 남은 등잔불은 깜박거리고 밤은 막 새려고 했다. 아침이 되었는데, 수염과 머리카락은 다 희어졌고 멍하니 세상일에 뜻이 없어졌다. 괴롭게 사는 것도 이미 싫어졌고 마치 100년 동안 고생을 다 겪고 난 것과 같아 세속을 탐하는 마음도 얼음 녹듯이 깨끗이 사라졌다. 관음보살의 상을 대하며 잘못을 뉘우치는 마음이 끝이 없었다. 돌아오는 길에 해현으로 가서 아이 무덤을 파보았더니, 돌미륵이 나왔다. 돌미륵을 물로 씻어서 가까이 있는 절에 모시고 서울로 돌아가 장원을 맡은 직책을 내놓고 자기의 재산을 털어 정토사淨土寺를 세워 수행했다. 그후에 아무도 조신의 자취를 알지 못했다.

현실에서 꿈으로, 꿈에서 다시 현실로

「조신」은 '현실 – 꿈 – 현실'로 이어지는 틀로 되어 있다. 먼저 '현실' 상황에서 이야기는 시작된다. 조신은 김흔의 딸인 김낭자를 흠모하여, 관음보살 전에 김낭자와 맺어지게 해달라고 소원을 빈다. 그러나 김낭자는 다른 남자와 결혼하고 만다. 조신은 관음보살 전에 나아가 넋두리를 해대며 서글픈 마음을 감추지 않는다. 그러다가 조신은 그만 잠이 들고 만다.

거기에서부터 '꿈'으로 이어진다. 김낭자가 나타나서 조신을 마음에 두었다고 말한다. 조신과 김낭자는 사랑의 감정이 있다는 점을 서로 확인하고 조신의 고향 땅으로 가서 살게 된다. 50년 동안을 지극히 사랑하며 자식 다섯을 두었다. 그러나 이들의 생활 형편은 가난과 고난의 연속이었다. 큰아들은 굶어 죽었고,

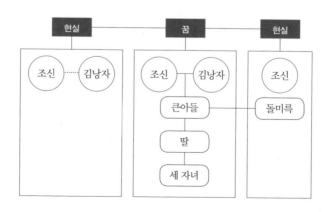

딸은 개에게 물렸으며, 날마다 병고에 시달리고 가난에 찌들어 동냥질하는 거지 생활과 다름이 없었다.

조신은 순간 꿈에서 깨어난다. 다시 '현실'로 돌아온 것이다. 꿈속에서 큰아들을 묻은 곳을 가보는데, 거기에서 돌미륵을 발견한다. 그 돌미륵을 가까운 절에 안치하고 자신의 재산을 들여 따로 사찰을 세웠다.

'꿈'의 장치

'현실 – 꿈 – 현실'로 이어지는 구조를 환몽 구조라고 한다. 현실 세계에서 꿈을 꾸어 꿈속의 세계를 노닐다가 다시 그 꿈에서 깨어나 현실로 돌아오는 것이다.

그런데 꿈에서 깬 후의 현실은 꿈꾸기 전의 현실과는 다르다. 꿈속에서 큰아들을 묻은 곳을 가보는데, 거기에서 돌미륵을 발견한다. 꿈속에서 벌어진 일이 현실 세계로 이어진다. 현실적으로 이런 일이 가능하지는 않다. 그런 점에서 꿈은 단순히 잠을 자다가 꾸는 꿈이 아니라, 인간의 깨달음을 그려낸 문학적 장치로 볼 수 있다.

꿈꾸기 전에는 마음에 드는 사람과 함께 살고 싶은 마음이 간절했는데 꿈속에서 함께 살아보니까 예기치 않은 일이 벌어진다. 사랑하는데도 이별해야 한다면? 헤어질 줄 알았다면 만나지 않는 편이 나았을 수도 있다. 따로 떨어져 사는 것이 운명이라면, 애초에 조신이 김낭자를 보고 애정을 느끼지 않았던 것이 더 좋았을 수도 있다. 아니, 사랑의 감정을 느꼈을지라도 그 정도에서 멈추는 것이 나았을지 모른다.

두 사람은 무려 50여 년을 함께 살았다. 영원히 함께 행복하게 살 줄 알았다. 하지만 삶이 고달파서 결국은 헤어지고 말았으니 인생은 참으로 덧없다. 인생무상人生無常이다.

스캔들과 로맨스 사이

우리는 문학작품이나 영화를 평가할 때에 단순하게 알아차릴 수 있는 것은 별 의미가 없다고 보는 경향이 있다. 과연 그럴까? 깊은 통찰력은 오히려 단순한 것에서 시작하는 것은 아닐까? 조신이 꾼 꿈이 불교적 깨달음의 문학적 장치라면, 그 꿈을 걷어내면 깨달음 이전의 모습을 좀더 선명하게 볼 수 있다.

설화나 소설에서는 인물과 그 인물의 성격이나 성향, 그리고 그 인물이 펼쳐내는 행위가 매우 중요하다. 이런 것을 통틀어서 캐릭터라고 한다. 어찌 보면 설화나 소설, 그리고 오늘날 영화에 이르기까지 캐릭터를 어떻게 설정하느냐에 따라 작품의 맛과 의미가 결정된다고 할 수 있다.

조신은 승려고 김낭자는 결혼한 여자다. 두 사람이 서로 사랑했지만, 그 관계는 누가 보아도 그리 적절치 않다. 물론 예외적인 경우가 있겠지만 제3자의 관점에서 볼 때에 승려 조신은 수도의 길을 벗어나서 외도를 했고, 유부녀 김낭자는 남편을 버린 외도를 저질렀다. 두 사람의 입장에서는 사랑일지 모르지만 제3자의 입장에서는 불륜이다. "남이 하면 스캔들, 내가 하면 로맨스!"라는 말이 떠오른다.

꿈의 장치를 이제 제자리에 넣어보자. 작품의 제목대로 주인공 조신에게 초점을 맞춰보면, '승려가 세속의 여성을 사랑하여 한평생 함께 사는 것은 무상하다.'라는 의미를 끌어낼 수 있다. 나아가 그 과정에서 "관음보살의 상을 대하며 잘못을 뉘우치는 마음이 끝이 없었다."라고 되어 있듯이, 한 여성을 보고 사랑하는 마음이 생긴 조신은 자신의 외도를 참회했다. 그뿐 아니라 사랑한다는 이유 때문에 유부녀를 자신의 가정으로 돌아가게 하지 않고 외도의 길을 걷게 한 것을 참회했다.

인과응보因果應報. 과거에 일으킨 선악 행위가 훗날 화복禍福의 갚음을 받는다는 말이다. 불륜에 빠지고 스캔들을 일으킨 죄로 조신은 그 대가를 톡톡히 치렀다. 물론 직접 벌을 받는 식으로 그려진 것은 아니고 꿈속에서 경험하고 꿈속에서 벌을 받는 것으로 되어 있다.

첫눈에 반한 사랑

「조신」의 작품 세계는 그 정도에서 그치지 않고, 한 단계 더 깊이 들어간다. 우리 중에 어떤 사람은 승려 조신과 유부녀 김낭자가 순수한 사랑을 한 것으로 볼 수 있다. 또 어떤 사람은 두 사람이 자신의 책임을 내팽개치고 정욕에 휘둘렸다고 비판할 수도 있다.

어떻게 보든 두 사람 사이에 사랑의 열정이 자리를 잡았다는 점은 부인하기 어렵다. 두 사람은 서로 첫눈에 좋은 감정을 지닌 것을 넘어, '첫눈에 반한 사랑'에 빠진 것으로 보인다. 조신만 김낭자에게 첫눈에 반한 사랑에 빠진 것이 아니라 김낭자도 조신에게 그런 사랑에 빠졌다.

얼 나우만은 그의 저서 『첫눈에 반한 사랑*Love at first sight*』에서 흥미롭게도 첫눈에 반하는 사랑의 여러 사례를 들었다. 그는 첫눈에 반한 사랑을 "상대방을 만나본 지 한 시간 안에 사랑에 빠지는 것"으로 정의했다.

꿈속에서 김낭자가 기쁜 낯빛으로 문으로 들어와 활짝 웃으면서, "저는 일찍이 스님을 잠깐 뵙고 알게 되었습니다. 마음속으로 사랑하여 잠시도 잊지 못했지요."라고 말했다. '한 시간 안에' 사랑에 빠졌는지 그보다 많은 시간이 걸렸는지 알 수는 없지만 조신과 김낭자가 첫눈에 반한 사랑에 빠져든 것은 분명하다. 다만 두 사람 모두 상대방에게서 첫눈에 사랑에 빠졌다는 사실을

초기 전기소설의 에로스, 그 비극적 결말

확인하지 못했을 뿐이다.

하지만 김낭자가 솔직한 속마음을 드러낸 순간, 두 사람은 사랑의 열정에 휩싸인다. 작품에는 "조신은 기뻐서 어쩔 줄 모르며 그녀와 함께 고향으로 돌아갔다."라고 씌어 있다. 그후 두 사람은 단 한순간도 사랑이 변하지 않는다. 김낭자가 조신에게 이렇게 말했다. "한 가지 맛있는 음식도 당신과 나누어 먹었고, 얼마 되지 않는 옷감이 있으면 당신과 나누어 옷을 해 입었습니다. 집을 나온 지 50년 동안에 정은 깊이 들었고 사랑도 깊어졌으니, 두터운 인연이라고 말할 수 있지요." 가난해도 병들어도 사랑은 갈수록 깊어졌던 것이다. 이런 사랑을 두고 우리는 쉽게 스캔들 혹은 불륜이라고 정죄하기 어렵다. 현실적인 여건과 사회의 제도를 뛰어넘을 만큼 지극한 사랑이니 말이다.

사랑의 호르몬

그런데 사랑의 열정이 우리 안에 있는 생물학적인 어떤 것에 조절을 받는다면 어떨까? 두 사람은 서로 사랑했다지만, 사실 두 사람 모두 호르몬의 영향을 받은 열정에 휘둘린 것은 아닐까?

뇌과학자들은 사랑에는 3단계가 있다고 한다. 이미 널리 알려진 사랑의 3단계는 다음과 같다. 제1단계는 '구애 단계'다. 상대에게 빠져들어 마음과 몸이 그 사람에게 향한다. 제2단계는 구애에 성공한 후 서로를 향한 갈망과 몰입으로 열정적이고 낭만적인 사랑에 빠져드는 '열정 단계'다. 제3단계는 '애착 단계'로 서로에 대한 신뢰와 친밀감으로 오랜 사랑을 유지해간다.

'구애 → 열정 → 애착'을 거치는 사랑의 단계마다 사랑의 호르몬이 분비된다고 한다. 구애 단계에서 남성은 테스토스테론남성 호르몬이 더 분비되고, 여성은 에스트로겐여성 호르몬이 더 많이 분비된다고 하니, 남성은 평소보다 멋있게 보이고 여성은 더 예쁘게 보일 수밖에 없다. 이 단계에서 심장을 뛰게 하는 아드레날린, 행복 호르몬이라 불리는 세로토닌 등도 작용한다.

제2단계인 열정 단계에 빠지면 뇌에서 많은 양의 도파민이 분비된다. 웃음과 기쁨, 활력과 에너지가 넘친다. 상대방 생각에 가슴이 콩닥콩닥 뛰고 얼굴이 붉게 달아오른다. 상대방을 향한 생각이 떠나지 않는다. 또한 페닐에틸아민이라는 호르몬이 분비되기도 하는데 이 호르몬은 눈에 콩깍지를 씌우는 역할을 한다. A라는 사람이 B를 열정적으로 사랑하면 B의 단점이 보이기는커녕 그 단점이 좋게 보인다. 친구들이 왜 그런 사람을 만나느냐고 핀잔해도, 가족이 아무리 말려도 꿈적도 하지 않는다. 주변 사람들이 그럴수록 멋있는 사랑을 하는 것이라고 생각한다. 주변 사람이 보기에는 분명 착각이다. 제 눈에 콩깍지인 것이다.

「조신」에서 조신과 김낭자는 처음 만난 뒤 감정적, 육체적 관계를 동반한 사랑으로 나아가지는 않은 상태에서 이미 열정 단계를 맛본 것으로 보인다. 김낭자를 보고 깊이 반한 조신은 여러 차례 낙산사의 관음보살 앞에 나아가 그녀와 맺어지게 해달라고 남몰래 빌었고, 그렇게 몇 년 동안이나 빌었으며, 그 소원이 이루어지지 않자 관음보살을 원망했다. 그렇게 하는 동안 김낭자에 대한 사랑의 열정은 더욱 커져만 갔다. 김낭자가 나타나서 조신에게 자신의 속마음을 털어놓은 것도 마찬가지다. 두 사람이 서로 속마음을 확인하자마자 삶의 터전을 버리고 사랑의 도피 행각을 벌이고 만 것은 도파민, 페닐에틸아민 등의 호르몬의 영향을 받는 열정 단계에 들어섰음을 잘 말해준다.

제2단계에서 깨어나면 그때야 비로소 '내가 사랑한 사람이 저 사람 맞나?', '제정신이었나?'라는 생각이 살며시 고개를 쳐든다. 마침내 언제 그랬냐는 듯 정신이 번쩍 든다. 그 다음 제3단계로 나아가지 못하는 경우에 이 사랑은 깨지고 만다.

유다의 다윗 왕 시절에 왕자 암논이 있었는데 그는 다말이라는 처녀를 짝사랑했다. 다말은 암논의 이복형제인 왕자 압살롬의 친동생이었다. 왕자 암논은 다말을 열렬히 사랑하는 마음을 털어놓을 수가 없어서 울화 증세가 생겼다. 상사병이 울화증으로 터졌다고 할 수 있다. 얼마나 사랑했으면 그랬을까.

그러던 중 암논 왕자는 친구의 꾀를 좇아 아픈 체하고 아버지 다윗 왕에게 다말이 와서 과자를 만들어주면 좋겠다고 청하여 허락을 받아냈다. 암논은 다말을 침실로 끌어들여 억지로 동침하려고 했다. 그때 다말은 다윗 왕에게 청하여 허락을 받은 후에 자신을 아내로 들이라고 간절히 요청했다. 하지만 암논은 듣지 않고 다말을 강제로 범하고 말았다.

그런데 그후에 암논은 한순간에 다말을 미워하여 쫓아냈다. 미움이 갑자기 솟구친 것이다. "당장 이 여자를 내쫓고 문빗장을 지르라." 라고 명령한다. 왕자 압살롬은 이 사실을 알고 분노를 감추고 있다가 훗날 암논을 죽이기에 이른다.

이 이야기는 성경에 기록되어 있을 만큼 의미가 크다. 암논의 행동은 경박하고 무책임했다는 점에서 비난받을 만하다. 그런데 암논의 '열렬한 사랑'이 순간적으로 변하여 '더 큰 미움'으로 뒤바뀐 데에는 도파민, 페닐에틸아민 등 호르몬의 비밀이 자리를 잡고 있지 않을까? 제2단계에서 분비되던 호르몬이 줄어들게 되면, 왕자 암논과 같이 연인에게 오히려 염증을 느낄 수도 있다.

대부분은 제2단계인 열정 단계를 넘어 제3단계인 애착 단계로 들어서지 못하지만, 특별한 커플들은 제2단계를 넘어 제3단계로 들어선다고 한다. 뇌과학자들에 따르면 애착 단계에서 분

비되는 사랑의 호르몬은 바소프레신과 옥시토신이다. 짝짓기를
한 후에 바소프레신이 분비되면 남성들은 사랑하는 여성에 대한
애착이 커진다. 남성이 연인을 보호하고 아끼는 것은 그 때문이
다. 옥시토신은 '모성애 호르몬'이라고도 일컬어지는데 친밀감을
높이고 애착을 키운다. 이 호르몬은 여성의 임신과 출산, 모유 수
유와 자녀 양육에 관계하며 모성애를 지니게 한다. 바소프레신
과 옥시토신이 분비되는 제3단계애착 단계에서는 깊은 유대와 친밀
감을 동반하는 완전한 사랑을 누린다고 한다.

　　조신과 김낭자의 사랑은 제3단계인 애착 단계를 경험한 사랑
임이 분명하다. 50년을 함께 살면서 한결같이 사랑했다. 큰아이
가 죽었어도, 동냥질을 해도, 병을 앓아도 사랑이 변하지 않았다.
마지막 이별의 순간까지.

열정의 서사 그리고 인간의 삶

조신과 김낭자의 지고지순한 사랑. 이들의 사랑이 호르몬의 영
향을 받았다면? 호르몬이 사랑의 열정을 일으키고, 그 열정이 두
사람을 좌우했다면? 그렇다면 사랑의 열정이 두 사람을 헤어나
지 못하게 만든 것이라고 할 만하다. 물론 「조신」의 작가는 호르
몬의 영향을 생각하며 작품을 지은 것은 아니지만 말이다.

　　그런 점에서 「조신」은 일정하게나마 '열정의 서사'를 담아냈다

고 할 만하다. 하지만 인간의 삶은 열정만으로 이루어지는 것은 아니다. 첫눈에 반하는 열정이 반드시 행복을 낳는 것은 아니다. 인간의 삶은 '사랑의 열정'이라는 단 하나의 축으로 이루어지지 않기 때문이다. 인간의 삶은 사랑의 감정, 경제적인 여건, 인간관계, 자신에게 맡겨진 일 등 여러 가지 축으로 이루어진다.

사람에 따라서 특별히 어떤 것을 중요하게 생각할 수는 있지만, 그 생각이 지나칠 때에 문제가 생긴다. 경제력을 중요하게 여기는 생각과 삶이 지나치면 아무리 돈을 모아도 행복해지지 않을 수 있다. 권력을 중히 여기는 생각과 삶이 지나치면 오히려 불행해질 수 있다. 영화나 드라마는 그런 점을 흥미롭고 통속적으로 잘 보여준다.

마찬가지로 사랑의 열정을 지나치게 중히 여기다가 오히려 행복을 놓칠 수 있지 않을까? 「조신」은 그러한 질문을 하고 있다. 모든 것이 조화로워야 하고, 사랑의 열정에 사로잡혀도 열정을 조절할 줄 알아야 하며, 때로는 인내하고 끊어야 할 때도 있다. 누구나 사랑을 꿈꾸지만, 사랑의 열정이 그 자체로 최상의 가치가 될 수 없다. 서로 사랑의 열정에 사로잡혀 제3단계인 애착 단계로 접어들었지만, 가난으로 허덕거려보니 사랑의 열정이 별것 아니었음을 깨달을 수도 있다.

김낭자가 한 말 중에, "옛날에 기뻤던 일이 바로 근심의 시작

초기 전기소설의 에로스, 그 비극적 결말

이었네요. 당신과 내가 어쩌다가 이 지경에 이르렀는지요?"라는 말에서 '옛날에 기뻤던 일'은 바로 '사랑의 열정'에 사로잡혔던 것이리라. 사랑의 열정으로만 살아가는 것은 문제가 될 수 있다는 말이다. 그러하기에 김낭자는 비로소 "여러 마리의 새들이 함께 굶어 죽는 것보다는 차라리 짝 잃은 난새가 거울을 보면서 짝을 부르는 것이 낫지 않겠어요?"라며 헤어지자고 말한다.

그러면 조신의 태도는 어땠을까? 뜻밖에도 조신은 "이 말을 듣고 크게 기뻐했다."라고 되어 있다. 더 참아보자고 말하지도 않았다. 얼마나 기뻤으면 단칼에 헤어지고 마는가? 김낭자와 인연을 맺게 해달라고 몇 년 동안을 빌었던 조신이다. 그 소원을 이룬 조신은 우습게도 '괴롭게 사는 것도 이미 싫어졌고' 마치 100년 동안 고생을 다 겪고 난 것과 같아 세속을 탐하는 마음도 얼음 녹듯이 깨끗이 사라져버리고 만다. 지난날 잘못을 뉘우치는 마음이 끝이 없는 채로 이제 사랑의 열정과는 거리가 먼 삶을 걷는다.

조신과 김낭자는 사랑의 열정에 사로잡혀 살다가, 삶이 피폐해지고 마침내 이별을 맞는다. 두 사람은 사랑의 열정에 사로잡히는 사람이 되기보다는 그 열정이 사람의 온전한 삶을 위한 것이 되어야 한다는 것을 깨달은 것이다. '인간의, 인간에 의한, 인간을 위한' 사랑의 열정을 회복해야 한다는 것, 그렇지 않으면 사랑도 포기할 줄 알아야 한다는 것, 이것이 「조신」의 환몽 구조가 지니는 작품적 의미라고 할 수 있다.

첫눈에 반한 사랑이라고 해서 모두 좋은 결과를 가져오는 것은 아니다. 사랑의 3단계에 따라 호르몬이 분비되고, 인간이 그 호르몬의 영향을 받는다지만, 그것으로 그치면 인간은 일종의 생물 '기계'에 지나지 않는다. 사랑의 호르몬의 영향을 받아 열정적인 사랑에 빠져들고 애착 단계로 접어들 수도 있지만, 인간은 한편으로 자신의 삶을 조화롭게 해나가는 의지를 펼쳐내어 사랑의 열정과 거리를 두어야 할 때도 있다.

초기 전기소설의 에로스, 그 비극적 결말

2

「김현감호」
사랑으로 맺어진 부부,
아내의 친정 생각

사랑하는 남녀는 헤어질 것이라 생각지 않는다. 헤어지지 않을
만큼 사랑하려 하겠지만 의외로 헤어지는 커플들이 적지 않다.
「조신」에서는 승려와 유부녀의 불륜 혹은 스캔들이라는 떳떳하
지 못한 점이 있어서 결말 부분에서 헤어지게 하는 것이 윤리적
으로나 종교적으로 맞는다고 할 수 있다. 하지만 그런 점도 없이,
자기 스스로에게 부끄러움이 없고 다른 사람이 보아도 전혀 이
상할 것이 없는데도 헤어지는 커플들이 있다. 우리의 초기 전기
소설은 그런 점을 놓치지 않고 작품으로 선을 보였는데 그것이
바로 「김현감호」다.

　「김현감호」는 「조신」에 비해 '구애→열정→애착'을 거치는 사
랑의 3단계를 상대적으로 잘 갖추었다. 그렇게 해서 인연을 맺은

한국 고전문학의 에로스

부부라면 더없이 좋은 결과를 맞이하는 것이 상식이다. 그런데 이 작품은 비극적인 결말을 맞는다. 무엇이 사랑하는 부부 사이를 갈라놓았을까? 이 작품은 의외로 아내가 다른 생각을 품어서 이별의 비극을 맞는다는 점에서 우리의 눈길을 끈다.

'김현감호金現感虎'라는 말은 '김현이 호랑이를 감동시키다.'라는 뜻이다. 다음은 『삼국유사』에 실린 글을 현대어로 풀어쓴 것이다.

이야기 두 편

(1) 김현 이야기

신라 풍속에 해마다 2월이 되면 초파일에서 보름까지 서울의 남녀가 염불을 하며 흥륜사의 전탑을 도는 복회를 행하였다. 원성왕 때에 김현이라는 남자가 있었다. 하루는 밤이 깊도록 혼자서 탑을 돌기를 쉬지 않았다. 그때 한 처녀가 염불을 하면서 따라 돌다가 서로 눈빛으로 느낌을 보내었다. 둘은 돌기를 마치자 정을 통했다.

처녀가 돌아가려 하자 김현이 따라가려 했다. 처녀는 사양하고 거절했지만 김현은 끝내 따라갔다. 처녀는 누추한 초가집으로 들어갔다. 늙은 할머니가 처녀에게 물었다.

"함께 온 자는 누구냐?"

처녀는 그동안 벌어진 일에 대해 사실대로 말했다. 그러자 늙은 할머니가 말했다.

"좋은 일이긴 하나, 벌어지지 않은 것만 못하구나. 이미 엎어진 물이라서 어쩔 수 없구나. 오라비들이 돌아와서 나쁜 짓을 할까 두려우니 은밀한 곳에 숨겨두자꾸나."

두 사람은 김현을 구석진 곳에 숨겼다. 조금 후에 범 세 마리가 으르렁대며 들어왔다.

"집에서 비린내가 나니 요깃거리가 있나보다. 참으로 다행스럽다."

늙은 할머니와 처녀가 꾸짖었다.

"너희 코가 이상하구나. 무슨 미친 소리를 해대느냐?"

이때 하늘에서 큰 소리가 울렸다.

"너희들이 함부로 많은 생명을 해쳤으니, 한 마리를 죽여 징계하겠노라."

호랑이 세 마리는 이 소리를 듣자 모두 근심하였다.

처녀가 말했다.

"오빠들이 멀리 가서 반성하신다면 내가 그 벌을 대신 받겠습니다."

세 마리 모두 기뻐하여 고개를 숙이고 꼬리를 치며 달아나버렸다.

처녀가 김현에게 말했다.

"처음에 낭군이 우리 집에 오시는 것이 부끄러워 짐짓 사양하고 거절했습니다. 숨김없이 말씀드리겠습니다. 저는 호랑이고 그대는 사람으로 서로 다른 부류이지만 잠깐 사이에 귀중한 부부의 의를 맺었습니다. 하늘이 세 오빠의 악함을 징계하려 하시니 제가 그 재앙을 대신 당하려 합니다. 그러나 제가 다른 사람의 손에 죽는 것보다는 그대의 칼날에 죽어서 그대에게 은덕을 갚고자 합니다. 제가 내일 시내로 들어가 사람들을 해치면 임금께서 반드시 높은 벼슬을 내걸고 사람을 모집하여 저를 잡게 할 것입니다. 그때 낭군은 저를 쫓아 성 북쪽의 숲속까지 오시면 제가 기다리고 있겠습니다."

김현은 말했다.

"사람과 범이 만나 부부가 되는 것은 이상한 일이 분명하오. 그러나 이제 우리가 부부가 된 것은 하늘이 내린 행운인데 내가 어찌 아내의 생명을 팔아 벼슬을 취하겠소."

처녀가 말했다.

"그런 말씀일랑 하지 마십시오. 이제 제가 죽는 것은 하늘의 명령이며, 또한 저의 소원이요, 그대에게는 경사요, 우리 호랑이 가족에게도 복이요, 나라 사람들에게도 기쁨입니다. 한 번 죽어 다섯 가지 이로움을 얻을 수 있는데 어찌 그것을 마다하겠습니까?"

마침내 그들은 울면서 작별했다.

다음 날 사나운 범이 성안에 들어와서 사람들을 몹시 해치니 감히 당해낼 수 없었다. 왕이 이 일을 듣고 영을 내렸다.

"범을 잡는 사람에게 벼슬을 내리겠다."

초기 전기소설의 에로스, 그 비극적 결말

김현이 대궐에 나아가 아뢰었다.

"소신이 잡겠습니다."

왕은 김현에게 먼저 벼슬을 주고 격려하였다.

김현이 칼을 쥐고 숲속으로 들어가니 범은 변하여 아내가 되어 반갑게 웃으면서 말했다.

"어젯밤에 낭군에게 한 말을 잊지 마세요. 오늘 내 발톱에 상처를 입은 사람들은 모두 흥륜사의 간장을 바르고 그 절의 나팔소리를 들으면 나을 것입니다."

이어 김현이 차고 있던 칼을 뽑아 스스로 목을 찔러 죽자, 곧 범으로 변했다. 김현이 숲속에서 나와서 범을 쉽게 잡았다고 말했다. 그리고 범이 알려준 대로 범에게 상처 입은 사람들에게 간장을 바르게 하니 모두 나았다.

지금도 민가에서는 범에게 입은 상처에는 그 방법을 쓴다.

김현은 벼슬하자 서천 가에 절을 지어 호원사虎願寺라 하고 항상 불경을 읽으며 범의 저승길을 인도함으로써 범이 제 몸을 죽여 김현 자신을 성공하게 해준 은혜에 보답했다. 김현은 죽을 때에 지난 일의 기이함에 깊이 감동하여 그 사연을 붓으로 적어 전했다. 세상 사람들이 비로소 듣고 알게 되었으며, 그래서 이름을 논호림論虎林이라 했으니 지금까지도 그렇게 일컬어온다.

(2) 신도징 이야기

중국 땅에 신도징이 벼슬아치가 되어 어느 고을로 부임하는 중이었
는데, 산속을 가던 때였다. 눈보라가 치고 매우 추워서 말이 앞으로
나가지 못하므로 길옆에 있는 조그만 초가집으로 들어갔다. 늙은
부모와 처녀가 화롯가에 둘러앉았는데, 처녀의 나이는 열네댓 살쯤
되어 보였다. 비록 머리는 헝클어지고 때 묻은 옷을 입었으나 살결
은 눈처럼 희고, 얼굴은 꽃과 같았으며, 동작이 아름다웠다.

그 부모는 신도징을 보고 얼른 일어나며 말했다.

"몹시 추운데 이리 오셔서 불을 쬐시오."

날은 이미 저물었는데 눈보라는 그치지 않았다. 신도징이 청했다.

"갈 길이 아직 머니 여기서 좀 재워주십시오."

부모는 말했다.

"그렇게 하시지요."

신도징이 마침내 말안장을 풀고 침구를 폈다. 그 처녀는 손님이 묵
는 것을 보자 얼굴을 닦고 곱게 단장을 하고는 장막 사이에서 나오
는데 그 단아한 모습은 처음 볼 때보다 훨씬 나았다.

신도징이 말했다.

"따님은 총명하고 슬기로움이 남보다 뛰어납니다. 아직 미혼이라면
혼인하기를 청하니 어떠하오."

이에 아버지는 대답했다.

"귀한 손님께서 거두어주신다면 어찌 연분이 아니겠습니까."

신도징은 마침내 그 여자를 아내로 맞이하여 혼례를 올리고 여자를 말에 태워 길을 나섰다. 임지任地에 이르러 보니 월급이 매우 적었으나, 아내는 힘써 집안 살림을 돌보았으므로 모두 마음에 즐거운 일뿐이었다.

그후 임기가 끝나 돌아가려 할 때는 이미 1남 1녀를 두었는데 둘 다 총명하고 슬기로웠다. 신도징은 아내를 더욱 아끼고 사랑했다. 신도징은 기뻐서 항상 아내에게 흥얼거리며 말하곤 했다.

"이 정을 어디다 비길까, 나는 행복한 남자다."

그런데 그의 아내는 남편이 흥얼거리는 것을 조용하게 읊조리며 화답하는 것 같았으나 속마음을 말하지는 않았다. 신도징이 벼슬을 그만두고 가족을 데리고 본가로 돌아가려 하자, 아내는 문득 슬퍼하면서 자신이 지은 시를 남편에게 주었다.

"부부의 정이 비록 중하나 친정 생각이 나요."

그 마음을 알아차린 신도징은 아내와 함께 처가로 갔다. 그러나 처가에는 아무도 없었다. 아내는 친정 식구를 사모하는 마음이 지나쳐 종일토록 울었다.

문득 벽 모퉁이에 한 장의 호랑이 가죽이 걸려 있는 것을 보고, 아내는 크게 웃으면서 말했다.

"이 가죽이 아직도 여기에 있었구나."

아내가 그 가죽을 뒤집어쓰자 곧 호랑이로 변했다. 호랑이는 으르렁대며 신도징을 할퀴려다가 문을 박차고 나갔다.

신도징은 두 아이를 손에 잡고 아내가 들어간 산림을 바라보며 며칠 동안 슬퍼하며 울었다. 끝내 호랑이는 돌아오지 않았다.

「김현감호」의 구성

「김현감호」는 이야기 두 편으로 구성되어 있다. 하나는 김현 이야기이고, 또 하나는 신도징 이야기다. 두 편의 이야기가 한데 묶여 이어져 있는데 여기에서는 논의를 편하게 하려고 둘로 나누어두었다.

위 제시문의 마지막 부분에 『삼국유사』의 저자인 일연의 평가가 덧붙어 있는데 위에서는 편의상 생략했다. 그 생략된 부분은 다음과 같다.

아! 신도징과 김현 두 사람이 짐승과 접했을 때 그 짐승이 사람으로 변하여 아내가 된 것은 똑같다. 그러나 신도징의 호랑이는 사람을 배반하는 시를 주고 으르렁거리고 할퀴면서 달아났는데, 김현의 범과 다르다. 김현의 호랑이는 부득이 사람을 상하게 했지만 좋은 약방문을 가르쳐줌으로써 사람들을 구해냈다. 짐승도 어질기가 그와 같은데, 요즘 사람으로서도 짐승만 못한 자가 있으니 어찌 된 일인가.

이 사적의 처음과 끝을 자세히 살펴보면, 호랑이는 절을 돌 때 사람을 감동시켰고, 하늘에서 외쳐 악을 징계하려 하자 스스로 이를 대신했으며, 신기한 효험이 있는 약방문을 전함으로써 사람을 구하고 절을 지어 불계佛戒를 강론하게 했던 것이다. 이것은 다만 짐승의 본성이 어질기 때문에 그런 것은 아니다. 대개 부처가 여러 방면으로 사물에 감응하곤 하는데, 김현 공公이 탑을 돌기에 정성을 다하자 이에 감응하여 서서히 복을 내리고자 했던 것이다. 그때에 복을 받은 것은 당연한 일이 아니겠는가.

평가 부분의 내용은 다음과 같이 정리할 수 있다. (1)김현 이야기에서 각각 탑을 돌면서 부처에게 올린 김현과 호랑이의 정성에 부처가 감응하여 김현과 호랑이가 복을 받았음에 반해 (2)신도징 이야기에서 신도징과 호랑이는 불교와 무관하기에 호랑이로부터 배신을 당했다는 것이다.

승려였던 일연은 「김현감호」를 실을 때에 불교적인 색채를 부각시키고자 했다. (1)김현 이야기에는 불교와 관련된 내용이 들어 있으며, 그 이야기를 호원사를 세운 이야기로 이끌어갔다. 반면에 (2)신도징 이야기에는 불교와 관련된 내용이 없는 것으로 되어 있다. 신도징 이야기는 중국의 설화집인 『태평광기』에 실려 있다. 일연은 김현 이야기에서 불교적인 것을 두드러지게 하려고 중국의 신도징 이야기를 가져와 두 이야기를 대조하려 한 의도가 보인다.

그런데 여기에서 한 가지 언급하고 싶은 것이 있다. 두 이야기의 차이점을 보기보다는 공통점을 보자는 것이다. 이를 위해 (1)김현 이야기에서 가미된 불교적 색채를 걷어내면 남녀의 사랑에 대한 좀더 근원적인 내용을 찾아낼 수 있다.

두 이야기는 "㉠남녀의 만남, ㉡남성의 구애, ㉢여성의 호응, ㉣친정붙이의 동의, ㉤남녀의 결연, ㉥부부의 이별"의 여섯 항

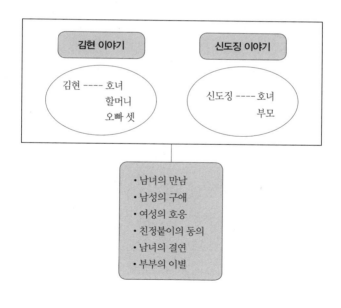

초기 전기소설의 에로스, 그 비극적 결말

목을 공통적으로 지니고 있다. 두 이야기는 한국과 중국을 아우르는 동아시아 권역의 보편적인 이야기일 수도 있다.

호녀호랑이 여자의 비유

인간 남성과 호랑이 여성으로 맺어지는 부부 이야기는 현실 세계에서 일어날 수 없는 비현실성과 환상성을 지닌다. 신화나 설화는 그런 속성이 강하다. '단군 신화', '주몽 신화'를 비롯하여 '선녀와 나무꾼'이 그렇지 않은가?

그런데 「김현감호」에서 어쩌면 호녀는 인간인데 거기에 어떤 이미지가 강하게 입혀져 있는 것은 아닌지 생각해볼 수 있다. 즉 호녀는 실제 호랑이가 아니라 '호랑이와 같은 여성'을 비유한다고 할 수 있다. (1)김현 이야기에서 호녀는 김현이 죽지 말고 부부의 인연을 지속하자는 애원을 뿌리치고 자신의 뜻대로 죽음을 택하고, (2)신도징 이야기에서 호녀는 아내를 사랑하는 신도징의 마음을 알아채고서도 호랑이 가죽을 입고 남편에게 포효하며 산속으로 달려 들어간다. 그렇다면 '호랑이' 여성은 남편의 사랑을 입으면서도 남편과 이별하여 해로偕老하지 못하는 여성의 이미지라 할 수 있다. 참고로 중국에서는 호랑이 여자라고 하면 줏대가 강하고 자신의 신념과 의견을 굽히지 않는 사나운 여자를 뜻한다.

그리고 '호랑이' 이미지는 '남편과 아내 사이에 놓인 실제적이 면서도 심리적인 거리감'을 비유적으로 보여준다고 할 수 있다. 김현 이야기에서 호녀는 남편의 제의를 끝내 거절하고 소신대로 행한다. 신도징 이야기에서 신도징은 아내를 사랑하고 아내 또 한 남편을 존경하고 사랑했는데 갑자기 사나운 모습을 보이면서 가정을 버리고 나가버린다. 아내가 남편의 온당한 의견에 동조 하지 않은 것이다.

'남편 – 호녀 – 친정'의 부부 이야기

김현과 신도징은 모두 벼슬아치이며 호녀들은 누추한 초가집에 사는 것으로 보아, 남편이 경제적으로나 사회적으로 아내보다 우월함을 알 수 있다. 이런 경우에 흔히 '신데렐라 콤플렉스'의 원형대로 흘러 여성은 이상형으로 꿈꾸던 남편을 만나 행복한 삶을 누리는 이야기로 전개된다.

최근 우리나라 TV 드라마에서도 신데렐라 이야기를 채택하는 경우가 많다. 물론 '신데렐라 콤플렉스'의 원형대로 해피 엔딩의 결말을 유지하되, 그 과정에서 사랑하는 남녀 사이의 갈등을 복잡 하게 얽어 넣기도 한다. 대표적인 드라마로 「파리의 연인」 「풀하 우스」 「발리에서 생긴 일」 「황태자의 첫사랑」 「내 딸 서영이」 등이 꼽힌다.

초기 전기소설의 에로스, 그 비극적 결말

「김현감호」는 신데렐라 이야기의 틀을 지니되 해피 엔딩으로 처리한 것이 아니라, 신데렐라와 같이 자신보다 우월한 남편에게서 사랑을 받으면서도 그 사랑에 온전하게 응답하지 못하는 여성의 속사정을 포착했다는 점을 높이 살 만하다. 아내 스스로도 동경할 만한 일이 벌어졌는데 아내는 그런 상황을 충분히 누리지 못하고 결국은 남편을 배신(?)하고 마는 것이다.

남편의 사랑을 받는 아내가 남편을 존경하고 사랑하면서도 자신의 의견을 좁히지 않는다. 무엇이 아내를 그렇게 만든 것일까? 여기에 남녀 사이에, 부부 사이에 좁혀지지 않는 거리가 있다. 그것은 호녀들이 각각 "남편을 선택할 것인지 아니면 친정을 선택할 것인지" 기로에 서 있다가 친정을 선택하고 만다는 것이다.

이처럼 두 이야기에서 사랑하는 '남편 – 호녀'의 부부 이야기는 '남편 – 호녀 – 친정'의 부부 이야기로 구체화된다. 김현의 호녀는 친정 오라비를 대신하여 자신이 희생하고 ─물론 남편을 위해 희생하는 것도 곁들여 있지만─, 신도징의 호녀는 친정에 대한 그리움 때문에 남편의 사랑을 저버리고 친정으로 돌아가고 만다. 두 이야기는 '남성과 호녀가 만나 부부의 인연을 맺었으나 친정에 대한 호녀의 애착이 강하여 이별하고 말았다.'를 중심 내용으로 한다.

남편의 처가親庭 헤아림, 아내의 남편 헤아림

「김현감호」는 사랑하는 부부 관계에서 남편은 무엇을 더 생각해 보아야 하는가를 잘 보여준다. 아내를 사랑하되 아내의 원 가족인 처가를 충분히 헤아리고 아내와 처가의 연결고리를 확보해주어야 한다는 것이다.

우리는 전통적으로 여자가 결혼하면 시가 식구가 되는 것으로 여기는 경향이 있었다. 이른바 출가외인出嫁外人은 가부장제적 사고방식이 낳은 말이다. 설령 아내가 시가에서 현모양처로 잘 살지라도 아내의 마음속에는 친정에서 살았던 추억을 떨쳐버릴 수가 없다. 비록 몸은 떨어져 있지만 아내 입장에서는 친정 부모와 형제자매 등 친정붙이가 잘살기를 바라는 마음이 있다는 것을 모르는 척 해서는 안 된다. 시댁 식구들과 멀리 떨어져 사랑하는 남편과 사는 아내라면 행복에 겨울 것이라고 생각할지 모르지만, 김현의 호녀와 신도징의 호녀는 친정을 생각하고 있지 않은가? 여성에게 친정붙이를 생각하는 것은 저버릴 수 없는 숙명과 같다.

신도징의 호녀는 결혼 시절부터 남편의 사랑을 받았지만 친정을 향한 그리움 때문에 남편을 적극적으로 사랑할 수 없는 이율배반적 감정의 상태에 빠졌다. 이러한 점은 호녀가 신도징에게 "금슬琴瑟의 정이 비록 중하나, 산림山林에 뜻이 스스로 깊도다.

51

시절이 변할까 항상 걱정하며, 백년해로 저버릴까 허물하도다."
라고 지어준 시의 내용에서 확인할 수 있지 않은가? 신도징은 그
점을 이해하고 임기를 마치고 돌아오는 길에 아내와 함께 친정
으로 가지만 호녀는 자신이 벗어놓은 호랑이 가죽을 다시 입고
서 한마디 말도 없이 남편과 자식을 버린 채 산림으로 들어가고
만다. 부모가 있는 친정으로 간 것이다. 김현의 호녀도 마찬가지
다. 오라비의 문제를 해결하기 위해서 남편과 이별하는 것을 조
금도 꺼리지 않고 자신을 희생해버리고 만다.

모든 여성이 다 그런 것은 아니다. 이유가 무엇이든지 간에 어
떤 여성은 친정붙이를 외면한다. 「김현감호」는 그런 여성과 남성
이 부부 인연을 맺은 것을 그려내지는 않았다. 다만 사랑하는 부
부 사이라도 아내의 마음이 친정 생각으로 꽉 차 있으며, 남편
이 그런 생각을 풀어주지 못하면 부부의 사랑이 비극적으로 끝
날 수 있음을 보여주었다. 김현과 신도징이 아내의 마음을 이해
한 것은 분명하다. 그렇다면 사랑하는 아내와 헤어지지 않으려
면 아내에게 실제적인 해결책을 제시해야 하지 않았을까? 어떻
게 그런 것까지 해결해야 하느냐고 반문할 수 있지만, 아내에게
실질적인 방책을 강구해주어야 부부가 백년해로 할 수 있는 것
이다.

한편으로 아내가 자신의 생각과 감정을 지나치게 중요하게 여

기면 사랑은 깨질 수 있음을 잘 보여준다. 남녀가 사랑하여 한 가정을 이루면 아내 또한 원 가족을 떠나야 한다. 정서적으로도 어느 정도는 독립성을 유지해야 할 것이다. 사랑하는 남편과 이룬 새 가정이 더 중요하기 때문이다. 인생은 각자의 몫이 있다. 김현 이야기에서 호녀의 오라비는 오라비의 몫이 있고, 신도징 이야기에서 호녀의 친정 부모는 부모대로 인생의 몫이 있다. 두 호녀는 그 점을 이해하지 못한 채 친정으로부터 독립성을 확보하는데 실패하고 말았다.

요컨대 「김현감호」는 첫눈에 반하는 사랑에 이끌리고, '구애 - 열정 - 애착'으로 이어지는 사랑의 3단계를 거쳐도 남녀의 사랑을 유지하기가 어렵다는 것을 잘 포착해냈다고 할 수 있다.

초기 전기소설의 에로스, 그 비극적 결말

2

이세상과 저세상을
잇는 사랑

사랑의 열정이 결실을 맺을 때 그 기쁨은 말로 다 표현할 수 없다. 하지만 두 사람이 비극적으로 헤어져야 할 때도 있다. 앞에서 다룬 두 작품 「조신」과 「김현감호」가 그렇다. 그런데 평범한 우리는 「조신」보다 「김현감호」의 이별에서 더 쓰라린 안타까움을 느낀다. 왜냐하면 「조신」에서는 서로 실컷 사랑하며 살다가 두 사람이 동의하여 헤어졌지만, 「김현감호」에서는 죽음이 사랑하는 이들을 갈라놓았기 때문이다.

연인들이 죽음으로 이별하는 비극적인 작품을 하나 더 들어보자. 15세기 무렵 김시습이 지은 「이생규장전」이다. 사랑이 깊어가는 두 사람이 뜻하지 않은 일로 삶과 죽음으로 갈라져서 안타까움과 슬픔이 더욱 크다. 「김현감호」에서는 아내가 김현에게 자신의 죽음을 밝혔기에 그나마 나았다. 하지만 「이생규장전」에서는 남편의 눈앞에서 사랑하는 아내가 적당들에게 끌려가 죽임을 당하고 말았다. 순식간에 벌어진 일이었다. 믿고 싶지 않고 믿을 수도 없는 일이 일어난 것이다.

그렇기에 구태여 학자들의 말을 인용하지 않더라도 「이생규장전」은 사랑하는 두 연인을 헤어지게 만든 전쟁과 폭력의 참혹성을 고발한 작품이라고 평가할 수 있다. 또는 전란을 막아내지 못해서 결국 힘없는 백성들만 희생당하지 않았는가 하고 조정이나 나라에 그 책임을 물은 것이라고 말할 수도 있다. 둘 다 수긍할 만하다.

그런데 「이생규장전」은 거기에서 그치지 않는다. 이생과 최낭자가 죽음을 넘어서서 사랑을 계속하는 것으로 이야기가 전개된다. 사랑의 열정이 '죽음을 초월하여' 남녀의 사랑을 잇게 한다고나 할까? 「이생규장전」은 열정적 사랑이 이세상에 국한되지 않음을 보여준다. 물론 죽음 이후까지 사랑의 열정을 지속시키는 것이 생리에 맞지 않는 사람들도 있으리라. 하지만 적어도 김시습은 죽음을 초월한 열정적 사랑을 믿은 사람으로 보인다.

1장에서 다룬 「조신」 「김현감호」 등과 같은 초창기 전기소설의 범주에 드는 작품으로 「최치원」이 있다. 이 작품은 「이생규장전」보다 훨씬 전에 나온 소설로, 죽음을 뛰어넘어 이 땅의 사람과 원혼 간에 나눈 사랑 이야기를 담고 있다. 최치원이라는 인물이 두 여성의 원혼과 사랑을 나누는데 그 사랑이 다소 충동적인 성향을 띤다는 점에서 「이생규장전」과는 차이를 보인다.

이세상과 저세상을 잇는 사랑

1

「최치원」
이세상 이방인과 저세상 혼백의
하룻밤 사랑

「최치원」이라는 작품은 15세기 중국의 문헌 『태평통재』에 실려 있다. 그에 앞서서 중국 남송 때의 『육조사적유편』에는 「쌍녀분雙女墳」으로도 전하고, 16세기에 조선의 『대동운부군옥』과 『해동잡록』에는 각각 「선녀홍대仙女紅袋」로도 실려 있다. 중국의 문헌 『태평통재』의 「최치원」은 『신라 수이전』에서 가져왔다는 기록이 있다. 『신라 수이전』은 현재 그 실체를 알 수 없지만, 「최치원」은 중국의 『태평통재』에 기록되기에 앞서서 일찍이 우리 문학작품으로 자리 잡았다는 것은 짚어볼 만하다.

「최치원」은 최치원이 소원을 이루지 못하고 일찍 죽은 두 자매의 혼령을 만나 하룻밤 사랑을 나누었다는 이야기다. 여기에는 인물들 간에 주고받은 한시가 많이 포함되어 있어서 학자들은

한국 고전문학의 에로스

창작성이 두드러지는 소설 작품으로 본다.

참고로 『태평통재』의 「최치원」을 「최치원전」과 혼동해서는 안 된다. 「최치원전」에도 두 가지가 있다. 하나는 『삼국사기』 열전에 수록되어 있는 것인데, 신라 말 최고의 문장가로 알려진 최치원에 관한 역사적 사실을 중심으로 서술한 전傳이다. 또 하나는 고전소설 「최치원전」이다. 금돼지의 자식으로 태어난 최치원이 노예 신세로 전락했다가 초월계의 도움을 받고 능력 있는 자로 거듭나며, 중국에 들어가 중국 황제에게 굴하지 않고 당당한 모습을 보이는 것으로 되어 있다. 고전소설 「최치원전」은 「최고운전」 「최문헌전」 등 다양한 이본으로 전한다.

최치원은 신라 말기 857년문성왕 19에 태어나 고려 초기까지 살았다. '신라 말기 3최崔'의 한 사람으로서, 새로 성장하는 6두품 출신의 지식인 중 가장 대표적인 인물이었다. 열두 살의 어린 나이에 당나라에 유학하여 과거에 급제하고 여러 벼슬을 거친 후에 「토황소격문」과 같은 명문장을 남겼다. 귀국한 후에 진성여왕에게 '시무책時務策'을 올려 6두품의 신분으로는 최고의 등급인 아찬阿飡에 올랐으나 그의 개혁안은 실현될 수 없었다. 최치원은 신라 왕실에 대한 실망과 좌절감을 느낀 나머지 40여 세 장년의 나이로 관직을 버리고 은둔 생활을 했다.

「최치원」의 인물과 개요

[최치원] 주인공. 당나라에 유학하여 과거에 급제한 후 관직에 올랐
　　　는데, 초현관에 놀러 갔다가 쌍녀분의 두 혼백과 사랑을 나
　　　눈다.
[팔랑, 구랑] 쌍녀분에 묻힌 두 혼백. 부모가 강압적으로 자신들이
　　　마음에 들지 않는 남자들과 결혼시키려 하자, 외로움이 깊어
　　　져 일찍 죽는다. 최치원과 하룻밤의 즐거움을 나누고 이튿날
　　　사라진다.
[취금] 팔랑과 구랑의 시녀. 최치원에게 성적 유혹을 받지만 거절하
　　　고 팔랑과 구랑의 지시를 잘 이행한다.

① 최치원이 중국 당나라로 유학을 가서 과거에 합격하여 율수현
　　위도적을 잡고 민심을 살피는 관직를 맡았다. 이름 난 사람들이 유람하며
　　들르는 초현관에 놀러갔다.
② 초현관 앞 언덕에 '쌍녀분雙女墳'이라고 일컫는 오래된 무덤이 있
　　었는데 최치원이 무덤 석문石門에 두 여자를 만나 사랑을 나누고
　　싶다는 내용의 시를 써놓고 돌아왔다.
③ 그날 밤 취금이 붉은 주머니를 전해주었는데 그 속에는 쌍녀분
　　의 두 혼백팔랑과 구랑의 혼백이 한번 만나 정을 나누고 싶다는 내용

의 화답시가 담겨 있었다.

④ 최치원은 취금을 유혹하며 치근댔으나, 취금은 딱 잘라 거절하며 두 혼백에게 전해줄 답장을 요구했다. 최치원은 그날 밤 즐겁게 만나기를 기대하는 화답시를 전해주었다.

⑤ 두 혼백이 나타나자, 최치원은 그들의 정조 관념이 약하다며 시를 지어 조롱했다. 이에 두 낭자가 화를 내자, 최치원은 그들을 진정시키며 혼백이 된 사연을 물었다.

⑥ 두 혼백은 부모의 강압적인 결정에 따라 각각 소금장사치, 차장사치와 결혼을 앞두고 있었는데 모두 남편감이 마음에 차지 않아 울적해서 병이 들어 죽었고, 무덤에 묻혀 있던 중에 많은 사람들이 지나다녔지만 뛰어난 사람을 보지 못하다가 최치원을 만나려고 나왔다고 대답했다.

⑦ 최치원과 두 혼백은 술을 마시며 시를 주고받고 취금에게 노래를 부르게 하며 즐겼다. 최치원과 두 혼백은 셋이서 즐겁게 사랑을 나누었다.

⑧ 날이 새자, 두 혼백은 최치원에게 이별시를 주고 자신들의 황폐한 무덤을 다듬어달라는 부탁을 하고 사라졌다.

⑨ 이튿날 최치원은 무덤가로 가서 두 혼백과 사랑을 나눈 사연을 담은 시를 남겼다.

⑩ 훗날 최치원은 신라로 귀국하면서 이세상의 영화는 꿈속의 꿈과

같다고 하고 자연 속에 파묻혀 살고 싶다는 내용의 시를 지었다. 귀국 후에는 유유자적한 삶을 살다가 삶을 마쳤다.

인간과 혼백, '1 : 2'의 하룻밤 사랑

최치원과 두 혼백의 사랑은 두 가지 속성을 지닌다. 하나는 이세상의 인간과 저세상의 혼백이 사랑한다는 점에서 죽음을 초월한 사랑이라 할 수 있다. 학자들은 이런 사랑이 현실에서는 불가능하고 환상의 세계에서나 가능하기에 '환상적 애정'이라고 일컫기도 한다.

그런데 이들의 사랑은 처음부터 인간과 혼백 사이의 사랑임을 분명히 인지한 상태에서 이루어진다. 인간이 사랑을 했는데 그 상대가 알고 보니 혼백이었다고 뒤늦게 밝혀지는 그런 사랑 이야기가 아니다.

최치원은 초현관에 놀러갔다가 그 주변에 있는 두 여성의 무덤인 쌍녀분雙女墳에 가서 무덤 앞의 석문石門에 시를 지었다. 그 내용은 죽은 두 여성을 만나 운우雲雨의 정을 나누고 싶다는 것이었다. 두 혼백 또한 자신들이 길가의 무덤 속에 있는 혼백이라는 점을 밝히면서, 잠시나마 최치원을 가까이 할 수 있게 해달라고 청했다.

이들의 만남은 인간과 혼백의 만남이어서 '전설 따라 삼천리'

와 같이 스산한 기운이 감돌만 했다. 특히 두 혼백은 원한이 사무쳐서 일찍 죽은 처녀 귀신이었으니 더욱 그럴 만했다. 하지만 무서운 분위기가 전혀 느껴지지 않는다.

오히려 거기에는 기쁨이 한 자리를 차지하고 있다. 최치원은 처음에 석문에 시를 썼을 때에 운우를 고대하는 심정을 드러냈고, 두 혼백이 가까이 하고 싶다는 답을 해오자 자못 기뻐했을 뿐 아니라 다시 화답시를 보내어 창자가 끊어질 정도로 즐겁게 웃기를 바라는 마음을 표현했다. 마침내 두 혼백이 눈앞에 나타나자 최치원은 놀라움을 금치 못하면서도 기쁨이 커서 고마움의 표현으로 두 혼백에게 절하지 않을 수 없었다.

그들은 이내 하룻밤 사랑을 이루는데, 그 분위기는 편안하고 마음을 느긋하게 하는 상황을 거쳤다. 흔히 상대를 유혹하는 수법이 그대로 적용된 것이다.

먼저 술을 마셨다. 술은 사람들의 마음을 다소 느긋하게 하고 속에 있는 생각을 쉽게 꺼내놓게 한다. 사람들은 술의 힘에 기대거나 술에 취했다고 핑계 대면서 자신의 속마음을 밝히기도 하지 않는가?

그리고 시 한 편을 짓되 서로 운을 맞추어 지었고, 이어서 노래를 불렀다. 시를 지을 때에 최치원과 두 여성이 돌아가면서 꼬리 잇기를 하며 한 편을 지었는데, 노래 한 곡조를 돌아가면서 부

이세상과 저세상을 잇는 사랑

른 것으로 볼 수도 있다. 물론 이미 알고 있는 노래를 취금에게 부르게 해서 흥을 돋우었다.

그러는 동안에 술기운이 얼큰해지자 최치원이 결정적인 한마디를 던졌다. "아름다운 그대들이 허락하신다면 좋은 연분을 맺고 싶습니다." 그 말을 하기 전에 노골적이고 직설적인 말을 좀 더 부드럽게 꺼내기 위해서 남녀가 좋은 인연을 이룬 고사를 들이댔음은 물론이다.

마침내 최치원은 두 혼백을 유혹하는 데 성공했다. 이런 일련의 과정은 이미 정해진 것이긴 하지만, 조심스럽게 유혹의 과정을 밟았음을 알 수 있다.

그런데 이들의 사랑은 하룻밤 사랑이었다. 구랑은 짙은 사랑을 나누기 전에 "둥근 빛 삼경_{밤 11시~새벽 1시} 너머 점점 밝아오는데 한번 바라보니 이별 근심에 가슴만 상하는구나." 하여 날이 새면 이별할 수밖에 없음을 이미 밝혔다. 세 사람은 하룻밤 사랑을 나눈 뒤에 헤어지기에 이른다.

'원 나이트 스탠드_{one - night stand}'라는 말이 있다. 서로 모르는 사람이 만나 앞으로 만날 것도 약속하지 않고 하룻밤 성적인 관계를 맺는 것을 뜻한다. 원 나이트 스탠드는 두 사람이 진실하게 사랑하지 않으면서 성관계의 호기심에서 혹은 단순히 육체적인 쾌락을 즐기기 위해서 이루어지는 경우가 많다. 최치원과 두 혼백은 하룻밤 사랑을 하지만 서로의 속마음을 주고받는 심도 있는 과정을 거쳤기에 원 나이트 스탠드와는 어느 정도 거리가 있다.

그리고 한 가지 더 다른 점은 이들이 나눈 하룻밤 사랑이 '1 : 2'의 형태를 띠었다는 것이다. 남자 한 명에 여자 두 명이라는 점에서 다소 관능적이고 환락적으로 보인다. 작가도 "세 사람이 한 이불 아래 누우니 그 곡진한 사연을 이루 다 말할 수 없었다."라고 썼다. 하지만 세 사람 중 어느 누구도 관능적이거나 환락적인 욕망을 드러낸 것은 아니었다.

두 여성은 최치원과 사랑을 나눌 때에 순舜 임금이 두 자매를 왕비로 맞이하고 삼국시대 오나라의 장군 주유에게 두 여자가 따랐다는 사례를 들었다. 이런 사례는 일부다처제의 상황에서 이루어진 남녀 관계 혹은 부부 관계여서 환락적인 성향과는 거리가 있다. 두 여성이 "옛날에도 그렇게 했는데 오늘은 어찌 그렇지 않겠습니까?"라며 스스럼없이 '1 : 2'의 관계를 맺은 것도 그런 맥락이다.

특히 두 여성이 같은 성향을 지닌 캐릭터로 설정되어 있는 것도 그 점과 깊은 관련이 있다. 하룻밤 사랑을 나누자는 최치원의 요구에 두 여성이 쉽게 동의하자, 최치원은 그 순간 두 여성의 정조가 헤프지 않느냐고 가볍게 조롱했다. 누가 먼저랄 것도 없이 팔랑이 나서서 자신들은 아직 어떤 남성과도 관계를 맺어보지

이세상과 저세상을 잇는 사랑

못했는데 최치원으로부터 뜻하지 않은 경멸을 당했다며 불편한 심기를 드러냈다. 최치원은 곧바로 두 여자의 말이 이치에 맞는다고 달래면서 두 여자의 웃음을 이끌어냈음은 물론이다.

짧지만 깊고 깊은 사랑의 감정

'1 : 2'의 하룻밤 사랑을 나눈 세 인물에게 환락적 욕정欲情이 없었다면 과연 무엇이 자리를 잡고 있었을까? 먼저 팔랑과 구랑의 욕망은 무엇이었는지 궁금한데, 다음은 최치원과 두 여자가 나눈 대화의 한 장면이다.

붉은 치마의 여자팔랑가 눈물을 흘리며 말했다.

"저와 동생은 율수현 초성향이란 곳에서 살았던 장씨張氏의 두 딸입니다. 돌아가신 아버지는 현의 관리가 되지 못하고 지방의 큰 부자가 되어 사치를 누렸습니다. 제가 열여덟 살, 동생이 열여섯 살이 되자 부모님은 혼처를 의논하셨지요. 그래서 저는 소금장사치와 정혼하고 아우는 차장사치와 결혼하게 했습니다. 저희들은 매번 남편감을 바꿔달라고 하며 마음에 차지 않아 하다가 울적한 마음이 맺혀 풀지 못하고 마침내 일찍 죽고 말았습니다. 어진 사람 만나기를 바랄 뿐이오니 그대는 이상하게 여기지 마십시오."

최치원이 말했다.

"옥 같은 소리 뚜렷한데 어찌 이상하게 보겠습니까?"

이어서 두 여자에게 물었다.

"무덤에 묻힌 지 오래고 무덤 또한 초현관에서 멀지 않습니까? 그동
안 영웅과 만나신 일이 있을 텐데요, 어떤 아름다운 사연을 겪지 않
으셨는지요?"

붉은 소매의 여자^{구랑}가 말했다.

"오가는 사람들이 모두 천하고 누추한 자들뿐이었지요. 오늘에야
다행히 뛰어난 인재를 만났습니다. 그대야말로 기상이 빼어나서 함
께 오묘한 이치를 말할 만해요."

"세속의 맛을 세상 밖의 사람이 느낄 수 있는지요?"

붉은 치마의 여자가 말했다.

"먹지 않아도 배고프지 않고 마시지 않아도 목마르지 않아요. 그러
나 다행히 아름다운 사람을 만나 좋은 술을 먹게 되었는데 어찌 함
부로 사양하고 거스를 수 있겠어요?"

이에 술을 마시고 각각 시를 지었으니 모두 맑고 빼어나 세상에 없
는 구절들이었다.

최치원이 묘지 앞 석문에 두 여자를 만나고 싶다는 시를 썼다
는 이유만으로 두 여자가 최치원을 만난 것은 아니었다. 두 여자
에게는 반드시 한 번은 이루고 싶은 소망이 있었다. 그 소망은 바

이세상과 저세상을 잇는 사랑

로 자신들의 마음에 드는 남자를 만나 사랑의 감정을 느끼고 그 즐거움을 나누는 것이었다. 그 적임자가 최치원이었다.

사랑의 감정은 얼마나 강렬하면 혼백이 되어서도 거부할 수 없을 정도인가? 저세상으로 가는 길목에서 잠시 멈춰 이세상 사람 최치원을 만나게 했으니 말이다. 두 여자는 먹지 않아도 배고프지 않고 마시지 않아도 목마르지 않는 혼백들이어서 이세상의 어떤 것도 그들에게 충만감을 줄 수는 없었다. 하지만 사랑의 감정만은 예외였다. 두 혼백은 "아름다운 사람을 만나 좋은 술을 먹게 되었는데 어찌 함부로 사양하고 거스를 수 있겠습니까?"라고 하지 않는가! 그 기분이 얼마나 좋았으면 지어 부른 시의 구절마다 모두 맑고 빼어났을까.

물론 두 여자의 혼백이 누리고자 하는 사랑의 감정은 지속될 수 없었다. 혼백이 머무는 곳의 질서와 이세상의 질서가 다르기 때문이다. 새벽이 밝아오자 두 혼백은 떠나가야만 했다. 두 혼백은 각각 최치원에게 다음과 같은 시를 지어주면서 이별했다.

하늘의 별들이 처음으로 돌아가고 물시계 다하니,　　星斗初回更漏闌

이별의 아쉬움을 말하려 하니 눈물이 줄줄 흐르네.　　欲言離緒淚闌干

이후로는 천년 한이 맺힐 테니,　　從玆便結千年恨

하룻밤 깊은 즐거움 다시 찾을 수 없다네.　　無計重尋五夜歡

비낀 달빛 창에 비추자 붉은 뺨 차가워지고,　斜月照窓紅臉冷

새벽바람에 소맷자락 나부끼자 예쁜 눈썹 찡그리네.　曉風飄袖翠眉攢

그대와 이별하는 걸음걸음 애간장을 끊고,　辭君步步偏腸斷

비구름 흩어져서 꿈속으로 들어가기도 어렵네.　雨散雲歸入夢難

두 편의 시에 이별의 정한情恨이 잘 배어난다. 두 여자는 슬픔
을 느끼면서 안타까운 심정을 드러냈다. 하룻밤 짧은 시간이었
지만 그런 즐거움을 다시 누리지 못할 테니 다시 천년 한이 맺히
고 애간장이 끊어질 것 같다고 말한다.

　누구나 마음에 드는 사람과 사랑을 하고 싶은 욕망이 있다. 적
어도 사랑의 감정을 한 번쯤은 제대로 느껴보고 싶을 수도 있다.
그러나 자신의 의지가 아니라 다른 사람의 강요에 의해 이성 간
사랑의 감정을 느껴보지 못하면 그 한이 깊어질 수도 있다. 그런
사랑을 나누고 싶은 소망은 간절한데 그런 사랑을 나눠보지 못
한 채 마음에 깊은 한을 품고 죽은 이들이 있을 수도 있다.

　그런 사랑의 감정을 고스란히 보여준 캐릭터가 팔랑과 구랑
이다. 두 여자는 혼백이었기에 하룻밤 사랑을 느끼는 것으로 그
쳐야 했지만, 그들의 사랑은 오랜 시간을 함께하는 사랑에 비해
결코 뒤지지 않는다.

이세상과 저세상을 잇는 사랑

고독감孤獨感이 낳은 사랑

그렇다면 최치원은 두 혼백에게 어떤 사랑의 감정을 품었을까?
순수한 사랑이었을까, 자신의 삶을 불태우는 사랑이었을까?

'낭만적'인 것이 무엇이냐고 물을 때에 감정이 이성적인 사고
에 갇히지 않고 자유롭게 훨훨 날아가는 것이라고 대답하면 큰
무리는 없다. 누구나 자신의 주변을 둘러보면, 한 동네에서 태어
나 같은 초등학교를 다니고 고향 친구로 지내다가 나중에 서로
좋아하여 사랑한 사람들이 있다. 당사자들은 사랑의 여정을 자
랑삼아 말하곤 한다. 자신들의 사랑이 무척 낭만적인 것이라고
내세우기도 한다. 그런데 서구에서는 흔히 이름 모를 이역만리
낯선 땅에서 한 번도 만나보지 못했던 사람을 만나 사랑을 나누
는 것을 낭만적 사랑이라고 일컫는다.

그렇다면 「최치원」이 그런 내용을 담고 있다. 신라인 최치원은
당나라로 유학을 갔다가 거기에서 두 여성을 만나 사랑을 나누
었다. 두 여성은 자매들로 팔랑과 구랑이다. 더욱이 그들은 이세
상 사람이 아니라 이미 죽은 원혼들이다. 머나먼 타국 땅에서 서
로 만날 수 없는 이세상 사람과 저세상 혼령이 만나 사랑을 나누
었으니 그보다 낭만적인 게 어디 있을까?

최치원은 그러한 낭만적 감정에 빠졌지만 그에 앞서서 외로
움에 젖어 있었다. 조국 신라를 떠나 이역만리 당나라로 유학 와

서 관리가 되었지만 외로움은 떠나지 않았다. 초현관에 놀러왔을 때에 그곳을 '고관孤館', 즉 '외로운 초현관'이라 할 만큼 외로움은 더 깊었다. 나그네의 설움이랄까, 외로움이랄까? 그때 최치원은 쌍녀분 무덤 속에 묻힌 주인공이 젊은 여자들이었음을 알고 있었는지라, 무덤 앞 석문에 두 여자를 만나 긴긴 밤 동안 위로를 받으며 사랑을 나누고 싶다고 썼다. 최치원은 나그네의 고독감을 풀기 위하여 사랑을 나누고 싶었던 것이다.

그런 상태에서 최치원은 두 여자와 가볍게 만나 나그네의 성적 충동을 채워보고 싶은 마음을 표출하기도 했다. 두 여자의 몸종인 취금이 심부름을 왔을 때 최치원은 그녀에게 추근거리기도 했다. 그러한 성적 충동은 멈추어지지 않았다. 취금이 단호하게 답장을 달라고 하자 할 수 없이 답시를 써주었는데, 그 답시에 "취금조차 구슬꽃 같은 아름다움을 띠었으니" 두 여자는 더 아름답고 고결할 것이라는 기대감을 담으면서 그런 아름다움을 지닌 두 여자와 정분을 나누고 싶다고 말했다.

애초에 최치원은 "긴긴 밤 나그네를 위로함이 무슨 허물이 되리오?"라며 두 여자를 유혹하지 않았던가? 최치원의 사랑은 순수한 사랑은 아닌 것으로 보인다. 지고지순한 사랑, 열정적인 사랑, 목숨을 거는 사랑, 연인과 평생을 함께 하고 싶은 사랑은 아니었다. 다만 외로운 처지에서 서로 대화가 통하고 어느 정도 마

이세상과 저세상을 잇는 사랑

음이 통하는 아름다운 여자를 만나 하룻밤 사랑을 나누고 싶었던 것인데, 그 대상이 팔랑과 구랑이었다.

두 여자와 잠자리를 한 후에 최치원은 그렇게 순수한 사랑의 열정에 사로잡힌 사랑은 아니었다고 말하는 것을 **빼놓지** 않았다. 최치원은 장난기 어린 투로, "규방에 있는 현숙한 여자를 아내로 맞지 못하고 무덤가에 와서 두 여자를 만났는데, 이런 인연도 있구나."라고 말했다. 그러자 두 여자에게서 돌아오는 말은 매몰찼다. 최치원은 어질지 못할 뿐만 아니라 '풍광한風狂漢' 즉 '바람둥이 미친놈'이라는 것이었다. 최치원은 한 걸음 물러서서, 두 여자가 오백 년 만에 처음으로 어진 사람, 즉 최치원 자신을 만나서 동침의 즐거움을 누렸으니 이상하게 여기지 말고 마음 상하지 말라고 위로했다.

두 여자와 헤어진 후에 최치원은 장편의 시를 지어 사랑을 나눈 전 과정을 담아냈다. 특히 최치원은 자신이 사랑을 나누고 싶은 충동에 사로잡혀 두 여자를 유혹한 것을 다음과 같이 솔직하게 밝혔다.

미친 마음 이미 어지러워 부끄러움을 모르고,　　狂心已亂不知羞

아름다운 그대들이 허락할지 시험해 보았네.　　芳意試看相許否

남아의 기상으로 아녀자 원한을 풀어준 것뿐이니,　　壯氣須除兒女恨

한국 고전문학의 에로스

마음이 요망스러운 여우에게 연연해하지 않으리라.　　莫將心事戀妖狐

　　최치원은 두 여자와 성관계를 맺은 것이 두 여자의 원한을 풀어주기 위해서라고 밝혔으며 앞으로는 요망스러운 여자에게 연연해하지 않으리라고 다짐했다.

　　박희병 교수는 초기 전기소설이 '고독의 정조'를 띠는 장르임을 간파했다. 특히 「최치원」이라는 개별 작품에서 최치원의 내면 심리, 배경, 분위기 등을 막론하고 작품 전체에 고독감이 물씬 배어난다고 했다. 최치원의 상대였던 두 여자에게서도 고독감이 짙게 배어난다. 사랑의 감정을 느끼지 못한 채 무덤 속에 묻혀서 오랜 세월이 흐르는 동안 두 여자는 자신들의 마음에 드는 남자가 나타나기를 바랐다. 그런 사람을 기다리는 동안 그 고독감은 이루 말할 수도 없었다.

　　「최치원」이라는 작품을 두고 '고독의 서사'라는 말을 해볼 수도 있다. '고독의 서사'라고 하면, 고독감이라는 정서가 인물과 사건을 통해 펼쳐지고 그렇게 펼쳐진 것들이 서로 밀접한 관계를 맺으며 어떤 의미를 지닌다는 뜻이다. 어떤 의미를 지니는 것일까? 그 의미를 주제라고 할 수도 있다.

　　주인공 최치원은 고독감에 빠져 있었는데 그 고독감을 해소하기 위해 일정한 틀을 밟았다. 이름 모를 사람과의 연애였다. 그렇

이세상과 저세상을 잇는 사랑

다면 '고독의 서사'라는 말을 보다 좁혀서 '고독감이 낳은 충동적인 사랑의 서사'라고 해야 더 적합할 듯하다. 최치원은 충동적인 사랑에 사로잡혔는데 그 동기는 고독감을 해소하려고 한 데 있었던 것이다.

팔랑과 구랑, 두 여자는 최치원과 똑같은 모습을 보이지는 않았지만, 그 고독감은 하룻밤 사랑을 통해 잠시 해소되는 모습을 보인다. 물론 하룻밤 사랑을 누린 후에 천년의 고독으로 다시 들어가야 하지만 말이다.

이 작품은 전체적으로 고독감으로 싸여 있는 분위기를 형성하고 있으며 그 외로움의 틀 안에서 사랑의 기쁨을 누리는 것으로 되어 있다. 고독을 뚫고 나오는 남녀 간의 사랑, 그런 에로스의 힘을 읽어낼 수 있다. 물론 사랑을 하는 양쪽 모두 같은 모습을 보이는 것은 아니다. 최치원 쪽에서는 '충동적 사랑' 혹은 '사랑의 충동'의 성향이 강하고, 두 여자 쪽에서는 '사랑의 감정'의 성향이 강하다. 어쨌든 양쪽의 마주침은 사랑의 마주침이고 그 사랑은 고독감을 뚫고 분수처럼 솟아올랐다.

그 사랑의 즐거움은 잠시 동안이었을 뿐, 이내 최치원과 두 여자는 사랑을 나누기 전 고독의 상태로 되돌아가고 말았다. 하지만 사랑의 충동대로 움직였든, 사랑의 감정에 따랐든 사랑을 나누어본 기쁨은 알게 된 것이다.

남녀의 사랑, 또 다른 길

위르크 빌리의 저서 『사랑의 심리학』에 "사랑은 동경"이라는 대목이 있다.

> 사람들은 대개 깊은 사랑 관계에 들어가기 전부터도 사랑을 갈구한다. 그 단계에서 사람들은 어떤 사람에게 인지되는 것, 어떤 사람으로부터 응답을 받는 것, 어떤 사람의 사랑으로 감싸지는 것 따위를 갈구한다. 이 단계에서 생각하는 사랑은, 자신을 인격체로서 전개할 수 있는 가능성의 공간이며, 자신이 늘 그래왔던 원래 모습 그대로이자 진정 자기가 바라는 모습으로 상대에게 보이는 공간이기도 하다. 사랑의 갈구는 사랑에 빠진 절대적 상태, 사랑 속에서 승화된 상태, 이해받는 데 아무런 한계가 없는 상태 등에 대한 동경이다.

그러하기에 「조신」에서는 첫눈에 반해 사랑에 빠진 승려와 유부녀가 거의 절대적인 사랑을 경험한다. 「김현감호」에서 김현은 사랑하는 여성이 호랑이임을 알게 되지만 전혀 거리끼지 않았다. 이런 사랑은 모두 열정적 사랑의 모습을 잘 보여준다. 물론 두 작품은 인생이 열정적 사랑으로만 채워질 수 없으며 그런 사랑이 절대적일 수도 없음을 고도의 비유를 통해 보여주었다고 할 수 있다.

이세상과 저세상을 잇는 사랑

순도가 매우 높은 사랑, 100% 순도의 사랑을 지향하지만 그런 절대적인 사랑은 하늘에 떠 있는 무지개와 같이 손으로 잡을 수 없는 것은 아닐까? 다른 성향의 에로스는 없을까? 분명 있을 것이다. 그런 길을 터놓은 게 「최치원」이다. 고독감을 해소하고자 하는 충동적 사랑을 그려낸 것이다. 물론 사랑의 감정을 맛보고자 하는 두 여성의 간절한 소망을 포착함으로써, 순도 높은 사랑을 향한 기대감을 떨쳐내지는 않았다.

   하룻밤 사랑은 의미가 있다면 있고, 없다면 없다. 소설 작품에는 최치원이 고국으로 돌아오는 도중에 이렇게 시를 읊은 것으로 쓰여 있다.

   뜬구름 같은 세상의 영화는 꿈속의 꿈이니,   浮世榮華夢中夢

   하얀 구름 자욱한 곳에서 이 한 몸 좋이 깃들리라.   白雲深處好安身

   최치원이 영화를 누렸는지 그렇지 않았는지를 따지는 것이 중요한 것은 아니다. 최치원에게 세상의 영화는 뜬구름과 같고 꿈속의 꿈 같을 뿐이었다. 다만 자연과 벗을 삼아 남은 삶을 살아가고자 했다. 당나라에서 과거에 급제한 후 벼슬아치가 되어 하룻밤 충동적인 사랑을 나누었지만, 그것도 꿈속의 꿈일 뿐이었다.

2

「이생규장전」
죽음을 초월하는 사랑의 열정

김시습金時習, 1435~1493은 단편소설집 『금오신화金鰲新話』를 남겼다. 심경호 교수는 김시습이 경주 남산 근처에서 은둔하던 1465년31세부터 1470년36세까지의 시기에 소설집을 엮었을 것이라고 추정했다. '금오'는 경주 남산의 금오봉 혹은 남산을 가리킨다.

『금오신화』에는 「만복사저포기」 「이생규장전」 「취유부벽정기」 「남염부주지」 「용궁부연록」 등 짤막한 소설 다섯 편이 들어 있다. 그중에 「만복사저포기」와 「이생규장전」은 남녀의 사랑 이야기, 특히 인간과 혼령의 진실한 사랑 이야기를 다룬 작품으로 눈길을 끈다.

「만복사저포기」는 전라도 남원 고을에 만복사 한쪽 골방에서 짝 없이 외롭게 지내던 양생이라는 총각이 부처와 저포놀이윷놀이

이세상과 저세상을 잇는 사랑

「김시습 초상」
비단에 채색, 72×48.5cm, 보물 제1497호,
부여 무량사.

로 내기를 해서 처녀를 만나 부부 관계를 맺고 깊은 사랑을 나누었는데, 나중에 알고 보니 그 처녀는 왜구의 침략으로 목숨을 잃은 혼령이었다는 이야기다. 그후로 양생은 그녀와의 사랑을 고이 지키고자 다시 장가들지 않고 지리산으로 들어가 약초를 캐며 지냈다는 것으로 이야기는 끝난다.

양생과 처녀의 사랑 이야기는 처음부터 마지막까지 인간과 혼령의 사랑 이야기로 되어 있다. 이와는 달리 「이생규장전李生窺墻傳」은 남녀가 서로 깊은 사랑을 나누다가 여자가 죽어 혼령이 된 후에도 그 사랑을 계속하는 것으로 되어 있다.

「이생규장전」의 인물과 개요

[이생] 주인공. 18세. 송도개성 낙타교 근처에 산다. 외모가 잘생겼고 재주가 뛰어나다. 국학에 다니는, 촉망받는 선비다. 풍류재자라고 소문이 나 있다. 최랑과 사랑하여 부부가 된다.

한국 고전문학의 에로스

[최랑] 선죽리 명문가의 딸. 나이는 열대여섯 살 가량. 자수를 잘하고 시문에 뛰어나다. 이생과 사랑하여 결혼하지만 난리 통에 죽어 원혼이 된다.

[향아] 최랑의 몸종. 최랑과 이생 사이에서 심부름을 한다.

[이생의 부친] 아들 이생이 출세하기를 바란다. 이생이 최랑과 사랑에 빠진 것을 눈치 채고 아들을 꾸짖고 시골로 내려보내어 공부에 열중하게 한다.

[최랑의 부친] 권문세가의 가부장으로 딸을 끔찍이 사랑한다. 최랑이 상사병에 걸려 죽을 지경에 이르자 체면 따위를 걷어치우고 이생의 부친에게 청혼한다.

① 이생은 최랑과 시를 주고받다가 서로 사랑에 빠졌다.

② 이생은 최랑이 이끄는 대로 담을 넘어 최랑의 집 후원으로 가, 두 사람은 시를 주고받으며 마음을 튼 후에 며칠 동안이나 뜨거운 사랑을 나눴다.

③ 이생의 아버지는 아들의 애정 행각을 눈치 채고 소문이 날 것을 염려하여 아들을 영남 지방으로 내려보내어 농사짓는 일을 감독하게 했다.

④ 이생을 기다리던 최랑은 그만 상사병이 들어 죽을 지경에 이르렀다.

이세상과 저세상을 잇는 사랑

⑤ 최랑의 아버지는 딸에게서 사연을 듣고 딸을 살려내기 위해 이
   생의 집에 여러 번이나 청혼하여 허락을 받아냈다.

⑥ 이생과 최랑은 결혼하여 서로 사랑하며 나날을 기쁘게 지냈다.

⑦ 고려 공민왕 10년1361년 홍건적의 난으로 최랑은 도적들에게 사
   로잡혀가서 자신을 겁탈하려고 하는 도적들을 꾸짖다가 죽임을
   당하고 말았다.

⑧ 이생은 삶의 낙을 잃고 슬퍼하며 지냈다.

⑨ 최랑이 혼령으로 나타나 깊은 사랑을 이어갔다. 피난 갔던 노복
   들도 되돌아와서 예전처럼 함께 살았다.

⑩ 최랑은 정해진 삶이 다하여 저세상으로 떠나고, 두 사람은 이별
   을 맞이했다. 이생은 최랑의 유골을 찾아 장례를 치른 후에 병을
   얻어 세상을 떠났다.

　　이생과 최랑의 사랑 이야기는 크게 만남과 열정적인 사랑①②,
이별과 고통③④, 재회와 결혼⑤⑥, 홍건적에 의한 아내의 죽음과
이생의 슬픔⑦⑧, 이생과 혼령의 사랑 그리고 영원한 이별⑨⑩ 순
서로 전개된다.

물불을 가리지 않는 사랑

이생은 열여덟 살로 국학에 다니고 있었으니 오늘날로 치면 대

학생이라고 해도 무난하다. 그의 집안은 지체가 그리 높지 않았지만 아버지는 아들이 벼슬길에 나아가 출세하여 가문을 일으키기를 기대했다. 최랑은 그보다 어린 열대여섯 살 여자였다. 최랑은 지체 높은 집안의 딸이었다.

집안의 위세는 차이가 났지만, 두 남녀는 개성에서 내로라하는 남자고 여자였다. "풍류재자 이도령, 요조숙녀 최낭자"라고 일컬어질 정도로 이생은 풍류가 넘치고 재주를 갖춘 도령이었고, 최랑은 어느 여성도 견줄 수 없는 요조숙녀였다.

두 사람의 첫 만남은 어떠했을까? 이생은 집과 국학을 오가며 열심히 공부하는 중에 한 가지 끌리는 것이 있었다. 바로 최랑이었다. 이생은 길을 가다가 담 너머로 저쪽에서 최랑이 시 짓는 소리를 들었다. 두 편이었다. 첫 편은 봄바람을 원망하며 묵묵히 임을 생각하는 시, 바로 사춘기 소녀가 이성을 그리워하는 시였다. 그런데 둘째 시에서 이생은 깜짝 놀랐다.

저기 가는 저 총각은 어느 집 도령일까.
푸른 옷깃 넓은 띠가 늘어진 버들 사이로 비치는구나.
이 몸이 죽으면 대청 위의 제비 되어
주렴 위를 살짝 스쳐 담장 위를 날아 넘으리.

이세상과 저세상을 잇는 사랑

이생 자신을 가리키는 시가 아닌가? 최랑 또한 이생이 자신에게 호기심을 품고 있음을 알아차리고 있었다. 이생이 담 너머로 최랑을 흘끗 보며 지나갈 때를 기다렸다가 시를 지으며 마음을 전한 것이다. 제비가 되어 주렴을 스쳐 담장을 넘고 싶다고 했다. 곧 이생을 만나고 싶다는 뜻이었다.

이생은 지체하지 않고 만나자는 내용의 시를 날렸다. 이내 "황혼 무렵에 보자."라는 답장이 왔다. 그런데 어디에서 만날까? 그날 밤 이생은 최랑의 집 담장 아래로 드리워진 밧줄을 타고 담을 넘어 최랑의 거처로 들어갔다. 모두 최랑이 계획한 것이었다.

이생은 그 만남이 다른 사람에게 알려지면 가련하게 될 것을 염려했다. 그러나 최랑은 얼굴빛이 변하면서 이렇게 말했다.

저는 본디 당신과 함께 부부가 되어 당신을 남편으로 모시고 즐거움을 영원토록 누리려고 했어요. 그런데 당신은 어찌 이렇게 말씀하십니까? 저는 비록 여자의 몸이지만 마음이 태연한데, 장부의 의기를 가진 자가 이렇게 말씀하시다니요. 이튿날 우리 일이 밝혀져 친정에서 꾸지람을 듣게 되더라도, 저 혼자 책임지겠습니다.

그날 밤 두 사람은 시를 지어 사랑의 마음을 나누었다. 그리고 최랑은 이생을 데리고 누각의 사닥다리를 올라 다락으로 들어갔다. 사랑의 은밀한 장소는 이렇게 꾸며져 있었다.

한쪽에 작은 방 하나가 따로 있었는데, 휘장, 요, 이불, 베개들이 아주 깨끗하게 놓여 있었다. 휘장 밖에는 사향을 사르고 난향 촛불을 켜놓았는데, 대낮처럼 환하게 밝았다.

거기에서 깊은 정을 나누었다. 그렇게 며칠 동안 사랑을 나누었다.

이 이야기를 들려주면 요즘 젊은이들은 호기심 반 놀라움 반의 반응을 보였다. 어린 남녀가 대놓고 사랑할 수 있었을까? 이생과 최랑의 사랑을 대하면서 일단 놀랐고, 더욱이 여자가 머뭇거리지도 않고 적극적으로 임하는 사랑에 놀랐다.

「조신」 「김현감호」에서 남녀의 첫눈에 반하는 사랑을 짚어냈지만 그 내용은 아주 짧은 몇 마디 구절에 불과했다. 「최치원」에서는 사랑의 장면이 좀 더 확대되지만, 그 사랑은 순수한 사랑에서 비켜나 있다. 「이생규장전」에 와서 비로소 사랑의 열정을 아주 상세하게 담아냈다.

김시습은 중국 명나라 구우瞿佑가 지은 『전등신화剪燈新話』를 읽고 『금오신화』를 지었다고 한다. 『금오신화』는 『전등신화』의 내용에서 영향을 받았음이 틀림없다. '신화新話'라는 제목도 가져오지 않았는가?

그런데 김시습이 「이생규장전」을 비롯한 다섯 편의 단편소설을 모아 『금오신화』라고 이름 붙였을 때, 단순히 『전등신화』의 영향을 받은 것을 드러내고자 한 것은 아니었을 것으로 보인다. 『금오신화』가 『전등신화』에 뒤지지 않는 작품이라는 것을 보여주고자 한 것은 아니었을까. 적어도 김시습은 자신의 소설이 우리의 초기 작품과는 다른 '새로운 이야기'라는 것을 내세우고 싶었으리라.

「이생규장전」의 새로운 측면은 지난 시절 우리 전기소설과는 달리 첫눈에 반하는 사랑을 매우 상세하게 묘사하고, 그 사랑의 열정이 깊어가는 과정을 흥미진진하게 그려내며 여성의 주도적인 애정 행위를 그려낸 것에서 확인할 수 있다. 그 새로운 모습은 여기에 그치지 않는다.

이별, 상사병 그리고 결혼

청소년들이 연애를 하면 염려하는 부모들이 있다. 창창한 앞날을 망치지나 않을까 걱정스러워 하는 것이다. 어떤 부모는 당장 눈앞에 놓인 입시 관문을 먼저 통과한 뒤에 나중에 연애를 해도 늦지 않다고 살살 달랜다. 어떤 부모는 적극 반대하기도 한다.

이생과 최랑의 사랑도 그랬다. 이생의 아버지는 아들이 누군

가를 만나고 있음을 직감하고 아들을 경상도 울산 지방으로 내려보내고 말았다. 그런데 오늘날 부모와는 다른 면모를 보였다.

아침에 나가서 저녁에 돌아옴은 성인의 참된 말씀을 배우려 함이지만, 너는 항상 저녁에 나가서 아침에야 돌아오니 도대체 무슨 일을 하느라 그러하냐? 아무래도 경박輕薄한 자의 행실을 배워 남의 집 담을 뛰어넘어 다니는 것 아니냐? 이런 일이 만일 세상에 알려지면 남들은 모두 내 자식을 엄히 교훈하지 못했다고 할 것이요, 그리고 그 처녀가 양반의 딸이라면 너 때문에 가문의 명성을 더럽힐 것이니 남의 집에 누를 끼침이 적지 아니할 것이다. 빨리 영남 농막으로 일꾼을 데리고 내려가서 다시 돌아올 생각은 하지 마라.

'경박輕薄한 자'란 말과 행동이 신중하지 못하고 가벼운 사람이다. 아버지는 아들을 제대로 가르치지 못했다고 남들이 손가락질하는 것을 염려했다. 걱정거리가 하나 더 있다. 아버지는 아들의 상대가 양반집 딸이라면 그 집의 명성이 더럽혀질 것을 걱정했다. 똑같이 불장난을 했지만 자신의 아들 탓이라고 한다.

그런데 앞뒤 문맥을 보면 아버지가 이생을 꾸짖은 것이 무엇인지 분명하게 나타난다. 훗날 최랑의 아버지가 청혼請婚을 해오자, 이생의 아버지는 단박에 "우리 아이가 비록 나이는 어리고 바람이 났다 하더라도 학문에 정통하고 풍채가 남다르니, 장래에 대과에 급제하여 명성을 날릴 것이라 기대하고 있는데, 어찌함부로 이른 나이에 결혼을 한단 말이오?"라고 거절했다. 이생의아버지는 아들이 과거에 급제하여 출세하기를 간절히 원했던 것이다.

아버지의 명령으로 이생은 바로 다음 날 경상도 울산으로 내려갔고, 두 사람은 만날 수 없게 되었다. 최랑은 그 사연도 모른채 이생을 기다리다가 상사병이 걸렸고 음식은커녕 물조차 넘길수 없어 피부는 바싹 말라 윤기가 없었다. 그렇게 여러 달이 지나면서 죽을 지경에 다다랐다.

최랑의 부모는 마침내 딸에게서 그 사연을 듣게 되었다. 최랑은 자신이 걸린 사랑의 열병을 다음과 같이 말했다.

아버님, 어머님, 깊으신 은덕 앞에 어찌 조금이라도 숨길 수 있겠어요. 가만히 생각해보니 남녀 사이에 사랑의 느낌은 인간의 감정으로 매우 중대한 것입니다. 저는 길가의 이슬에 옷을 적셔서 절개를지키지 못하여 다른 사람의 비웃음을 사게 되었습니다. 이미 창기와 같은 짓을 하였으니 죄가 가득 넘쳐나고 가문의 명성을 더럽혔습니다. 그러나 이생과 한 번 헤어진 뒤로는 원한이 쌓였습니다. 저의 나약한 몸이 맥없이 외롭게 있으며, 이생을 그리워하는 마음이 날로 깊어가고 병세는 나날이 더해져서 죽을 지경에 이르렀습니다. 아버님과 어머님께서는 제 소원을 들어주셔서 저의 남은 목숨을 보존케 해주세요. 그렇지 않으면 죽을 따름입니다. 맹세코 다른 문중으로 시집가지 않겠습니다.

최랑은 자신이 결혼하기 전에 남몰래 남녀 관계를 맺은 사실을 고백하고, 이생을 만나지 못해서 죽을병에 걸렸으니 부디 이생과 결혼시켜달라고 간청했다. 최랑의 부모는 사랑의 열정이 꺾일 때 얼마나 위험한 결과가 나올지 잘 알고 있었다. 그래서 중매쟁이를 세워 이생의 부친에게 청혼하기에 이른다. 이씨 집안에서는 두 번이나 거절했다. 첫 번째는 아들의 출세를 내세웠다. 두 번째에는 자신의 집안 형편이 기운다는 것을 내세웠다. 최씨 집안은 문벌이 좋은 가문이었음에 반해 이씨 집안은 빈한한 선비의 집안이었다. 하지만 최씨 집안에서 매번 겸손한 태도로 청혼하여 승낙을 받아내기에 이른다.

이렇게 해서 이생과 최랑은 행복한 결혼을 올리고 이생은 과거에 장원급제하여 이내 출셋길을 달렸다. 부부 생활의 즐거움을 만끽했다.

이세상과 저세상을 잇는 사랑

영원한 사랑

두 연인은 세 번의 만남과 세 번의 이별 속에서 자신들의 사랑을 절절하게 펼쳤다. 첫 번째 이별은 이생의 부친에 의한 이별이다. 두 번째 이별은 홍건적에 의해 최랑이 죽임을 당하면서 맞는 이별이다.

현실 세계에서 남녀의 사랑은 두 번째 이별에서 끝난다. 기쁨이 한순간에 슬픔으로 변한다. 하지만 이 이야기는 죽음을 넘어서 계속되고, 슬픔은 저 멀리 펼쳐졌다. 살아 있을 때와 거의 다름없이 사랑하는 부부의 모습을 풀어냈다.

이생은 거친 들판에 숨어서 겨우 목숨을 보전하다가, 도적이 이미 다 없어졌다는 소식을 듣고 부모님이 사시던 옛집을 찾아갔다. 그러나 그 집은 이미 전란 통에 불타 없어졌다. 또 최랑의 집에도 가 보았더니 행랑채는 황량했으며, 쥐와 새들의 울음소리만 들려왔다. 이생은 슬픔을 이기지 못하여 작은 누각으로 올라가서 눈물을 거두며 길게 한숨을 쉬었다. 날이 저물도록 우두커니 홀로 앉아 지나간 일들을 생각해보니 완연히 한바탕 꿈만 같았다.

밤이 깊어 희미한 달빛이 들보를 비춰주는데 발자국 소리가 들려왔다. 그 소리는 멀리서부터 차츰 가까이 다가왔다. 바로 최랑이었다. 이생은 그가 이미 죽은 것을 알고 있었지만, 너무도 사랑하는 마음에 의심하지도 않고 물어보았다.

"당신은 어디로 피난 가서 목숨을 보전했소?"

여인이 이생의 손을 잡고 한바탕 통곡하더니 이내 사정을 이야기 했다.

"저는 본디 양가의 딸로서 어릴 때부터 부모님의 교훈을 받아 수놓기와 바느질에 힘썼고, 시서詩書와 예법을 배웠어요. 규방의 법도만 알 뿐이지, 그 밖의 다른 일이야 어찌 알겠어요? 마침 당신이 붉은 살구꽃이 핀 담 안을 엿보았으므로, 제가 푸른 바다의 구슬을 바친 거지요. 꽃 앞에서 한 번 웃고 평생의 가약을 맺었고, 휘장 속에서 다시 만날 때에는 정이 백년을 산 사이보다 더 넘쳤지요.

여기까지 말하고 보니 슬프고도 부끄러워 견딜 수가 없군요. 장차 백년을 함께 하자고 했는데, 뜻밖에 나쁜 일을 만나 몸이 구렁텅이에 빠질 줄이야 어찌 알았겠어요? 늑대 같은 놈들에게 끝까지 대들어 정조를 잃지 않았지만, 제 몸은 진흙탕에서 찢겨지고 말았답니다. 천성이 저절로 그렇게 된 것이지, 인정으로야 어찌 그럴 수 있었겠어요?

저는 당신과 외딴 산골에서 헤어진 뒤에 짝 잃은 새가 되고 말았습니다. 집도 없어지고 부모님도 돌아가셨으니 피곤한 혼백을 의지할 곳도 없는 게 한스러웠답니다. 절의節義는 중요하고 목숨은 가벼우니 쇠잔한 몸뚱이일망정 치욕을 면한 것을 다행스럽게 여겼지요.

그러나 마디마디 끊어진 제 마음을 그 누가 불쌍하게 여겨주겠어요? 한갓 애끓는 썩은 창자에만 맺혀 있을 뿐이지요.

해골은 들판에 내던져졌고 간과 쓸개는 땅바닥에 널려 있으니, 가만히 옛날의 즐거움을 생각해보면 오늘의 슬픔을 위해 있었던 것 같군요. 이제 봄바람이 깊은 골짜기에 불어오기에 저도 이승으로 돌아왔지요. 봉래산 12년의 약속이 얽혀 있고 삼세三世의 향이 향기로우니, 오랫동안 뵙지 못한 정을 이제 되살려서 옛날의 맹세를 저버리지 않겠어요. 당신이 지금도 그 맹세를 잊지 않으셨다면, 저도 끝까지 잘 모시고 싶답니다. 당신도 허락하시겠지요?"

이생이 기쁘고도 고마워하며 말했다.

"그게 애당초 내 소원이오."

······

정겨운 이야기를 끝낸 뒤에 잠자리를 같이했는데, 지극한 즐거움이 예전과 같았다.

이튿날 여인이 이생과 함께 자기가 묻혀 있던 곳을 찾아갔는데, 과연 금과 은 몇 덩어리가 있었고, 재물도 약간 있었다. 그들은 두 집 부모님의 해골을 거두고 금과 재물을 팔아 각각 오관산 기슭에 합장했다. 나무를 세우고 제사를 드려 예절을 모두 다 마쳤다.

그 뒤에 이생도 벼슬을 구하지 않고 최랑과 함께 살았다. 목숨을 구하려고 달아났던 종들도 돌아왔다. 이생은 이때부터 인간 세상의

모든 일을 다 잊어버리고, 아무리 친척이나 손님들의 길흉사가 있
더라도 방문을 닫아걸고 나가지 않았다. 언제나 최랑과 더불어 시
를 지어 주고받으며 금실 좋게 지냈다.

최랑의 죽음 앞에서 이생은 어떤 소망도 빛도 없었다. 오로지
눈물과 한숨의 연속이었다. 최랑과 사랑을 나누던 정든 곳은 황
량하고 쥐와 새들의 울음소리로 채워졌을 뿐이다. 지난 세월이
꿈처럼 느껴졌을 정도다. 사랑한다는 말도 전하지 못한 채 죽임
을 당한 최랑의 심정은 어땠을까? 마찬가지였다. 부모를 전쟁 통
에 잃은 것도 슬펐지만, 더 슬픈 것은 사랑하는 사람과 기쁜 삶을
충분히 살아보지 못한 것이었다.

그 자리에서 사랑의 열정이 빛을 낸다. 그 사랑의 열정은 저세
상으로 가는 사람을 이세상에 붙들어 맸다. 서로 잠자리를 했는
데 그 즐거움이 예전과 같았단다. 이생에게 이미 벼슬길이 열렸
지만, 그 명예는 어떤 의미도 없었다. 오로지 최랑과 사랑을 나눌
수 있으면 그것으로 충분했다.

죽음도 갈라놓을 수 없는 영원한 사랑!

지극히 사랑하는 사이였던 커플 중에는 두 사람 중에 한 사람
이 불의의 사고를 당해 평생을 홀로 사는 이들이 있는데, 그런 사
람의 마음속에는 먼저 떠난 연인에 대한 사랑이 생생하게 자리

이세상과 저세상을 잇는 사랑

잡고도 남는다. 또는 먼저 세상을 뜬 연인을 마치 살아 있는 사람으로 여기고 여생을 보내는 이도 있다. 「이생규장전」은 그런 점을 담아낸 것이다.

2012년에 국립국악원에서 "영원한 사랑 ─ 이생규장전"이라는 타이틀로 공연을 했는데11월 14~18일, 이생이 최랑의 혼령과 만나서 살아 있을 때와 다름없이 평생을 산 것으로 끝냈다. 이듬해 2013년에는 부산시립무용단에서 창단 40주년 기념 춤극으로 "춤추는 영혼"이라는 타이틀을 걸고 「이생규장전」의 절절한 사랑을 되살려냈다. 「이생규장전」의 죽음을 넘어서는 사랑의 열정은 시대를 뛰어넘고 장르를 달리하면서 오늘날에도 재창조되고 있다.

현대판 「사랑과 영혼」

「이생규장전」의 죽음을 뛰어넘는 영원한 사랑은 현대판 「사랑과 영혼」이다. 「사랑과 영혼」제리 주커, 1990은 패트릭 스웨이지와 데미 무어가 주인공으로 출연한 영화인데, 우리나라에서 큰 인기를 끌었다. 원 제목이 「Ghost」인데, 번역한 제목이 잘 붙여졌다. 영

화를 본 사람들은 기억을 하겠지만, 그 줄거리를 인용하면 다음
과 같다.

금융가 샘과 도예가 몰리는 서
로 사랑하는 사이다. 연극 「맥베
스」를 보고 오는 길에 샘은 몰리
에게 청혼하는데, 갑자기 나타난
괴한으로부터 총을 맞고 샘이 죽
는다. 몰리는 슬픔에 겨워 울부
짖고 샘의 장례식을 치른다. 샘
의 혼령은 우연히 만난 유령에게
서 물체를 자유자재로 움직이게

하고 벽을 통과하며 달리는 열차에 뛰어오르는 비법을 배운다. 샘
은 자신을 죽인 강도가 몰리마저 죽이려고 한다는 것을 알고, 자신
의 말을 들을 수 있는 점성술사 오다메를 만나 그 입을 빌려 몰리에
게 위험을 알린다. 몰리는 처음에 오다메를 정신병자 취급하다가
그의 입에서 샘이 평소에 하던 "동감."이라는 말을 듣고 샘의 혼령
이 있음을 깨닫는다. 샘은 평소에 먼저 사랑한다는 말은 하지 않고
몰리가 "사랑해요."라고 말할 때에 "동감."이라는 말을 하곤 했기 때
문이다. 이세상의 몰리와 저세상의 샘이 진실한 사랑의 감정을 느

이세상과 저세상을 잇는 사랑

낀다. 샘은 천국으로 가면서 먼저 "사랑해. 항상 사랑했었고."라고
말하고, 몰리는 샘에게 "동감."이라고 말한다.

　「만복사저포기」를 현대판 「사랑과 영혼」으로 드는 이들도 있
다. 그보다는 「사랑과 영혼」이 「이생규장전」에 더 가깝다. 「만복
사저포기」는 처음부터 인간과 혼령의 만남으로 설정되어 있고,
「이생규장전」은 사랑하는 남녀가 예기치 못한 죽음으로 이별하
고 그후에도 사랑을 이어가는 것으로 되어 있기 때문이다.
　다만 「사랑과 영혼」에서는 남자가 죽어 혼령으로 나타나고,
「이생규장전」에서는 여자가 죽어 혼령으로 나타난다는 점이 다
르다. 하지만 남자와 여자 중 어느 한쪽은 살아 있고 다른 쪽은
혼령이 되어 나타난다는 점에서는 큰 차이가 없다.
　그런데 두 작품 사이에는 눈에 띄는 차이점이 있다. 「사랑과
영혼」은 혼령이 살아 있을 때의 모습으로 나타나지 못하지만,
「이생규장전」에서는 최랑의 혼령이 살아 있는 최랑의 모습을 하
고 나타나 이생과 사랑을 지속한다. 조선시대 「이생규장전」은 영
화 「사랑과 영혼」보다도 훨씬 전에 삶과 죽음을 뛰어넘는 사랑의
열정을 작품으로 그려냈다.

세 번째 이별, 순백색의 사랑

하지만 이생과 최랑은 다시 이별의 길에 들어선다. 최랑이 이세상에서 사랑을 나눌 수 있는 시간이 다하고 이제는 저세상으로 건너가야 했기 때문이다.

몇 년이 지난 어느 날 저녁에 여인이 이생에게 말했다.

"세 번이나 가약을 맺었지만 세상일이 뜻대로 되지 않아, 즐거움이 다하기도 전에 슬프게 헤어져야만 하겠어요."

여인이 목메어 울자 이생이 놀라면서 물었다.

"어찌 이렇게 되었소?"

여인이 대답했다.

"저승길은 피할 수가 없답니다. 하느님께서 저와 당신의 연분이 끊어지지 않았고 또 전생에 아무런 죄도 지지 않았다면서, 이 몸을 환생시켜 당신과 잠시 동안이나마 시름을 풀게 해주었지요. 그러나 제가 오랫동안 인간 세상에 머물면서 산 사람을 미혹할 수는 없답니다."

......

"내 차라리 당신과 함께 황천荒天으로 갈지언정 어찌 홀로 여생을 살아가겠소? 지난번 난리를 겪고 난 뒤에 친척과 종들이 저마다 서로 흩어지고 돌아가신 부모님의 해골이 들판에 내버려져 있었는데, 당

97

신이 아니었다면 그 누가 장사를 지내 드렸겠소? 옛 사람 말씀에 어버이가 살아 계실 때에는 예로써 섬기고, 돌아가신 뒤에는 예로써 장사지내라고 하셨는데, 이런 일을 모두 당신이 감당했소. 당신은 정말 효성을 타고났고 인정이 많은 사람이오. 당신이 너무 고맙고, 나는 부끄러움을 견딜 수가 없구려. 당신도 인간 세상에 더 오래 머물다가 백년 뒤에 나와 함께 티끌이 되었으면 좋겠소."

여인이 말했다.

"당신의 목숨은 아직 남아 있지만, 저는 이미 귀신의 명부冥府에 실려 있답니다. 그래서 더 오래 볼 수가 없지요. 제가 굳이 인간 세상을 그리워하며 미련을 가진다면 명부의 법도를 어기게 되니, 저에게만 죄가 미치는 게 아니라 당신에게도 또한 누가 미치게 된답니다. 저의 유골이 어느 곳에 흩어져 있으니, 은혜를 베풀어주셔서 비바람을 맞지 않게 해주세요."

두 사람은 서로 바라보며 눈물만 줄줄 흘렸다.

"낭군님, 부디 안녕히 계십시오."

말이 끝나자 차츰 사라지더니 마침내 자취가 없어졌다.

이생은 여인의 유골을 거두어 부모의 무덤 곁에 장사를 지냈다. 이생은 지나간 일들을 생각하다가 병을 얻어 몇 달 만에 세상을 떠났다.

이 이야기를 들은 사람들마다 가슴 아파하며 탄식하고 그들의 아름다운 절개를 사모하지 않는 이가 없었다.

세 번째 이별은 최랑이 저세상으로 들어감으로써 맞는, 이세상에서는 더 이상 지속할 수 없는 사랑의 종말이다. 물론 최랑이 죽었다가 혼령으로 돌아오게 되어, 다시 사랑할 수 있는 기회가 주어져서 얼마나 다행인지 모른다. 이생과 최랑은 모든 인간관계도 접고 세상일에 간섭하지도 않은 채 그 사랑의 기쁨을 누렸다. 하지만 이생과 최랑은 그 사랑의 열정을 만끽하기에는 주어진 시간이 오히려 부족했다. 그래서 슬픔은 더 깊어졌다. 이생과 최랑이 다시 헤어져야 했기 때문이다.

　떠나는 최랑이 아쉬워하고 슬퍼함은 말할 것도 없고, 이세상에 남아 있는 이생 또한 이세상에 더는 살 뜻이 없으니 최랑과 함께 황천길로 가고 싶다고 했다. 그래서인지 얼마 되지 않아 이생도 세상을 떴다. 그 슬픔이 두 사람에게만 한정되지 않는다. 그 이야기를 전해 들은 사람들마다 가슴 아파 탄식했다고 한다.

　순백색의 슬픈 사랑! 사랑하면 기쁠 텐데, 왜 이 이야기에서는 기쁨은 잠시고 슬픔이 그 기쁨을 둘러싸고 있는 것일까? 그럴 만한 이유가 있지 않을까? 남녀의 사랑, 그 열정적인 사랑이 아무리 기쁘고 좋은 것일지라도 그 자체가 완전하고 이상적인 상태로 충족될 수는 없다. 하지만 이생과 최랑은 그런 사랑의 열정에 일생의 최대 가치를 부여했기 때문이리라.

　열정적 사랑이 이생과 최랑을 사로잡고 놓아주지 않은 형국이다. 열정적 사랑이 인간의 전제 조건으로 자리를 잡고 있으니 그 전제 조건이 충족되지 않으면 슬플 수밖에 없다.

김시습의 감정과 생각이 깃든 작품

이생과 최랑을 사로잡은 순백색의 열정적인 사랑에는 김시습의 평소 생각이 들어 있지 않을까? 김시습은 자신의 성품과 생각을 이렇게 밝힌 적이 있다.

> 나는 어려서부터 지나칠 정도로 흥겨움을 좋아했고 명예와 이익을 즐겨하지 않고 생계를 돌보지 않았으며 다만 청빈한 뜻을 지키고자 했다. 본디 산 좋고 물 좋은 곳을 찾아 방랑객처럼 여행하기를 좋아하여 풍경이 좋은 곳에 다다르면 시를 읊조리며 즐기고 그런 삶을 친구들에게 자랑하곤 했다. 하지만 문장으로 관직에 오르는 것은 생각하지 않았다. 하루는 갑자기 가슴에 감정이 북받치는 일을 당했는데, 이세상에 남자로 태어나 도道를 행할 수 있는데도 몸가짐을 깨끗이 보전하여 삼강오륜을 어지럽히는 것은 부끄러운 일이며, 도를 행할 수 없을 때에는 홀로 그 몸이라도 지키는 것이 옳다고 생각했다. 김시습, 「탕유관서록宕遊關西錄」후지

김시습이 일컬은 '갑자기 가슴에 감정이 북받치는 일'이란 다

름 아니라 1455년세조 1년 수양대군이 조카 단종을 왕위에서 쫓아
내고 자신이 왕좌에 오른 일을 가리킨다. 그의 나이 21세 때였
다. 그 소식을 들은 김시습은 무려 3일간이나 통곡하고 읽던 책
들을 모두 모아 불사른 뒤 스스로 머리를 깎고 전국 각지를 유랑
했다고 한다.

김시습은 생육신 중의 한 사람이었다. 당시에 단종에 대한 절
의節義를 지키다가 목숨을 잃은 여섯 명의 신하를 사육신死六臣이
라 하고, 목숨은 버리지 않았지만 평생을 지조를 지키며 살아간
여섯 명의 신하를 생육신生六臣이라 한다.

김시습은 자신이 생각한 절의에서 벗어나지 않았다. 그 의리
는 평생토록 안고 살아가야 할 것이자 삶과 죽음을 뛰어넘어 지
켜야 할 것이었으리라.

다음 심경호 교수의 발언 내용은 시사하는 바가 많다.

금오신화는 이승이든 저승이든, 속세든 용궁이든, 실재하는 공간이
든 상상 속에서 그려낼 수 있는 상징의 공간이든, 그 어떤 것도 독
립적으로 원만구족한 의미를 지니지 못한다는 사실을 드러내었다.
자기 자신에게, 또 분별지에 휘둘리고 있는 독자에게, 이 소설은 우
리가 사는 현실 세계가 결함계缺陷界일 따름이라는 사실을 아프게 환
기시키는 것이다. 결함계 속에 살아가는 등장인물들은 모두가, 완

전한 가치를 실현하지 못하고 있다는 사실을 자각함으로써 슬픔을 느끼는 존재들이다.

김시습은 모순된 세상을 개선하려는 열정을 품어도 완전무결한 상황에 도달할 수 없다는 것을 느꼈을 수도 있다. 다만 그 길을 향해 걸어갈 뿐이니 고독할 수밖에 없었을 것이다. 고독은 슬픔을 낳는다. 김시습의 「이생규장전」에서 사랑의 열정이 삶과 죽음을 뛰어넘는 순백색의 슬픔으로 채색된 것은 우연이 아니리라.

3

삼각관계로 펼쳐낸
사랑의 스펙트럼

남녀 사랑에는 '1 : 1'의 사랑만 있을까? 한 사람이 끼어듦으로써 삼각관계에 놓이는 경우도 적지 않다. 요즘 TV 드라마는 홈드라마든 멜로드라마든 남녀의 사랑을 설정할 때에 삼각관계를 선호한다. 심할 때는 삼각관계를 무려 서너 개씩이나 얽히고설키게 함으로써 막장 드라마라는 비판을 받기도 한다. TV 드라마는 왜 삼각관계를 선호할까? 남녀의 애정 관계를 흥미롭고 다채롭게 할 수 있기 때문이다.

잘 알다시피 삼각관계에 놓인 남녀의 사랑은 '1 : 1'의 사랑에 비해 애정 라인이 하나 더 부가되어 두 개가 된다. 대체로 라인 둘이 처음부터 동시에 형성되기보다는 '라인 1'이 먼저 형성되고 그후에 '라인 2'가 형성된다. '라인 2'가 형성된 후에도 '라인 1'이

삼각관계로 펼쳐낸 사랑의 스펙트럼

소멸되지 않음으로써 '라인 1'과 '라인 2'가 병렬적으로 진행되어 삼각관계가 형성되는 것이다.

삼각관계는 애정 라인 하나를 더 보탬으로써 애정의 다양한 형태를 보여줄 뿐 아니라 세 인물들 사이의 관계를 오묘하게 보여주는 장점을 지닌다. 여기에서 한 걸음 더 나아가 삼각관계는 두 사람 사이에 끼어 있는 인물의 애정이 처음과는 다르게 변하는 모습을 담아냄으로써 새로운 맛을 보여주기도 한다. 이를테면 Y가 X_1과 사랑을 나눌 때에는 끌려가는 위치에 선다면 X_2와 사랑을 나눌 때에는 튕기는 위치에 설 수 있다. 우리 주변에서는 Y가 누구를 대하든지 같은 사랑을 하는 경우도 있지만, 문학작품에서는 Y의 사랑이 변하는 것으로 그려진다. 이것이 문학작품에서 성취한 삼각관계 구조의 장점이다.

지금까지 앞에서 다룬 「조신」「김현감호」「이생규장전」 등의 작품들은 '1 : 1'의 사랑을 담아냈다. 「최치원」은 '2 : 1'로 되어 있는데 두 여자의 캐릭터가 분화되어 있지 않아서 '1 : 1'로 보아도 무난하다. 이런 애정 구도를 깨고 '2 : 1' 삼각관계의 새로운 장을 연 작품이 있다. 「주생전」과 「운영전」이다.

구도의 변화는 새로운 시대, 새로운 문화를 의미한다. 이를테면 5층짜리 아파트의 뼈대와 100층짜리 호텔의 기틀은 그 자체로 새로운 사회 문화와 밀접한 관련이 있다. 문학작품에서도 마찬가지다. 문학작품에서 '1 : 1'의 양자 구도에 비해 '2 : 1' 삼각 구도는 새로운 사회 문화를 담아낸다. 학자들은 「주생전」과 「운영전」을 16세기 말에서부터 17세기 초엽에 걸쳐 출현한 작품이라고 추정한다. 그때는 조선 전기에서 후기로 넘어가는 시기로 사회 문화가 크게 변모하는 때다.

'2 : 1'의 삼각 구도는 일찍이 '1 : 1'의 구도에서 이루어낸 열정적 사랑을 담아내되, 그 열정적 사랑의 모습을 좀 더 선명하게 그려냈다. 거기에 한 가지 중요한 것을 보탰는데 바로 열정적 사랑의 대상은 '누구여야 하는지'의 문제다. 열정적 사랑만큼이나 '사랑의 대상' 혹은 '연애의 대상'이 매우 중요하다는 점을 부각시킨 것이다.

「주생전」과 「운영전」 두 작품은 서로 '사랑의 대상'을 정반대로 설정하여 삼각관계의 풍요로움을 확보했다. 「주생전」은 '여 – 남 – 여'의 삼각관계 구도를 설정했다면, 「운영전」은 '남 – 여 – 남'의 삼각관계를 펼쳐낸 것이다. 그에 걸맞게 「주생전」은 주인공을 남성인 주생으로 설정했고, 「운영전」은 주인공을 여성인 운영으로 설정했다. 주인공의 이름을 따라 작품의 제목을 정한 것에서도 치밀한 면을 엿볼 수 있다.

삼각관계로 펼쳐낸 사랑의 스펙트럼

1

「주생전」
'여-남-여'의 삼각관계와 남주인공의 애정 편력

「주생전」은 원문이 한문으로 되어 있다. 학자들은 1593년_{선조 26} 무렵 권필이 지었을 것이라고 추정한다. 작가는 작품 맨 끝에 "봄에 송도에 갔다가 역관_{驛館}에서 중국인 주생을 만나 한자로 써서 의사소통을 하여 그의 행적을 듣고 돌아와서 썼다."고 적어놓았다.

「주생전」의 인물과 개요

[주생] 총명했지만 연이은 과거 급제 실패로 장삿길에 오른다. 배도와 사랑을 약속하지만 선화에게 마음을 빼앗긴다. 임진왜란 참전으로 선화와 사랑을 이루지 못한다.

[배도] 주생의 어릴 때 친구. 집안이 망하여 기생이 된다. 주생과 정
　　　사를 나누기 전 자신의 신분을 상승시켜줄 것을 부탁한다.
　　　주생과 선화의 사랑을 질투하지만 죽을 때에 주생의 앞날을
　　　축복해준다.

[선화] 나이는 열다섯, 노승상 부부의 딸로 몸이 약하다. 용모가 빼
　　　어나고 사곡을 잘 짓는다. 자수도 잘 놓는다. 주생이 순수하
　　　게 사랑하는 여자로 주생과 비밀 연애를 나누고, 주생과 만
　　　나지 못할 때에는 상사병에 걸린다.

[국영] 나이는 열둘, 노승상 부부의 아들이자 선화의 남동생이다. 주
　　　생에게 글을 배운다. 훗날 죽는다.

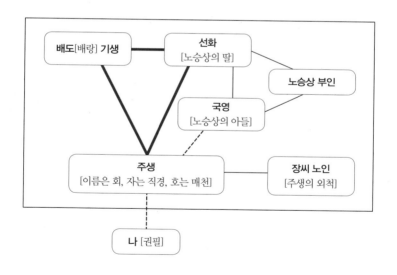

삼각관계로 펼쳐낸 사랑의 스펙트럼

[노승상 부인] 선화와 국영의 어머니. 기생 배도를 불러 노래를 부르
　　게 하곤 한다.

[장 노인] 주생의 외척. 주생과 선화의 끊어진 인연을 다시 이어준다.

[나] 주생을 만나 필담으로 그의 행적을 듣고 주생의 이야기를 기록
　　한다. 「주생전」 속에서 '주생전'의 작가로 설정되어 있다.

① 주생은 뛰어난 재주를 지녔으나 과거에 거듭 낙방하자 과거를
　 포기하고 장사치가 된다.

② 전당에 도착하여 어렸을 적 벗이던 기생 배도를 만나 시를 주고
　 받으며 사랑에 빠진다.

③ 주생은 노승상댁 잔치에 풍류를 돋우러 간 배도를 찾아 나섰다
　 가 그 집에서 남몰래 선화를 엿보고 첫눈에 반하지만, 주생은 집
　 으로 돌아와 아무런 내색을 하지 않고 지낸다.

④ 배도의 권유로 주생은 노승상댁 아들 국영의 가정교사가 된다.
　 주생은 선화의 침실로 들어가 정을 통하고 비밀 연애를 즐긴다.

⑤ 선화는 주생의 주머니에서 배도의 시를 보고 질투하여 그 종이
　 위에 붓으로 먹칠해버리고, 마침내 주생과 선화의 애정 행각을
　 배도가 알아차리게 되어 주생은 배도의 집으로 돌아온다.

⑥ 국영의 죽음으로 주생은 선화를 마주칠 기회를 얻지만 선화가
　 주생을 피하고, 한편 배도는 병들어 죽으면서 주생에게 선화와

인연을 맺으라고 축복한다.

⑦ 주생은 배도의 묘 앞에서 제문을 올린 후 전당을 떠나 장 노인 집에서 머문다. 장 노인의 도움으로 선화와 연락을 하고 혼인 날 짜를 잡는다.

⑧ 혼인날을 앞당기려 선화에게 편지를 썼지만 전하지 못하고, 주생은 임진왜란을 맞아 조선을 돕는 명나라의 원군으로 출전한다.

⑨ 주생은 선화를 그리워하다가 병이 든다.

⑩ 나는 선화를 그리워하는 주생의 이야기를 듣고 그의 안타까움을 글로 써서 남긴다.

「주생전」의 중심 인물은 주생, 배도, 선화 세 사람이다. 그중에서 주인공을 꼽으라면 주생이다. 이 작품은 주생의 삶을 중심에 두고 주생이 두 여성을 상대로 펼치는 애정 관계를 흡인력 있게 펼쳐냈다.

흥청망청 바람둥이

주생은 돈을 아끼지 않고 주색을 탐하는 바람둥이다. 그런데 처음부터 탕아의 기질을 지녔던 것은 아니다.

주생은 어려서부터 총명하여 시를 잘 지었으며 열여덟 살에 태학에 들어갔다. 태학에 다녔다는 것은 벼슬길로 나아가는 첫 번째 관문을 통과했다는 뜻이다. 더구나 태학에서 동료들에게 부러움을 살 정도로 실력이 뛰어났다. 아버지도 지방관이었으니 잘만 하면 공명이 높은 가문을 세우는 길이 열린 셈이다.

참고로 조선시대 과거제도를 보자. 첫 번째 관문인 소과로 생진과생원시와 진사시가 있다. 여기에 합격하면 성균관에 들어가는 자격을 얻는다. 성균관에 들어가서 대과에 합격해야 비로소 벼슬길이 열린다. 대과는 절차에 따라 초시, 복시, 전시로 구분된다.

그러나 주생은 마지막 관문인 대과를 넘지 못하고 몇 년이나 잇따라 과거에 떨어지고 말았다. 마침내 주생은 이렇게 속생각을 토해냈다. "사람이 이 세상에서 살아가는 것은 마치 미미한 티끌이 연약한 풀에 깃들어 있는 것과 같다. 어찌 나의 인생을 공명功名에 구속하고 속세에 찌들게 둘 수 있겠는가?"

주생은 과거 공부를 접고 장시치의 길을 걷기에 이른다. 돈 수

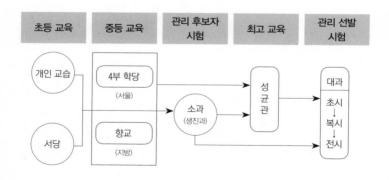

한국 고전문학의 에로스

천 냥으로 배 한 척을 사고 잡다한 물건을 거래하며 전국 방방곡곡을 누비고 다녔다. 그런데 주생은 상인의 길에서 인생의 활기와 보람을 찾지는 못했다. 장사하여 벌어들인 돈을 주색잡기로 탕진하며 세월을 보냈다. 흥청망청 바람둥이의 삶은 벼슬길이 좌절된 것에 대한 보상 심리에서 나온 것으로 볼 수 있다.

작품에서는 주생의 성향을 그렇게 설정해놓은 다음, 주생이 두 명의 여성을 대상으로 하는 사랑 이야기를 펼쳐냈다. 그렇게 해서 러브 라인이 두 개가 형성되는데, 하나는 '주생-배도'의 러브 라인이고 다른 하나는 '주생-선화'의 러브 라인이다. 첫 번째 러브 라인에서 두 번째 러브 라인으로 전환되는 형식을 지니는데, 작품 순서에 따라 살펴보기로 한다.

탐색전, 밀고 당기기

주생은 취한 상태에서 전당으로 흘러들었다. 전당은 어릴 적에 살았던 고향이다. 거기에서 뜻밖에 소꿉친구 배도를 만났는데 그녀는 기녀가 되어 있었다. 바야흐로 '주생-배도'의 러브 라인이 형성되기에 이른다. 이 러브 라인은 탐색전과 유혹의 기술을 보여주며, 유혹자의 간절한 소원, 두 사람의 서로 다른 생각을 담아낸다.

주생과 배도는 서로 만나자마자 반가움을 금치 못했다. 이내 시를 주고받는 과정을 통해 탐색전을 벌였다. 오늘날 젊은이들은 좋아하는 사람에게 자신의 마음을 전하기 위해 대중가요를 부르곤 한다. 서로 마음이 통하면 한 사람이 앞 대목을 부르고 다른 한 사람이 뒤 대목을 부르거나 동시에 함께 부르기도 한다.

㉮주생이 먼저 시 한 수를 지어 읊자, 이어서 ㉯배도가 시를 지어 주생에게 읊게 했다. 그 다음은 ㉰배도가 먼저 「접연화蝶戀花」의 앞 대목을 짓고, 그 뒤를 이어 ㉱주생이 「접연화」의 뒤 대목을 지었다.

주생은 자신이 배도에게 지어준 ㉮와 ㉱의 시에서 초지일관 자신의 처지와 의도를 은근하게 밝혔다.

[㉮ 주생이 먼저 배도에게 지어준 시]

하늘가 방초에 몇 번이나 옷을 적셨던가,　　　　天涯芳草幾霑衣

만리에서 돌아오니 일마다 달라졌는데,　　　　萬里歸來事事非

두추의 높은 명성이 예나 다름이 없고,　　　　依舊杜秋聲價在

작은 누각의 구슬발은 저녁 햇살이 감기네.　　小樓珠箔捲斜暉

[㉱ 주생이 지은 「접연화」 뒤 대목의 일부]

봉래산 선경에 잘못 들어　　　　　　　　　　誤入蓬萊十二島

누가 알리요 번천이 문득 방초를 찾게 될 줄을.　誰識樊川却得尋芳草

주생이 ㉮에서 배도를 당나라의 유명한 시기詩妓인 '두추杜秋'로 보고, ㉱에서 "주생 자신을 '번천'에 비유했다. '번천'은 기생과의 애정 행각이 유명했던 '두목지杜牧之'다. 주생은 기녀 배도를 만나 바람둥이가 '나비가 꽃을 찾아드는 것'처럼 육체적 탐닉 행위를 유감없이 발휘하겠다는 뜻을 비치고 있다. 이러한 정황을 뒷받침하는 것으로 ㉮㉱에 공통으로 '방초芳草'라는 시어가 있다. 그 뜻은 사전적으로 '향내 나는 풀'을 의미하지만, 시의 문맥상 ㉮에서는 '기녀'를 의미하고 ㉱에서는 기녀 '배도'를 의미했다.

주생은 아름다운 기녀 배도를 만나기 전에 이미 '방초에 옷이 젖는 생활', 즉 '여러 기녀와 애정 행각'을 일삼아왔다는 것을 밝히고, 나아가 배도가 그런 기녀 중 하나이며, 이제 배도와 향락적인 관계를 맺고 싶다고 자신의 뜻을 비친 것이다. 주생은 시를 잘 짓는 기녀라고 치켜세우면서 배도를 유혹하고 풍류남風流男의 면모를 유감없이 발휘했다.

풍류남이라고 해서 상대를 함부로 대하는 것은 아니다. 주생 또한 상대의 마음을 얻기 위해 전전긍긍하는 모습이 작품에 이렇게 쓰여 있다.

이미 배도의 외모를 사랑하게 된 터에 또 그녀가 지은 시를 보자, 마음이 미혹되어 온갖 상념이 다 일었다. 내심 시의 율격을 빌려 배도의 뜻을 시험하고 싶었다. 그래서 오래도록 시구詩句를 생각하며 괴롭게 읊조려보았으나, 끝내 시를 완성하지 못한 채 밤만 깊어버리고 말았다. 이때 달빛은 땅을 환하게 비추고, 꽃 그림자가 사방에 어리어 있었다. 주생이 이리저리 배회했다.

달빛에 꽃 그림자가 어리는 밤 풍경, 그리고 주생의 마음속, 주생의 서성거림이 확 와 닿지 않는가?

상대방을 먼저 움직이게 하는 유혹의 기술

배도와 주생의 대화가 눈길을 끈다. ㉰ 배도가 먼저 「접연화」의 앞 대목을 짓는 모습을 보고 주생은 배도의 방에 들어가 수작을 걸었다. 그 장면을 대화체로 바꾸어보았다.

[주생] 그대의 글에 내가 덧보태도 괜찮겠소?
[배도] (화가 난 모습으로) 미쳤소? 어떻게 여기에 들어왔소?
[주생] 내가 미친 것이 아니라, 그대가 나를 미치게 했소.

그렇다면 배도는? 속마음을 말로 표현하지 않았을 뿐, 배도 역시 주생을 유혹하고 있었다. 위의 명대사가 나오기 전에 이미 ㉮ 주생이 먼저 시 한 수를 지어 읊은 후에, ㉯ 배도는 자신의 마음을 시로 적어 주생에게 주었다.

비파로 상사곡일랑 타지를 마오,　　　　琵琶莫奏相思曲

곡조 높아지면 이 가슴 타고 타네.　　　　曲到高時更斷魂

꽃은 피어 만발한데 임은 없으니,　　　　花影滿簾人寂寂

오는 봄 애태우다가 지샌 밤 며칠이던가.　　春來消却幾黃昏

　유혹자는 먼저 자신의 마음을 내비치지 않는다. 그물을 쳐놓고 상대방이 걸려들기를 기다릴 뿐이다. 배도는 많은 봄날을 연인 없이 지냈음을 환기하며 연정에 사로잡힌 심리 상태를 은근히 내비쳤다. 자신이 지은 시를 상대방이 읽게 하는 노련함까지 갖추었다.

　하지만 조금 더 기다려야만 했다. 주생을 유혹한 배도는 그날 밤 ㉯ 「접연화蝶戀花」의 앞 대목만 지어놓고 완성하지 못한 채 망설였다. 그 망설이는 모습을 주생에게 일부러 보인 것이라면? 그렇다면 배도의 망설임은 주생을 유혹하여 애정 관계를 맺기 위한 고도의 노림수였다. 유혹의 달인은 상대가 걸려들었어도 우쭐대지 않는다. 반드시 상대방이 먼저 말을 하게 한다. "내가 미친 것이 아니라, 그대가 나를 미치게 했소."라는 말을 주생 스스로 멋있는 말로 여겼을지 모르지만, 그 명언을 내뱉게 한 사람은 다름 아닌 배도였다.

주생이 그 말을 하자마자 배도는 자신이 지은 「접연화」의 앞 대목을 보여주었다.

깊고 깊은 작은 뜰에 춘정이 설레는데,　　　　小院沈沈春意鬧

달은 꽃가지에 걸리고 향연은 간드러지네.　　月在花枝寶鴨香烟裊

창안의 고운 여인 수심으로 늙어가고.　　　　窓裏玉人愁欲老

아득히 끊기는 꿈이 화초에 헤매네.　　　　　遙遙斷夢迷花草

거기에는 아름다운 봄날에 고독감이 가득한 배도의 심정이 담겨 있었다. 주생이 어떻게 뒷부분을 채울지, 그 속마음을 한 번 더 확인하고 싶었다. 주생은 「접연화」의 뒷부분을 완성하여 배도와 사랑의 정열을 불태우고자 하는 심정을 알렸다.

유혹자의 간절한 소원

마지막으로 배도는 자신의 진심어린 소원을 밝혔다. 그것은 기녀의 처지를 벗어나는 것이었다. 마지막 관문을 넘으면 된다.

첩의 조상은 호족입니다. 할아버지는 과거에 급제하여 연천시에서 박사舶師 자리에 있다가 죄에 얽혀 서인이 되었어요. 그때부터 가난해지기 시작하여 재기하지 못했어요. 첩은 일찍 부모를 여의고 다른 사람에게 양육되어 오늘에 이르렀지요. 비록 스스로 정결하게 지키고자 하였으나 이미 기녀가 되었기에 어쩔 수 없이 다른 사람의 잔치에 가지 않을 수 없었고요. 한가한 자리에 처해서는 항상 꽃을 보고서는 눈물을 흘리지 않을 수 없었고, 달을 바라보며 넋을 잃곤 했지요. 이제 그대의 풍채와 위의가 빼어나고 재주가 뛰어남을 보고, 첩이 비록 자질이 보잘것없지만 수발을 들며 그대를 영원히 모시고자 합니다. 바라건대 훗날 그대가 출세하여 일찍 요직에 올라 첩을 기적에서 빼내어 선조의 이름을 더럽히지 않도록 해주시면, 첩은 더 바랄 것이 없습니다. 그후에 나를 버리신다 해도 종신토록 은혜를 갚을 겨를이 없을 텐데 어찌 감히 원망하겠어요?

배도의 운명은 기구했다. 집안이 할아버지 때에는 벼슬아치였으나 할아버지가 죄에 얽히면서 신분이 서인으로 한 단계 떨어지고 가세는 기울었다. 부모는 그 가난을 물려받았는데 그나마 어린 배도를 홀로 남겨놓고 세상을 떴다. 배도는 남의 손에서 자라다가 기녀가 되어 잔치에 불려 다니는 처지가 되고 말았다.

배도는 주생을 자신의 소원을 이루어줄 적임자로 보았다. 비록 과거에 여러 차례 낙방했지만 태학에 다니던 인재가 아닌가, 다시 과거를 치르게 하면 된다. 아니라면 주생이 허랑방탕한 생활을 그만 멈추고 근면한 부자 상인이 되어도 좋았다. 어떻게든 주생은 자신을 기녀 신분에서 빼내줄 수 있을 테니까. 신분 회복의 소망이 얼마나 강렬했으면 주생이 나중에 자신을 버린다 해도 원망하지 않을 것이라고 말했겠는가.

그때 주생은 배도의 기대를 확고하게 하는 시를 읊었다. "푸른 산은 언제나 푸르고, 푸른 나무는 길이 남도다.……"라는 맹세의 시를 배도에게 지어주었다. 곧바로 배도는 주생과 깊은 사랑에 빠져들었다. 하지만 주생의 맹세는 지켜지지 않았다. "제 버릇 개 못 준다."라는 속담이 있듯이, 향락에 물든 버릇을 하루아침에 없앨 수는 없었다.

동상이몽同床異夢

연인들이 서로 같은 감정을 품고 같은 생각을 갖는다면 그야말로 환상적이다. 주생과 배도의 사랑도 그렇게 보인다. 지금까지는……. 그런데 사랑하는 남녀라 할지라도 첫 출발부터 서로 다른 생각과 감정을 품는 경우가 적지 않다. 처음에는 사랑에 눈이 멀어 그런 차이를 느끼지 못하다가 나중에 알아차리면서 마음이 멀어지기도 한다.

또는 남녀가 서로 사랑할 때에 처음부터 무엇인지 마음 한 구석이 채워지지 않음을 느낄 수도 있다. 같은 감정, 같은 생각을 품게 되리라고 생각하다가 오래지 않아 그러한 기대가 무너지기도 한다. 사람들은 남녀의 사랑에서 의사소통이 매우 중요하다고 하기도 하고 감정의 교류가 매우 중요하다고도 한다. 맞는 말이다. 하지만 그렇게 시작했을지라도 비극으로 끝나는 사랑이 적지 않다. 강한 의지가 뒷받침되는 행동으로 이어지지 않기 때문이다. '주생 – 배도'의 사랑에서 그런 성향을 엿볼 수 있다.

배도는 과거에 거듭 낙방한 주생에게 동병상련을 느끼면서 그를 진실하게 사랑하며 주생의 출세를 통해 자신의 기녀 신분을 벗어나고자 했다. 배도에게 주생은 진실하게 사랑할 만한 대상이었다. 반면에 주생은 배도에게 진실한 애정을 품었다고 할지라도 그때뿐이고 근본적으로 바람둥이어서 향락적이고 정욕적인 사랑을 벗어나지 못했다. 주생은 배도의 아름다운 외모를 탐할 뿐이었다.

그러하기에 이들 커플의 사랑은 처음부터 비극을 잉태하고 있었다. 마침내 주생과 선화가 서로 사랑하게 되자 배도는 설 자리를 잃고 병들어 죽고 말았다. 이렇게 보니 유혹의 달인은 배도가 아니라 바로 주생이었음을 알게 된다.

남 못 주는 탕아 기질

주생은 배도 몰래 선화와 비밀 연애를 해왔다. 그런데 주생이 선

삼각관계로 펼쳐낸 사랑의 스펙트럼

화에게 접근하여 애정 관계를 맺는 과정은 배도에게 처음 접근했을 때의 과정과 거의 비슷했다. ㉠주생은 배도를 뒤따라 선화의 집에 가다가 소흥교에서 한 편의 고풍시古風詩를 짓고, ㉡선화의 「풍입송風入松」을 배도에게서 얻어 들었다. ㉢선화가 소동파의 「하신랑賀新郞」 앞부분을 읊자, ㉣주생이 뒷부분을 읊었다. 그후에 ㉤주생은 선화와 육체관계를 맺었다.

㉠에서 지은 고풍시의 내용은 이렇다.

> 버드나무 숲 너머 고요한 호숫가에 누각이 높이 솟았는데,
> 붉은 용마루 위 푸른 기와는 파란 봄빛을 띠었네.
> 향기로운 바람은 낭랑한 웃음소리 실어 보내지만,
> 누각 안에 있는 여인은 꽃에 가려 보이지 않네.
> 부럽구나, 꽃밭에서 노니는 두 마리 제비여.
> 붉은 주렴 안을 마음대로 날아드네.
> 이리저리 서성거리며 차마 발길을 돌리지 못하는데,
> 낙조에 잔잔하게 이는 물결은 나그네의 시름을 돋우는구나.

때는 한창 봄경치가 무르녹은 석양쯤이다. 선화의 집에서 여인의 웃음소리가 들리자 주생은 그 여인이 누구인지 궁금했다. 담 넘어 붉은 주렴 안에 가려진 이름 모를 여인 생각에 사로잡힌

것이다. 배도를 사귄 지 얼마 되지 않았을 때다.

　주생은 풍류계, 아니 화류계의 선수답게 이번에는 선화의 마음을 흔들어놓기에 이른다. 바람둥이 주생에게는 배도를 취하는 것이나 그후에 선화를 취하는 것이 전혀 다르지 않았다. 또한 주생으로서는 선화라는 새로운 연애 대상이 나왔으니 배도를 배신해도 전혀 문제가 될 게 없었다. 더욱이 선화는 기생이 아니라 노승상부인 댁의 딸이 아닌가? 담장이 둘러 있는 깊은 곳에 어떤 남자와도 마주침이 없이 살고 있지 않은가? 주생에게 선화가 '봉황'이라면 배도는 '까마귀'에 불과했다. 선화가 '구슬'이라면 배도는 기껏해야 '조약돌'이었다.

　그후로 주생은 배도에게 공부를 하겠다고 핑계를 대고 노승상부인 댁으로 들어가 국영의 가정교사 노릇을 하며 선화를 만날 기회를 엿보았다. 마침내 ⓒ 선화가 소동파의 「하신랑」 앞부분을 읊자, ⓓ 주생이 소동파의 「하신랑」 뒷부분을 읊는 과정을 거쳐 서로 마음을 확인하고 주생과 선화는 사랑하는 사이로 발전한다.

　선화는 못 들은 체하면서 즉시 촛불을 끄고 잠자리에 들었다. 주생은 방안으로 들어가 선화와 동침했다. 선화는 나이가 어리고 몸이 허약해 정사情事를 감당하지 못했으나, 옅은 구름 속에서 가랑비가 내리듯, 버들가지가 하늘거리고 꽃이 교태를 부리듯 향기로운 울음 소리로 속삭이는가 하면, 잔잔한 미소를 지으며 가벼운 탄성을 질 렀다.

주생은 벌이 꿀을 탐하고 나비가 꽃을 사랑하듯이 혼미한 중에 즐 거움이 넘쳐 날이 새는 것도 깨닫지 못했다. 그런데 갑자기 난간 앞 에 있는 꽃가지에서 꾀꼬리 울음소리가 물 흐르듯 들려왔다. 주생 이 깜짝 놀라 방문을 열고 나오니, 연못과 집안은 고요하고 새벽안 개가 얕게 깔려 있었다. 선화는 주생을 전송하려고 문을 열고 나왔 다가 갑자기 문을 닫고 들어가며 말했다.

"이제 다시 오지 마십시오. 이 일이 알려지면 생사가 염려스럽습니 다."

주생은 연기가 가슴을 꽉 메운 듯이 기가 막혀, 급히 되돌아서면서 목 메인 소리로 대답했다.

"겨우 좋은 만남을 이루었는데, 어떻게 이처럼 야박하오?"

선화가 웃으며 말했다.

"농담입니다. 그대는 노여워하지 마십시오. 어두워진 뒤에 다시 오 십시오."

주생은 '좋아, 좋아'라고 연이어 소리치며 나왔다.

……

다음 날 밤에 주생이 또 갔는데, 갑자기 담장 아래 나무 그늘 속에서 돌과 쇠가 부딪히는 것처럼 신발 끄는 소리가 들렸다. 주생은 다른 사람에게 발각된 것이 아닌가 하는 두려움에 곧바로 돌아서서 달아나려고 했다. 이때 신발을 끌던 사람이 갑자기 푸른 매실을 던져서 주생의 등을 바로 맞추었다. 주생은 어쩔 줄을 몰라 달아나지도 못하고 대밭 아래에 납작 엎드렸다.

신발 끌던 사람이 낮은 소리로 말했다.

"두려워하지 마십시오. 접니다. 선화."

주생은 비로소 선화에게 속은 것을 알고 곧 일어나 선화의 허리를 끌어안으며 말했다.

"어찌 사람을 이렇게 속인단 말이오?"

선화가 웃었다.

"제가 낭군을 속이다니요? 낭군이 스스로 겁냈을 뿐입니다."

17세기 무렵에 지어진 작품이라고 믿기 어려울 정도다. 앞 대목에서 정사 장면은 「이생규장전」보다 농염하다. 현대소설이라는 착각이 들 정도로 사랑하는 연인끼리 장난치는 모습이 눈에 선하다.

바람둥이의 진실한 사랑

'주생 – 선화'의 러브 라인이 '주생 – 배도'의 러브 라인에 더해짐으로써 '배도 - 주생 - 선화'의 삼각관계가 형성된다.

그런 중에 삼각관계에 질적인 변화가 일어난다. 주생은 선화에게 '첫눈에 반한 사랑'의 열정에 사로잡힌 것이다.

열네댓 살쯤 된 소녀가 부인 옆에 앉아 있었다. 구름처럼 아름다운 머릿결에는 푸른 빛이 비추었고 아름다운 뺨에는 붉은 빛이 어리었다. 맑은 눈으로 흘기는 모습은 흘러가는 물결에 비친 가을 햇살 같았다. 어여쁨을 자아내는 아름다운 미소는 봄꽃이 새벽이슬을 머금은 듯했다. …… 소녀를 본 주생은 넋이 구름 밖으로 날아가고 마음이 허공에 붕붕 뜬 듯이 황홀했다. 몇 번이나 미친 듯이 소리를 지르며 뛰어 들어가고 싶었다.

일찍이 경험한 적이 없었던 '첫눈에 반한 사랑'이 주생을 사로잡았다. 주생에게 진실한 사랑의 열정을 불태울 만한 연애의 상대가 나타난 것이다. 선화 또한 주생을 사랑하여 아무런 조건 없이 열정을 불태웠다. 배도는 기녀 신분에서 벗어나게 해달라고 해서 마음 한구석에 짐이 되었는데……. 선화는 부족함이 없는 양반가 딸이었고 오히려 순수하게 주생을 사랑해주었다.

주생은 배도와 함께 잠을 자는 중에 자신도 모르는 사이에 '선아'를 부르짖다가 그만 배도를 깨우고 말았다. 배도는 여성 특유의 직감으로 주생에게 여자가 생겼음을 알아채고 만다.

에리히 프롬은 『사랑의 기술』에서 남녀 간의 사랑은 배타적이라고 했다. 사랑이 '배타적'이라는 말은 사랑하는 남녀 사이에 다른 사람이 끼어들어서는 안 된다는 것을 뜻한다. 에리히 프롬은 만약에 제3자가 끼어들면, 동성끼리 강한 질투심에 사로잡힐 수밖에 없다고 했다. 상식이지 않은가.

주생을 놓고 볼 때에 배도에게는 선화가 끼어든 모양새고, 선화에게는 배도가 끼어든 형국이어서, 배도와 선화는 적대적인 관계에 놓일 수밖에 없었다. 선화는 주생의 주머니 속에 들어 있는 배도가 써준 사랑의 글을 보자 그 종이 위에 붓으로 까맣게 칠해버렸다. 배도가 보기를 바라는 심산이었다. 배도는 자신이 써준 사랑의 글이 먹칠되어 있는 것을 보고 깜짝 놀라서 주생을 집으로 돌아오게 했다.

그런데 배도와 선화는 모두 주생에게 섭섭한 감정이라든지, 울분이나 분노감을 드러내지 않았다. 두 사람 모두 주생을 열정적으로 사랑했기 때문이다. 그리고 주생이 자신만을 사랑해주길 바랐기 때문이다.

주생은 배타적인 사랑을 하지 않고 적절하게 두 여성과의 관계를 맺을 수도 있었다. 일부다처제 사회에서는 불가능한 것도 아니었다. 그러나 두 여성이 서로 질투하는 바람에 그런 삶을 누

삼각관계로 펼쳐낸 사랑의 스펙트럼

릴 수 없었다. 두 여성은 모두 주생을 대상으로 '1 : 1'의 열정적인 사랑을 하기를 원했던 것이다. 아무리 바람둥이라 할지라도 그런 상황에서는 난감할 뿐이다.

주생은 두 여자 중 한 명을 선택할 수밖에 없었다. 주생은 선화에게 마음이 기울고 있었다. 그때 배도가 병들어 죽으면서 주생의 사랑은 결정적으로 전환기를 맞는다. 죽어가는 배도가 주생을 순수하게 사랑했다고 말하고, 나아가 선화와 좋은 인연을 맺으라고 축복의 말을 남긴 것이다. 배신자에게 저주가 아니라 축복을 바라다니, 배도는 순수한 사랑 자체를 원하는 여자였다. 기생의 처지에서 벗어나고자 한 배도의 소망은 단순히 신분 상승을 이루고자 한 것이 아니라 순수한 사랑을 지켜내고자 한 것이었으니…….

심지어 배도는 주생에게서 배신을 당했을지라도 주생과 선화의 순수한 사랑이 맺어지기를 바라는 그런 여자였다. 누가 열매를 맺든 순수한 사랑은 이루어져야 한다고 믿는 바보 같은 여자라고 볼 수 있다. 아니면 병들어 죽으면서도 주생을 미워하지 않고 사랑하는 그런 순수성을 지닌 여자였다.

순수한 사랑이 이런 것인가? 비로소 주생은 깨달았다. 그 깨달음과 함께 죄의식이 밀려왔다. 주생은 배도를 기리는 제문을 지었다. '배도는 비록 기생이지만 그 뜻만은 그윽하여 정절을 지

컸다. 반면에 나는 바람에 휘날리는 버들가지와도 같고 방탕한 뜻을 지녀 외로이 물에 뜬 부평초의 신세였다.'라고. 배도의 죽음으로 선화와의 재회가 성사될 수 있었지만, 주생은 선화와 인연을 맺지 않은 채 한마디 말도 없이 전당을 떠나버렸다. 배도에 대한 최소한의 의리였다. 선화를 처음부터 순수하게 사랑한 것도 아니지 않은가. 자신의 바람둥이 삶을 철저히 참회하는 심정이었다.

그후로 영원히 주생은 바람둥이 기질을 떨쳐버린다. 그 자리에는 순수한 사랑의 열정이 온전하게 피어났다. 선화와 헤어져 있는 동안 주생은 오로지 선화에 대한 사랑을 떨쳐내지 못하는 자신을 발견했다. 마침내 주생은 장 노인의 주선으로 선화와 다시 소식을 잇게 된다. 그때 주생은 선화에게 보낸 편지에서 '지난날 나는 그대의 집에 뛰어들어 춘심이 발동하여 애정을 금하지 못하고 꽃 속에서 맹약하고 달 아래 인연을 맺었다.'고 하며 지난날 선화와의 관계가 정욕적이었다고 고백했다.

그리고 이어서 이렇게 적었다.

아 아름다운 그대여, 이별 후의 이 심정은 그대만이 알 수 있으리라. 옛 사람은 하루를 못 만나면 삼 년과도 같다고 했는데 이것으로 미룬다면 수십 년이나 되오…… 편지지에 엎드린 채 목이 메어 눈

삼각관계로 펼쳐낸 사랑의 스펙트럼

물이 나니 더 할 말을 모르겠소.

마침내 주생은 선화와 약혼하고 진실한 사랑을 나누기에 이른다. 요컨대 '주생 – 선화' 커플의 애정은 처음에는 주생의 정욕적인 태도와 선화의 순수한 사랑이 결합하는 모습을 띠다가 주생이 변하면서 둘 다 순수한 사랑의 모습을 띠게 된다. 하지만 그 순수한 사랑은 임진왜란이 발발하여 이루어지지 못한 채 끝을 맺는다. 그때 주생은 명나라 원병으로서 조선에 들어왔으나 선화를 그리워하는 마음이 깊어서 병이 든 상태였다.

에로스의 분화와 부조화, 이중적 비극성

앞에서 언급했듯이 「주생전」은 '2 : 1' 삼각관계를 통해 남녀 사이에 열정적 사랑이 중요하고 그만큼이나 열정적 사랑의 '대상'이 매우 중요하다는 점을 부각시켰다. 그 과정에서 에로스의 성향이 분화되고 그렇게 둘로 분화된 에로스가 서로 삐걱거리는 모습을 보여준다.

'주생 – 배도' 커플을 보면, 주생은 배도와 성적으로 농염하게 즐기려는 욕정적, 관능적 에로스를 분출했고, 배도는 그런 주생에게 열정적 사랑으로 대했다. 에로스의 성향이 달라서 이 커플은 파국을 맞고 말았다.

'주생 – 선화' 커플은 다소 복잡한 과정을 거친다. 주생에게 선화는 이전에 기생이었던 배도와는 달리 양가집 딸이어서 신선한 느낌을 주는 여자였다. 주생은 배도에게 했듯이 여전히 욕정적, 관능적 사랑으로 선화를 대했다. 주생은 배도와 선화 사이에서 양다리를 걸쳤다. 바람둥이 사랑이란 게 그렇지 않은가? 하지만 물정 모르는 선화는 열정적 사랑으로 대할 뿐이었다.

그러다가 배도의 죽음이 계기가 되어 주생은 바람둥이 기질을 반성하고 선화 또한 일말의 책임감을 느끼게 된다. 마침 동생 국영의 죽음으로 잠시 만날 기회를 얻지만 대면대면할 뿐이었다. 마침내 주생은 먼 지방으로 떠나고 말았다. 하지만 헤어져 있는 동안 주생은 선화에게 진실한 사랑의 열정을 가지게 된다. 주생은 선화에게 연락을 취해 서로 열정적 사랑에 빠져 있음을 확인하고 결혼을 약속하기에 이른다. 그런데 이번에는 임진왜란이라는 외부 요인으로 에로스는 날개를 펴지 못하고 만다.

'배도 – 주생 – 선화'의 삼각관계는 배도의 순수한 사랑의 열정이 주생의 욕정적 사랑으로 어긋나서 비극적이고, 훗날 주생과 선화의 쌍방간 열정적 사랑이 전란으로 결실을 맺지 못해서 또 비극적이다. 이중적 비극성이다.

한편으로 이런 삼각관계는 17세기 양반층의 신분이 분화되어 가는 역사적 변동 속에서 이루어진 것이어서 눈길을 끈다. 주생,

배도, 선화는 모두 아버지나 할아버지가 벼슬아치였다. 장사치로 변신한 주생, 할아버지가 지방관이었지만 기생이 된 배도, 노승상의 딸 선화! 작품의 배경이 중국으로 되어 있지만, 그런 모습은 조선 사회의 변화상을 일정 부분 수용한 것으로 보아도 무리가 없다.

2

「운영전」
'남-여-남'의 삼각관계와 여주인공의 애정 지향

「운영전」은 한문본과 한글본으로 전한다. 작가는 밝혀지지 않았다. 작품의 첫 부분부터 '유영'이라는 사람을 등장시켜, 그가 김진사와 운영에게서 그들의 사랑 이야기를 듣고 작품으로 남겨 후세에 전하는 방식으로 작품을 구성했다. '유영'이 액자 밖에서 액자 안의 '운영 – 김진사'의 러브 스토리를 들여다보면서 이야기하는 것이다. 그러한 구성 방식을 '액자식 구성' 혹은 '액자 구조'라고 일컫는다.

　많은 학자들은 「운영전」의 이런 '액자 구조'를 두고 논의에 논의를 거듭해왔는데 신재홍 교수에 이르러 그 액자 구조는 네 층위로 액자가 겹쳐진 중층적 구조임을 알 수 있게 되었다. 그런데 그러한 중층적 액자 구조는, 어떤 흥미롭고 의미 심장한 것을 은

삼각관계로 펼쳐낸 사랑의 스펙트럼

밀하게 숨겨놓은 여러 겹의 커튼을 한 꺼풀씩 벗겨서 마침내 실체를 밝혀 드러내는 기능을 한다. 그 실체는 바로 에로스가 어디로 어떻게 흐르는가다.

「운영전」의 인물과 개요

[유영] 안평대군의 수성궁에 들어가서 술 마시고 잠들었는데 운영과 김진사를 만나 두 사람의 사랑 이야기를 듣고 꿈이 깬 후에 운영과 김진사의 사랑 이야기를 전한다.

[안평대군] 세종의 셋째 아들. 흥취와 멋을 즐긴다. 소녀 열 명을 가려 뽑아 궁녀로 삼은 뒤에 시, 문 등을 교육시켜, 격조 있는 풍류를 누린다. 궁녀들을 외간 남자들에게 보여주지 않는다. 김진사에게 운영을 보여주었다가 문제가 일어난다.

[운영] 어릴 적 안평대군에게 이끌려 궁녀가 된다. 궁궐 밖의 세상을 동경하다가 김진사와 눈이 맞아 사랑에 빠지고, 함께 도망치려다가 특의 배신으로 좌절하고, 스스로 목숨을 끊는다.

[김진사] 운영에게 반하여 운영과 사랑을 나눈다. 운영과 함께 도망치려고 하지만 뜻을 이루지 못한다. 운영이 죽은 후에 얼마 되지 않아 병들어 죽는다.

[특] 김진사와 운영이 도망치는 데 도움을 주다가 운영의 재물에 눈

한국 고전문학의 에로스

이 멀어 재물을 가지고 도주한다.

[무녀] 김진사를 도와 운영을 만나게 한다. 두 사람 사이에서 사랑을 놓아주는 다리가 된다.

[자란 등 아홉 궁녀] 운영과 함께 안평대군의 궁녀들이다. 운영의 사랑을 반대하다가 나중에는 운영 편이 된다.

① 선조 때 선비 유영이라는 사람이 안평대군의 옛 궁궐인 수성궁 터에 놀러가 홀로 술잔을 기울이다 깜빡 잠이 들었다.

② 유영이 잠에서 깨어나니 어느새 저녁이 되었는데 유영은 궁녀였던 운영과 그의 연인인 김진사를 만나 술을 마시며 그들의 사랑 이야기를 들었다.

③ 안평대군은 평소 풍류 생활을 즐겼다. 특히 열 궁녀를 별궁에 두고 시와 중국 서책을 익히게 하고 다른 남자들의 접근을 철저히 막았다.

④ 안평대군과 풍류를 나누던 어린 김진사와 운영은 서로 첫눈에 반하는 사랑의 열정에 사로잡힌다. 운영이 먼저 연애편지를 보내면서 둘 사이의 사랑이 시작되었다.

⑤ 다른 궁녀들의 도움으로 운영은 궁궐 밖 소격서동으로 빨래하러 나가는 틈을 이용하여 김진사를 만나 사랑을 나누고, 밤마다 김진사를 궁궐로 불러들여 깊은 사랑을 나누었다.

⑥ 운영과 김진사는 안평대군을 피하여 달아나기로 계획하나, 특이라는 자가 재물을 가지고 도망치는 바람에 그 계획이 물거품이 되고 말았다.

⑦ 안평대군에게 애정 행각이 발각되어 궁녀들이 꾸짖음을 당할 때에 궁녀들은 운영을 옹호하며 살려달라고 간청한다. 운영은 자책감 때문에 스스로 목숨을 끊었다.

⑧ 김진사는 절에 가서 운영의 명복을 비는 재를 올린 다음, 슬픔이 깊어져 병들어 죽었다.

⑨ 김진사와 운영은 자신들의 슬프고도 비극적인 사랑 이야기를 세상 사람들에게 전해달라고 당부했다.

⑩ 유영이 다시 졸다가 깨어 보니 김진사와 운영의 사랑을 기록한 책이 남아 있었다. 유영은 「운영전」을 가지고 돌아와 세상에 전

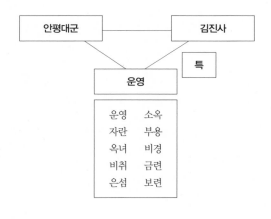

했다.

중심인물은 운영, 안평대군, 김진사 3인이다. 그중에서 주인공을 한 명 꼽으라고 하면 운영이다. 이 작품은 운영의 삶을 중심 스토리로 설정하되, 운영을 사이에 두고 '안평대군 – 운영 – 김진사'의 삼각관계를 설정했다. 그중에 '안평대군 – 운영'의 라인과 '운영 – 김진사'의 러브 라인을 색다르게 그려내는 한편 세 인물의 감정과 생각을 섬세하게 포착했다.

고품격 풍류 남아

안평대군은 세종의 셋째 왕자로서 권세가 높았을 뿐 아니라 재산도 매우 많았다. 「운영전」에서는 안평대군에 대하여 "세종대왕의 여덟 왕자 중에서 안평대군이 가장 영특하여 왕께서 몹시 사랑하셨고 내려주신 것도 무수하다. 그런 까닭에 토지며 노비며 재산이 왕자들 중에 단연 독보적이었다."라고 썼다.

안평대군은 많은 재산과 높은 권세를 지녔지만 멋을 알고 흥취를 누리되, 사색하기를 좋아하고 글을 숭상하고 절제할 줄 알았다. 조용한 곳을 찾아 수십 칸짜리 집을 지어 비해당匪懈堂이라 부르고 그 옆에 맹세의 시를 기록한 맹시단盟詩壇을 세웠다. 그리고 수성궁壽聖宮에 거처하면서 독서하고 시를 짓고 붓글씨를 쓰는

137

데 열중했다.

많은 문인들, 여러 선비들과 함께 문장을 비교, 평가하면서 '문장 풍류'를 즐겼다. 이를테면 성삼문과 같은 문장가를 불러들여 시문을 짓고 평가했다. 어린 소년일지라도 재주가 있으면 거리끼지 않고 어울렸다. 그뿐 아니라 안평대군은 예술적 재능을 갖춘 여성들과도 품격 있게 어울렸다.

조선시대에 그런 여성들을 어디에서 만날 수 있었을까? 특수 천민 계층에 기녀가 있었다. 이들은 가舞, 무舞, 시詩, 서書, 화畵에 능해서 국가의 행사나 지방의 향응에 동원되곤 했다. 지방에서는 교방에서 기녀를 가르쳤고 서울에서는 장악원에서 가르쳤다. 황진이, 소춘풍, 매창, 일선, 군산월 등 유명한 기녀들이 있지 않은가? 기녀들은 아름답고 재주가 있어서 많은 양반들이 가까이 하고자 하는 부류였기에 스캔들의 한복판에는 기녀가 있기 마련이었다.

안평대군은 스캔들을 일으키는 기녀들과는 고급 풍류, 격조 높은 풍류를 즐기기는 어렵다고 판단했는지 다른 여성을 택했다. 궁녀였다. 기녀들은 전국 관청에 소속되어 풍류를 담당했는데 그 풍류라는 것이 품격이 떨어져 실상은 향락과 다르지 않았다. 하지만 궁녀는 궁궐이라는 폐쇄적인 공간에서 살며 오로지 궁궐의 주인에게 복종해야 하지 않은가?

『경국대전』에 따르면, 궁녀는 여관女官이나 내명부內命婦의 일부에 해당하는 여인들로서 종9품부터 정5품 상궁尙宮까지의 궁인직宮人職을 맡은 여성을 가리킨다. 대체로 궁녀라면 왕이나 세자 또는 세자빈이 거처하는 궁중의 궁녀를 생각하는데 대군의 사궁私宮에 딸린 궁녀도 있다. 「운영전」에서 안평대군이 수성궁壽聖宮에서 교육한 열 명의 궁녀가 그런 궁녀다.

열 궁녀는 소옥, 부용, 비경, 비취, 옥녀, 금련, 은섬, 자란, 보련, 운영이었다. 안평대군은 열 궁녀를 고급 예술인으로 양성하는 노력을 게을리하지 않았다. 한글로 풀어놓은 『소학小學』을 가르쳐 암송시켰으며 『중용中庸』 『대학大學』 『맹자孟子』 『시경詩經』 『서경書經』 『통감通鑑』 등을 가르쳤고, 이태백의 시와 두보의 시 등 중국의 명시 수백 편을 뽑아 5년 안에 암송하게 했다.

궁녀들의 교육 과정은 엄격했다. 안평대군은 바깥에서 돌아오면 열 궁녀들이 눈앞에서 떠나지 못하게 하고 잘하면 상을 주고 그렇지 못하면 벌을 내려서 궁녀들이 청아한 음율音律과 완숙한 구법句法을 갖추게 했다. 처음에는 열 궁녀들을 한 곳에 모아두었으나 공부를 게을리할 것을 염려하여 각각 다섯 명씩 두 패로 나누어 서궁西宮과 남궁南宮에 거주하게 했다.

「운영전」은 수양대군세종의 둘째 아들이 조카 단종을 축출하고 왕위에 올랐던 피바람을 일으킨 정쟁의 역사적 사실을 작품 배경으로 삼지 않았다. 그 대신에 안평대군이 풍류를 누렸다는 역사적 사실을 가져오되 안평대군을 '고품격 풍류랑'으로 창출했다. 우리나라 서사문학에서 안평대군과 같이 고품격 풍류 남아 캐릭터는 설정된 적이 없다.

새로운 풍류: 예능 권장, 정욕 억제

안평대군은 궁녀들에게 음률을 익히고 학업에 열중하게 했다. 열 궁녀가 최상의 재질을 갖춘 예능인이 되기를 소망했기 때문이다. 어쩌면 안평은 열 궁녀가 모두 나라 안에서 '탑 텐top 10'에 들기를 원했는지도 모를 일이다. 안평대군의 고품격 풍류관은 궁녀의 사사로운 감정과 본능을 철저히 억누르는 쪽으로 흘렀다.

오늘날 '아이돌' 유망주들을 훈련시킬 때에 사사로이 연애를 한다거나 감정을 드러내는 것을 철저히 금하고, 예능 재질을 향상시키는 데에만 최선을 다하게 한다는 이야기가 매스컴을 통해 심심치 않게 않게 들려온다. 그런 면에서 안평대군의 궁녀 교육은 선구적이라 할 수 있다.

오늘날 예능인들이 대중 앞에 서서 자신들의 빼어난 가창력과 춤 솜씨를 선보이고자 한다면, 열 궁녀들은 많은 사람들 앞에 나설 수 없었다. 안평대군은 궁녀들이 세속과 떨어져 세속을 초월하는 예능 실력을 갖추기를 원했기 때문이다. 안평은 날마다 일류 문인들과 술을 마시며 시와 문장을 겨루었지만 단 한 번도 궁녀들을 곁에 불러들이지 않았다.

심지어 열 궁녀가 있다는 사실조차 철저히 비밀에 붙였다. 궁녀들이 궁궐 밖의 사람들과 접촉하는 것도 철저히 막았다. "한 번이라도 궁문을 나가는 일이 있으면 그 죄는 죽음에 해당할 것이다. 또 바깥에서 너희들의 이름을 아는 이가 있다면 너희는 죽음을 면하지 못할 것이다."라고 서슬이 퍼렇게 말했다.

궁녀들은 안평대군이 교육시키고 원하는 쪽으로 나아가, 점차 시적 재능과 음악적 재능을 갖추고 지조를 겸비한 예능인으로 성장해갔다. 안평대군은 열 궁녀에게 시를 지어 올리라고 명했는데, 궁녀들이 지은 시가 높은 수준에 올랐음을 보고 매우 기뻐했다.

그중에서 부용의 시를 보자.

하늘로 날아 멀리 비를 몰아오니,　　飛空遙帶雨
땅으로 떨어졌다가 다시 구름이 되네.　　落地復爲雲
저녁이 가깝고 산빛은 어두운데,　　近夕山光暗
그윽한 생각이 초군을 향하네.　　幽思向楚君

비가 내리다가 그친 저녁 무렵 어스름한 산빛을 한 폭의 풍경

삼각관계로 펼쳐낸 사랑의 스펙트럼

화에 담아내듯 잘 읊었다. 특히 안평은 '그윽한 생각이 초군을 향하네.'라는 마지막 행이 마음에 들었다. '초군楚君'은 흔히 관습적으로 쓰는 시어인데 문맥상 안평 자신을 의미했기 때문이다.

궁녀들의 세속을 초월하는 예능과 기예는 오로지 안평의 풍류를 만족케 하기 위해서 갈고 닦아졌을 뿐 아니라 심지어 궁녀들의 정신과 마음속까지도 온통 안평대군을 향해야만 했다. 거기에는 안평대군을 향해 열 궁녀의 정신과 육체가 합일화된 절개가 예술 차원으로 승화되기를 바라는 욕망이 자리 잡고 있었다.

그 과정에서 안평대군 자신도 궁녀들과 정욕적인 향락 생활에 빠지는 것을 철저히 경계했다. 안평은 수준 높은 정신적 차원에서 궁녀들과 예술적이고 심미적으로 교제하기를 원했던 것이다. 요컨대 안평대군의 고품격 풍류는 '안평 – 열 궁녀'의 관계를 통해 잘 드러나는데, 그 관계는 남녀로 어울리되 서로 세속을 초월하고 정욕을 초월하는 예술적 경지에 도달하는 것이었다.

운영의 반발 조짐: 마음속에 품은 자유연애

그런데 운영의 시에는 무엇인지 찜찜한 구석이 있었다.

멀리 보이는 푸른 연기 가늘고,　　　　望遠靑煙細

아름다운 사람은 비단 짜기를 그친다.　　佳人罷織紈

한국 고전문학의 에로스

바람을 대하여 홀로 한탄스러우니,　　臨風獨惆悵

날아가서 무산에 떨어지고파.　　飛去落巫山

　안평대군은, "오직 운영의 시가 매우 한탄스러워하며 타인을 생각하는 뜻이 있다. 어떤 사람을 그리워하는지 알 수 없다. 마땅히 심문을 해야겠으나 그 재주가 애석하여 잠시 그냥 둔다."라고 말했다.

　마지막 구절에서 '무산巫山'은 중국 고사와 관련된 말이다. 이야기는 이렇다. 옛날 초나라 회왕이 고당이라는 곳에 놀러갔다가 피곤해서 낮잠을 잤다. 꿈에서 무산선녀와 동침했는데, 그녀는 헤어지면서 아침에는 구름이 되고 저녁에는 지나가는 비가 되어 왕을 그리워할 거라고 말했다는 것이다. '무산선녀巫山仙女'는 남녀가 육체적으로 어울리는 즐거움을 뜻하기에 이르렀다. 이 이야기에서 '운우지정雲雨之情'이라는 말이 나왔는데 같은 뜻이다.

　안평대군은 운영이 지은 시의 마지막 구절, '날아가서 무산에 떨어지고파'라는 내용을 대하고, 궁궐 밖의 남성을 원하는 운영의 심정을 간파했다. 하지만 안평은 운영이 지니고 있는 사랑의 감정을 강제로 없애려고 하지는 않았다. 안평은 운영의 재주가 아까워서 그랬다고 말했지만, 사실은 시간이 더 걸리더라도 운영이 사랑의 감정을 억누르고 안평 자신의 풍류관에 맞는 예능인으로 거듭나기를 간절히 원했던 것이다. 정작 운영은 안평의 뜻대로 움직이지 않고, 사랑의 감정을 드러내고 말았는데 더 심각한 것은 그 사랑의 대상이 안평이 아니라는 것이다.

운영은 자신의 의지와 관계없이 안평의 명에 따라 부모형제와 이별하고 궁중에 들어와 궁녀가 되었다. 하지만 날마다 궁궐에 들어오기 전에 누렸던 자유로운 삶을 그리워하며, 집으로 돌아가고 싶은 생각이 간절했다. 더벅머리, 때가 묻은 얼굴에다 칙칙한 옷차림으로 일부러 더럽게 보이게까지 했다. 안평에 대한 증오심이 자신도 모르는 사이에 싹텄다고나 할까.

그런데 안평의 교육을 받고 시간이 차츰 흐르면서 운영은 다른 궁녀들과 마찬가지로 대군을 존경하게 되었다. 안평이 운영 자신을 비롯하여 열 궁녀를 정욕적으로 대하지도 않았고 출중한 예능 실력을 갖추도록 했으니 고맙기까지 했다.

'안평 – 열 궁녀' 관계가 고품격 풍류 남아와 지조와 재능을 겸비한 예능인이 서로 정신적, 예술적으로 교류하는 사이였다면, 그중에서 운영은 안평에게 애증의 이중심리를 지닌 궁녀의 모습을 띤다. 운영의 마음속 한켠에는 여전히 군자답게 넉넉한 태도를 보여주는 안평에 대한 존경심이 자리를 잡고 있었지만, 한편으로 궁궐을 벗어나 자유롭게 살고 싶었고 그런 마음은 어느새 이성을 향한 사랑의 감정으로 변하고 있었던 것이다.

한국 고전문학의 에로스

이로써 '안평 – 운영'의 관계는 '안평 – 열 궁녀'의 관계에서 벗어나 새로운 문제를 제기한다. 그것은 '이성을 향한 사랑의 감정'이 중요할 뿐 아니라 '그 사랑의 감정이 향하는 대상'도 중요하다는 것이다. 그런 상황에서 김진사가 끼어들면서 '안평대군 – 운영 – 김진사'의 삼각관계를 형성하기에 이른다.

운명을 거스르는 금지된 사랑

안평대군과 나이 차이, 세대 차이를 넘어 어울린 어린 선비 중에 하나가 김진사다. 그의 나이는 열일곱 살. 처음 김진사가 찾아왔을 때 안평대군은 뜻밖에도 궁녀들을 물리치지 않았다. 그것은 궁녀들에 대하여 너그러운 태도를 보였기 때문이 아니라 김진사가 나이가 어려서 문제를 일으키지 않으리라고 마음을 놓았기 때문이다. 그후 김진사가 찾아왔을 때에는 궁녀들을 곁에 불러들이지 않는 조심성을 보였다.

하지만 이미 때는 늦었다. 안평의 순간적인 방심은 먹물 사건으로 이어지고 말았다. 안평대군 앞에서 김진사와 운영은 마주치게 된다. 먹물이 떨어지는 찰나 '운영 – 김진사'는 이미 사랑의 열정에 한 걸음 들여놓았다. 김진사는 운영이 안평대군의 궁녀라는 사실을 알았지만, 오히려 그 사실 때문에 운영이 더욱 보고 싶어서 잠도 이루지 못하고 사랑의 열병을 앓았다.

삼각관계로 펼쳐낸 사랑의 스펙트럼

궁녀의 말을 빌리면 운영은 '연꽃 한 가지가 뜰 가운데 피어난' 미모의 여성이었다. 안평대군도 운영을 눈여겨보았으며 대군의 부인도 운영을 다른 궁녀처럼 함부로 대하지 않았다. 운영이 마음만 먹으면 안평대군의 사랑을 받으면서 일신의 안락을 누리며 살아갈 수도 있었다. 더욱이 운영의 예능적 재질은 안평대군도 인정할 만큼 뛰어나지 않았던가.

그러나 운영은 폐쇄된 궁중 생활을 싫어하고 외부 세계의 자유로운 생활을 동경했다. 안평대군이 궁녀들을 다섯 명씩 나누어 남궁과 서궁에 거처하며 학업에 열중하라고 했을 때에도, 운영은 비구니도 아닌데 깊은 궁중에 갇힌 자신의 처지를 한스럽게 여겼다. 깊은 궁궐에서 고목으로 썩을 궁녀의 운명, 새장 속에 갇혀 살 운명을 지닐 수밖에 없었던 자신의 처지를 과감하게 벗어던지고자 했다.

다른 궁녀들은 "안평대군은 운영을 가장 아꼈으며 운영은 시간이 지나면 안평의 사랑을 받을 것이다."라고 말했다. 하지만 자유를 갈망하는 운영이 첫눈에 반한 김진사와 목숨을 건 운명적 사랑을 하게 된 것은 예고된 일이었다.

첫눈에 반한다고 해서 사랑이 모두 이루어지는 것은 아니다. '잘못 보았나?'라고 대수롭지 않게 지나치기 마련이다. 아니면 며칠을 끙끙거리는 열정에 시달리기도 한다. 시간이 흐르면 자연스럽게 언제 그랬냐는 듯이 그 열정이 사라지기도 한다.

　김진사가 그랬고 운영이 그랬다. 두 사람이 서로 밀고 당기며 탐색할 기회가 있어야 하는데, 김진사와 운영은 그럴 기회조차 주어지지 않았다. 하지만 운영은 자신의 감정을 알리고 싶었다. 운영은 남몰래 사람을 시켜 자신이 쓴 시를 전했다.

　　베옷 입고 가죽띠 두른 선비, 옥 같은 얼굴이 신선과 같은데,
　　매번 발 사이로 바라보니, 어찌하여 월하의 연분이 없는고.
　　눈물이 흘러 얼굴을 씻고, 거문고 줄에 원한이 울려나고,
　　한없는 원이 마음에 쌓이기만 하니, 머리 들어 하늘에 호소하네.

　운영은 사랑의 열정이 피어올라 주체할 수 없는 심정을 고백했다. 김진사도 이미 사랑의 열병에 휩싸였기에 안평대군의 위세에도 마음을 억누를 수 없었다. 다음은 김진사가 운영에게 보낸 비밀 편지의 일부다.

　한 번 눈으로 인연을 맺은 후부터 마음은 들뜨고 넋이 나가 마음을 진정치 못하고 항상 그대 있는 쪽을 바라보며 애를 태웠지요. 얼마 전에 보내준 편지를 …… 정신없이 받아들고 펴기를 다하지 못하여 가슴이 메었고 반절도 읽지 못하여 눈물이 떨어져 글자를 적셔서

삼각관계로 펼쳐낸 사랑의 스펙트럼

다 보지 못했어요. 누워도 잠을 이루지 못하고 음식은 목으로 내려가지 않고 병은 뼈에 사무쳐 어떤 약도 듣지를 않네요. 저승이 보이는 것 같군요.

'한 번 눈으로 인연을 맺다.'라는 구절이 새삼 다가온다. 조선 시대 문학에서 '첫눈에 반한 사랑'을 참으로 멋지게 표현했음을 알 수 있다. 그런 사랑의 열정은 김진사를 넋 나간 사람으로 만들었고 잠도 자지 못하고 음식도 제대로 먹지 못하는 상황에 빠뜨렸다. '저승이 보일' 만큼, 죽을 만큼 열병에 빠지게 만들었다.

그런데 김진사는 자신의 열병을 표현했을 뿐 더 이상 어떤 행동을 취하지는 못했다. 기회가 다시 올 것 같지 않으면 기회를 만들면 된다. 그런 적극성을 띤 사람은 김진사가 아니라 의외로 운영이었다. 아무리 운영이 마음에 들었을지라도 김진사는 안평대군의 서슬 퍼런 위엄과 권세의 힘이 자신에게 어떻게 미칠지 잘 아는지라 섣불리 한 걸음을 더 내딛기가 어려웠다. 하지만 운영은 시를 써서 사랑을 고백했다.

운영과 김진사는 정신이 풀어지고 생각이 흐려져서 이미 평정심을 잃고 말았다. 에로스에 휩싸이면 누구나 그렇기 마련이다. 운영은 안평대군의 품에 머물러야 할지, 자신이 원하는 김진사와 사랑을 나누어야 할지 갈림길에서 김진사를 택했다.

사랑을 이루지 못한 채 한을 안고 사느니 차라리 죽음을 무릅
쓰고서라도 사랑을 택하기로 했다. 운영의 고백은 적극성을 넘
어서 도발성을 띠었다. 그 행위가 도발적인 것은 철저한 자기만
족의 고품격 풍류관에 사로잡힌 안평대군에게 정면으로 도전하
는 것이었기 때문이다. 안평대군은 권력의 정점에 있는 자로서
최상층 권세가였기에 운영으로서는 싫고 좋은 것 없이 순순히
따라야 하는 일종의 운명과 같은 것을 의미했다. 운영은 그런 운
명에 맞선 것이다.

동병상련同病相憐

'임금님 귀는 당나귀 귀'라는 이야기도 있듯이, 사람들은 답답한
심정을 누구에겐가 털어놓는다. 한 사람에게 털어놓으면 그 이
야기는 모두 알게 되기 마련이다. '쉿, 비밀이야. 너만 알고 있어.'
라는 말을 하고 비밀을 털어놓는데, 그 말을 들은 사람은 다른 사
람에게 '쉿, 비밀이야, 너만 알고 있어.'라는 말까지 그대로 하면
서 말을 전한다.

운영과 같은 처지에 있는 궁녀는 한 사람이 아니라 모두 열 명
이었다. '타인을 생각하는 뜻이 있다[思人之意]'라고 하여 안평대군
에게 꾸중을 들은 후 운영은 자신의 비밀을 친한 친구 자란에게
털어놓았다. 그 비밀은 서궁 궁녀가 모두 알게 되었다. 안평대군

삼각관계로 펼쳐낸 사랑의 스펙트럼

은 열 궁녀들을 다섯 명씩 두 패로 나누어 남궁과 서궁으로 갈라 놓았는데 그때 운영을 비롯하여 자란, 은섬, 옥녀, 비취 등이 서궁에 함께 들어갔다. 이제 서궁에 속한 궁녀들이 모두 운영의 사건을 알게 된 것이다.

궁녀들은 모두 염려했다. 운영이 안평대군을 배신했다고 심하게 말하기도 했다. 그 말에는 사랑에 빠진 운영에 대한 질투심도 배어 있었다. 하지만 무엇보다도 궁녀들은 운영의 사랑이 슬퍼서 눈물을 흘리지 않을 수 없었다. 운영의 비밀을 처음 들은 자란이 그랬고 나중에 알게 된 서궁 궁녀 세 사람도 그랬다. 아무리 궁녀라지만 이성을 사랑하고자 하는 마음을 평생 억누르고 살아야 하는 운명이 슬펐다.

갇혀 있는 궁녀들의 한스러운 심정을 담아낸 시조가 있다. 선조 때 한 궁녀가 지었다고 알려진 시조다.

앞 못에 든 고기들아 뉘라서 너를 몰아다가 넣거늘 든다.
북해청소北海淸沼를 어디 두고 이 못에 와 든다.
들고도 못 나는 정情은 네오 내오 다르랴.

시조의 초장과 중장은 궁녀가 물고기에게 묻는 형식으로 되어 있다. 물고기들아 누가 너희들을 앞 연못에 몰아다가 넣었길래 들어와 있느냐라고 물었다. 북해청소北海淸沼, 즉 북쪽 바다 푸른 연못을 어디에 두고 이 연못에 들어왔느냐라고 다시 물었다. 종장은 물고기와 궁녀의 정한情恨이 같다고 노래했다. 궁궐에 들어온 후로 나가지 못하는 정은 너물고기와 내궁녀가 다르지 않구나라고.

이 시조는 대자연 속에서 자유롭게 노닐던 물고기가 궁궐 안 '앞 못'에 잡혀와 있는 것에 비유하여 궁궐에 갇혀 지내는 궁녀의 안쓰럽고 한스러운 처지를 잘 담아냈다. 운영의 처지도 마찬가지였다. 또한 서궁에 속한 다섯 궁녀의 처지 또한 운영의 처지와 같았다. 동병상련同病相憐은 이를 두고 한 말이다.

궁녀들은 위험을 무릅쓰고 기꺼이 운영의 사랑을 돕기에 이른다. 해마다 봄이 오면 궁녀들은 궁궐 밖으로 나가 개울에서 빨래하고 음식을 차려 먹곤 했다. 빨래하는 것을 완사浣紗라고 한다.

서궁 궁녀들은 올해에는 완사 장소를 소격서동으로 바꾸자고 했다. 하지만 남궁 궁녀들은 지난해에 했던 탕춘대 근처를 고집해서 양쪽 궁녀들 사이에 마찰이 생겼다. 서궁 궁녀들은 소격서동이 운영과 김진사를 만나게 해줄 수 있는 좋은 장소인지라 운영의 사랑 성취를 돕기 위해서 그렇게 한 것이다.

남궁 궁녀들이 주장을 굽히지 않자 서궁 궁녀 자란이 남궁으로 찾아가 솔직하게 운영의 사랑에 대해 말하고 도움을 요청했

삼각관계로 펼쳐낸 사랑의 스펙트럼

다. 남궁 궁녀들도 서궁 궁녀들이 처음에 그랬던 것처럼 운영을 미쳤다고 비난했지만 자란은 궁녀들에게 이렇게 말했다.

여자의 정情은 한 가지다. 오래도록 깊은 궁궐에 갇혀서 외그림자만 을 깊이 슬퍼한다. 오직 촛불을 대할 뿐이요, 기껏해야 거문고를 타 고 노래를 부를 뿐이다. 백화는 꽃송이를 머금고 웃으며 두 마리 제 비는 날개짓하며 희롱한다. 그러나 박명한 우리들은 깊은 궁궐에 갇혀서 사물을 보고 봄을 생각하니, 그 심정이 오죽하겠는가. 여자 의 뜻은 사람에 따라 다르지 않거늘 남궁 궁녀들은 어찌하여 수절 하면서 뉘우치지 않는가.

'여자의 정은 한 가지다[女子之情一也]'라는 말은 운영의 정이나 서 궁 궁녀의 정이나 남궁 궁녀의 정이 모두 '애정' 하나라는 말이다.

그동안 궁녀들은 안평대군의 엄한 교육 탓에 화창한 봄날을 대할 때에도 기껏해야 '사물을 보고 봄을 생각[覽物懷春]'할 뿐이었 다. 봄바람 살랑거리는 날 연인과 사랑을 나누는 일은 상상도 할 수 없었다. 하지만 '여자의 정'은 모든 궁녀들의 마음속 깊이 자 리를 잡고 있던 터라, 자란이 그 말을 하자 누가 먼저랄 것도 없 이 눈물을 주르르 흘렸다.

이제 아홉 궁녀들은 마치 자신의 일인 양 운영의 사랑이 성취

되기를 간절히 소망했다. 심지어 궁녀들은 '운영 – 김진사'의 육체적인 관계가 이루어지도록 도왔다.

김진사가 궁중의 담을 넘어 들어갔을 때 자란은 "진사님이 오기를 고대하기가 큰 가뭄에 비를 바라는 것과 같았는데 이제야 뵙게 되니 저희들이 살아났습니다."라고 궁녀들을 대신하여 운영과 김진사의 사랑이 맺어지는 것을 자신들의 일처럼 좋아했다.

마침내 김진사와 운영은 깊은 사랑을 나누었다. 그리고 두 사람은 안평대군의 힘이 미치지 않는 곳으로 도망치기로 약속했다. 하지만 김진사가 부리는 특이란 자의 배신으로 궁중 탈출 계획이 사전에 발각되어 안평대군의 분노 앞에 놓인 운영의 목숨은 거세게 부는 바람 앞의 등불과 같았다.

여자의 정욕, 인간의 정욕

이에 은섬은 안평대군에게 운영을 죽이지 말아달라고 간청했다. 그런데 그 내용을 자세히 살펴보면, 안평대군의 풍류관에 의해서 궁녀의 생명이 시들어가고 있다는 것을 짚어내고 있어서 새삼 눈길을 끈다.

남녀 정욕은 음양으로 받은 것이므로 귀천 없이 사람마다 다 가지고 있습니다. 한번 깊은 궁궐에 갇히매 심신이 고단하고 그림자가

삼각관계로 펼쳐낸 사랑의 스펙트럼

외로워 꽃을 보면 눈물이 가리고 달을 대하면 혼을 사릅니다. ……
다름이 아니라 스스로 정욕을 이기지 못하고 투기심을 이기지 못해
서 그런 것입니다. 한번 궁궐의 담장을 넘어 나가면 인간의 즐거움
을 알 수 있으나 차마 그렇게 하지 못한 것은 어찌 힘이 부족해서이
며 마음이 참지 못해서이겠습니까? 오직 주군의 위엄을 두려워하여
이 마음을 굳게 지키다가 시들어 죽을 따름입니다.

남녀의 정욕情慾이 남녀와 귀천에 따라 다르지 않다는 것이다.
여자라고 해서 정욕이 없는 것이 아니며, 천민이라고 해서 정욕
이 없는 것이 아니라는 것이다. 내친 김에 안평대군의 위엄이 무
서워서 감히 궁궐 밖으로 나가 사랑을 나누지 못하는 것이라고
항변했다. 안평대군의 명령으로 어쩔 수 없이 엄한 교육을 받고
높은 수준의 예능을 익히고 절개를 지키게 되었지만 그렇다고
해서 궁녀들의 마음속 깊이 자리를 잡고 있는 정욕까지 완전히
억누를 수 없다는 것이다.

여기에서 '정욕'은 작품 전체로 볼 때 남녀 사이에 지니는 순수
한 사랑의 욕망을 뜻한다.

다음은 자란의 발언이다.

저의 어리석은 생각으로는, 김진사와 운영을 만나게 해서 두 사람

의 맺힌 한을 풀어주실 것 같으면 대군의 선행이 어찌 크지 않겠습니까. 운영이 대군에게 절개를 지키지 못한 것은 다 저의 죄이지 운영의 죄가 아닙니다. …… 엎드려 바라건대 대군께서는 저의 몸으로 운영의 목숨을 대신해주옵소서.

자란은 운영과 김진사의 맺힌 한을 풀어달라고 요청했다. 심지어 운영을 죽이려거든 자신을 대신 죽여달라고 간청했다. 그 이유는 운영이 순수한 사랑의 감정을 맛볼 수 있도록 자란이 도와주었기 때문이라는 것이다. 이러한 자란의 발언에는 순수한 사랑의 욕망이 운영 한 사람에게만 있는 것이 아니라 열 궁녀 모두에게 있다는 뜻이 담겨 있다.

안평대군은 아무런 대꾸도 하지 않았다. 아마도 남자의 정욕이나 여자의 정욕이 다르지 않다는 것을 부인할 수 없었기 때문이리라. 「운영전」은 여자의 정욕을 차별하여 억눌렀던 시대적 상황에서 여자의 정욕을 인간의 정욕으로 끌어올렸다는 점에서 문학적 가치를 찾을 수 있다.

사랑이냐 의리냐, 운영의 딜레마

「운영전」은 '안평대군 – 운영 – 김진사'의 삼각관계를 설정하여 '안평대군 – 운영'의 관계를 통해서는 고품격 풍류관에 의해서 궁녀여성의 정욕이 억제되는 것을 드러냈고, '운영 – 김진사'의 러브라인을 통해서는 궁녀여성의 정욕을 인간의 정욕 차원으로 끌어올렸다. 이러한 삼각관계는 의리와 사랑 사이에서 방향을 정하지 못한 채 방황하는 궁녀 운영이라는 비극적 캐릭터를 만들어내는 데 주효했다.

> 대군의 은혜는 산과 같고 바다와 같은데 능히 정절을 굳게 지키지 못하였으니 그 죄가 하나요, 전에 지은 바 시로 주군께 의심을 보이니 그 죄가 둘이요, 서궁 궁녀들에게는 죄가 없는데 첩으로 말미암아 그 죄를 입게 했으니 그 죄가 셋입니다. 이와 같은 큰 죄를 셋이나 짓고서 무슨 면목으로 살며 만약 죽음을 면하여 주신다 하더라도 저는 마땅히 자결하여 속히 죽음을 취하겠습니다.

운영은 스스로 애정을 성취하고자 했지만 안평대군을 피해 그 어느 곳으로도 숨을 수 없음을 깨닫고, 자신의 순수한 사랑의 욕망을 포기하고 자결하기에 이른다. 김진사를 향한 사랑도 성취하지 못하고 안평대군에게 의리를 지켜 은혜를 갚지도 못하는 딜레마에 빠져 이러지도 못하고 저러지도 못하다가 가장 비극적인 길을 선택하고 말았다.

그 과정에서 운영과 김진사는 사랑의 도피 행각을 계획했다.

김진사는 자신이 알고 지내는 특이라는 인물을 내세워 도피할 계획을 면밀하게 세웠다. 그런데 특은 겉으로는 두 사람을 도와주는 체했지만, 운영을 가로채려는 욕정을 품었다가 그게 여의치 않게 되자 운영이 맡긴 금은보화를 가지고 도망치고 말았다. 마지막 순간에 악인형 인물인 특의 개입으로 운영과 김진사가 계획했던 사랑의 도피 행각은 물거품이 되고 말았다.

'안평대군 – 운영 – 김진사'의 삼각관계를 통해 에로스는 다음과 같은 성향을 보여준다. 첫째, 에로스는 인간의 내면 깊숙이 자리 잡고 있으며 언젠가는 분출된다는 것이다. 궁녀들의 정욕이 철저한 교육과 억압을 통해서 통제될 것 같지만 그렇지 않고 끝내 운영을 통해 분출되지 않았는가. 그리고 다른 궁녀들도 동조하지 않았는가.

둘째, 에로스는 남녀 사이에 어떤 관계보다 큰 힘을 지닌다는 것이다. 수년 동안 이루어진 보호, 인품 및 절개, 의리의 관계'안평대군 – 운영'의 관계가 먹물이 떨어지는 찰나의 순간에 열정적 사랑의 관계'운영 – 김진사의 러브 라인로 변하는 것은 그 점을 잘 보여준다. 운영은 말할 것도 없고 김진사 또한 안평대군과 권력적으로 상하 관계에 놓여 있는 위험을 감수하지 않았는가.

셋째, 에로스는 상대를 가리지 않고 방향 없이 흐르는 것이 아니라 특정 상대를 향해 흐른다는 것이다. 이는 사랑의 열정 자체도 중요하지만 그에 못지 않게 그 상대도 중요하다는 것을 의미한다. 안평대군이 아무리 존경스러워도 운영에게 사랑의 대상이 결코 될 수 없었다. 그 대상은 김진사였다. 또한 특이라는 자가 운영을 좋아하여 호시탐탐 기회를 노렸지만 운영의 사랑은 전혀 그쪽으로 흐르지 않았다.

그런 사랑에 목숨을 거는 이들도 있다. 「최치원」 「이생규장전」 「주생전」에서 이미 확인되었다. 「운영전」에서는 이들 작품보다 비극적인 걸음을 한 걸음 더 내딛었다. 에로스의 날개가 꺾이자, 운영은 자결했고 김진사는 잇따라 병들어 죽고 말았다.

딜레마의 출구

학자들 중에는 「운영전」의 비극성을 작품의 미학이자 가치로 여기는 이들이 적지 않다. 운영의 죽음이 단순히 개인 차원에서 이루어진 것이라기보다는 절대권력이 작동하는 중세 질서가 여성의 애정을 억누르는 차원에서 이루어진 것이라고 보는 박일용 교수의 견해를 경청할 만하다. 하지만 문학작품이라는 허구의 세계에서일지라도 스스로 죽음을 선택하는 일을 피할 수 없었는지 재차 고려해볼 일이다.

죽음을 선택한 운영의 결말은 「영영전」의 영영과 비교가 된다. 「영영전」에서는 김진사가 회산군의 궁녀인 영영을 얻어 행복한 결말을 이룬다. 해피 엔딩이다. 「영영전」에서는 회산군이 죽은 후에 회산군 부인의 선처로 김진사와 영영 사이의 사랑이 행복한 결실을 맺을 수 있었다. 「운영전」과 마찬가지로 중세의 질서가 궁녀의 애정을 현실적으로 인정해줄 가능성이 보이지 않는 상황이지만, 회산군의 죽음이라는 갑작스러운 상황이 일어남으로써 영영은 사랑하는 김진사와 애정을 성취할 수 있었다.

딜레마에 빠진 사람은 이러지도 저러지도 못하는 상황에서 극단적인 선택을 하면서 자신의 선택을 미화하려는 경향이 있다. 「운영전」의 운영이 그렇지 않았을까? '죽음을 면하여 주신다 하더라도 저는 마땅히 자결하여 속히 죽음을 취하겠습니다.'라고 했다. 그런데 자세히 살펴보면 운영은 안평대군의 생각을 들어보지도 않고 제멋대로 생각하고 그 생각을 당대의 가치관에 맞게 미화하고 있음을 알 수 있다.

운영과 김진사의 일이 발각되었을 때에 궁녀들은 자신들 내면에 깊숙이 자리잡고 있는 애정 욕망을 인정해주고, 운영을 용서해달라고 간청했다. 안평대군은 일단 궁녀들의 죄를 용서해주었고, 운영은 죽지 않고 침묵하고 있지 않았는가? 딜레마에 빠졌다고 생각하는 사람은 주변 상황을 간파하지 못한다. 어찌 보면 애써 외면하는 것처럼 보인다.

인간은 어찌 보면 어리석다. 자신의 감정에 휘둘려, 한순간의 골똘한 생각에 빠져 자신의 삶 자체를 과소평가하는 경우가 흔하다. 그 반대로 인간은 어찌 보면 대단하다. 감정에 휘둘렸다가도 헤어 나오고, 깊이 빠졌던 생각을 언제 그랬냐는 듯이 저 멀리 던져버릴 수도 있기 때문이다.

한국 고전문학의 에로스

4

해피 엔딩 로맨스의 두 갈래,
현실성과 환상성

앞 시대 고전문학에서는 남녀 사이의 사랑을 포착해냈지만 그 결말이 모두 비극적이었다. 「조신」에서 '조신 – 김낭자'는 첫눈에 반한 사랑의 열정을 간직한 채 부부의 인연을 맺고 50년 동안이나 살았지만 경제적으로 궁핍한 형편에 처하여 이별하고 만다. 「김현감호」에서 '김현 – 호녀' 커플과 '신도징 – 호녀' 커플 또한 서로 좋아해서 결혼하기에 이르지만, 호녀여성의 친정 생각이 지나쳐서 남편과 헤어지고 만다. 두 작품 모두 사랑하는 남녀가 이별하는 비극성을 지닌다.

초기 전기소설인 「최치원」과 15세기에 나온 「이생규장전」은 '1:1'의 양자 관계를 '인간 – 혼백' 커플로 설정하여 비극성을 확보하고, 혼백들은 생전에 원한을 품고 죽은 것으로 설정하여 비

해피 엔딩 로맨스의 두 갈래, 현실성과 환상성

극성을 심화했다. 「최치원」에서는 부모의 반대로 사랑을 이루지 못하고 죽은 혼백이 이세상의 최치원을 만나 사랑을 나누며 감정에 눈을 뜨지만 하룻밤 사랑으로 그친 채 영원한 이별을 맞는 비극성을 담아냈다. 「이생규장전」은 적당에게 죽임을 당한 아내의 혼백이 남편을 다시 만나 미진한 사랑을 나누지만 결국 이별하고 마는 것으로 비극성을 곡진하게 풀어냈다.

17세기에 「주생전」과 「운영전」은 남녀의 사랑을 '1 : 1'의 양자 관계에서 탈피하여 '2 : 1'의 삼각관계로 설정함으로써 새로운 장을 열었다. 「주생전」은 남성 한 명을 중심으로 두 여성을 설정하는 '여 - 남 - 여'의 삼각관계를 선보였고, 「운영전」은 여성 한 명에 두 남성을 설정하는 '남 - 여 - 남'의 삼각관계를 선보였다. 그런데 이들 두 작품은 사랑하는 이들이 결혼하지 못하는 것으로 끝을 맺고 만다.

남녀 사랑을 다루는 작품에서 비극적인 결말에서 벗어나 새롭게 해피 엔딩으로 갈 수는 없을까? 만약 그렇게 되면 문화사적으로나 문학사적으로 새로운 장을 열게 된다. 그에 부응하는 작품이 「춘향전」과 「구운몽」이다.

「춘향전」은 앞 시대에 성취한 '1 : 1'의 양자 관계 방식을 바탕으로 하고 나중에 제3의 인물을 집어넣어 '2 : 1'의 삼각관계로 변화를 꾀하면서 결말을 해피 엔딩으로 처리함으로써 새로움을 추구했다. 「구운몽」은 남주인공 한 명에 여주인공 여덟 명을 설정함으로써 '2 : 1'의 삼각관계를 '8 : 1'의 다각 관계로 설정하는 기염을 토했다. 「주생전」에서 이룬 '여 – 남 – 여'의 삼각관계를 다각 관계로 확대해낸 셈이다. 「주생전」에서 삼각관계를 맺는 인물들이 모두 비극적으로 끝나는 것과는 달리, 「구운몽」에서는 다각 관계를 맺는 아홉 명의 인물들이 모두 행복한 결말을 맺게 함으로써 참신함을 드러냈다.

　「춘향전」과 「구운몽」 두 작품은 동시대를 풍미하면서 앞 작품은 현실적 차원에서 사회 제약을 뛰어넘는 사랑을 그려내고, 뒤 작품은 이상적이고 환상적인 로맨스를 그려냄으로써 우리 문화와 문학을 한층 다채롭게 수놓았다.

1 「춘향전」
사회 제약을 뛰어넘는 로맨스

「춘향전」은 「남원고사」「별춘향전」「열녀춘향수절가」등 여러 이본異本으로 전한다. 이본이 무려 100종이 넘을 만큼 「춘향전」은 우리 문화의 중심부에 자리를 잡아왔다.

「춘향전」의 인물과 개요

[춘향] 16세. 남원 기생 월매의 딸. 미모가 출중하고 재주가 뛰어나며 도도하다. 이몽룡과 사랑에 빠진다. 훗날 몽룡의 정실부인이 된다.

[이몽룡] 16세. 남원 부사의 아들. 춘향과 사랑에 빠진다. 옥에 갇힌 춘향을 구해낸다.

[방자] 남원 관아에 소속된 노비. 몽룡과 춘향 사이에서 심부름꾼 역할을 맡는다.

[월매] 퇴기. 춘향의 어미. 타산적이고 현실적이다.

[향단] 춘향의 몸종.

[변학도] 신임 남원부사. 주색을 즐기는 탐관오리. 수청을 거절하는 춘향을 옥에 가둔다.

① 월매는 좋은 태몽을 꾸고 춘향을 낳아 정성껏 길렀다.

② 이몽룡은 단옷날 그네를 뛰고 있는 춘향을 본 후 방자를 내세워 춘향에게 수작을 걸고 밤에 춘향의 집을 찾아갔다.

③ 월매는 이몽룡과 춘향이 부부 인연을 맺는 것을 반겼고, 춘향과 몽룡은 깊은 사랑에 빠졌다.

④ 아버지가 서울로 벼슬을 옮기게 되어, 몽룡은 춘향에게 이별을 고하고 서울로 올라갔다.

⑤ 춘향은 신임 사또 변학도의 수청 요구를 목숨을 걸고 거절하다가 옥에 갇혔다.

⑥ 춘향은 거지꼴로 나타난 이몽룡에게 죽은 후의 뒷일을 부탁했다.

⑦ 변학도의 생일 잔칫날, 암행어사 이몽룡이 출두하여 변학도의

죄를 묻고 춘향을 구해냈다.

⑧ 춘향은 이몽룡의 정실부인이 되어 행복한 삶을 누렸다.

우리 문화의 코드, 춘향

이본이 100여 종에 이를 만큼 「춘향전」은 18세기 이후 19세기에
이르는 동안 우리의 문화 코드, 문학 코드였다. 또한 '춘향'은 20
세기 우리 영화사에서 중심에 놓여 있었다.

1961년에 홍성기 감독의 「춘향전」과 신상옥 감독의 「성춘향」
이 맞대결을 펼쳤다. '춘향전戰'을 다룬《중앙일보》기사를 보자.

홍성기 감독의 「춘향전」이 1월 18일에 상영되었고 열흘 후 1월 28
일에 신상옥 감독의 「성춘향」이 상영되었다. 두 감독 모두 최인규
감독의 문하에서 배출된 감독들로서 동문끼리의 맞대결이라는 점
에서 주목을 끌었다. 한 가지 더 대중의 눈길을 끈 것은 춘향 역을
맡은 여배우들의 맞대결, 즉 김지미와 최은희의 맞대결이었다. 감
독과 여배우가 모두 부부 사이여서 두 영화의 대결은 '홍성기 - 김지
미' 커플, '신상옥 - 최은희' 커플의 대결로 회자되기도 했다. 「성춘
향」신상옥 - 최은희은 관객 38만 명을 동원하여 흥행에 대성공을 거두
고, 「춘향전」홍성기 - 김지미은 참패를 당하여 일주일 만에 막을 내렸다.

「춘향전」영화 포스터 1958년 작(왼쪽)과 1961년 작(오른쪽)

그런데 두 감독이 맞붙을 수밖에 없었던 큰 이유는 무엇이었을까? 시대를 거슬러 올라가 보자. 다음은《주간경향》기사다.

일본인 하야카와 마스터로가 1922년, 1923년에 무성영화 「춘향전」을 찍어서 조선인을 열광시켰다. 그후 1935년에 이명우 감독이 최초의 유성영화 「춘향전」를 찍어서 15만 명의 흥행 몰이에 성공했다. 1955년 이규환 감독 또한 「춘향전」을 국도극장에서 2개월간 상영하여 12만 명의 관객을 동원했다. 1957년에 「대춘향전」_{김향}, 1958년 「춘향전」_{안종화}이 만들어졌다.

이처럼 일제시대부터 1950년대 말까기 「춘향전」을 각색한 영

해피 엔딩 로맨스의 두 갈래, 현실성과 환상성

화가 매번 흥행 몰이에 성공하고 있었다. 그 연장선에서 1961년 홍성기 감독과 신상옥 감독은 각각 「춘향전」을 영화로 만들고자 했는데, 그런 상황에서 두 감독은 물러설 수 없는 한판 승부를 벌일 수밖에 없었던 것이다. TBS 방송의 "1962년 5월 20일 시간 늬우스"를 보면 남원에서 열린 '춘향제'가 발 디딜 틈 없을 정도로 성황을 이루었는데, 장면 장면마다 보이는 대중의 관심은 1960년대에도 '춘향'이 우리 문화 코드의 중심부에 자리 잡고 있었음을 잘 보여준다.

「춘향전」은 「일설 춘향전」이광수, 「춘향전」이청준 등의 현대소설로 여러 차례 재창조되었으며 영화는 물론 TV 드라마, 창극, 뮤지컬, 오페라, 애니메이션, 만화 등 다양한 장르에 걸쳐 21세기 오

늘에 이르기까지 새롭게 해석, 재조명되고 있다. 특히 TV 드라마 「쾌걸 춘향」KBS, 2005 「향단전」MBC, 2007과 영화 「방자전」2010 등은 주인공을 춘향에서 향단과 방자로 바꾸기도 하였다. 김대우 감독이 제작한 영화 「방자전」2010은 290만 명 이상의 관객 몰이로 흥행에 대성공을 거뒀다.

한국 고전문학의 에로스

우리나라 기생의 양대 산맥을 들라 하면 춘향과 황진이다. 춘향은 많은 사람들이 알고 있는 것과는 달리 실존했던 기생이 아니다. 반면에 황진이는 조선 중종 시절에 실존했던 기생이다. 실존 인물인 황진이는 소설과 영화 등 다양한 장르에서 오늘날 우리 문화의 흐름 속에 큰 자리를 차지하고 있으며, 춘향은 문학작품의 주인공으로서 황진이와 비견할 만한 위치에 있다.

혹시 춘향 캐릭터는 우리의 문학적, 문화적 유산으로 자리를 차지할 만큼 애초에 「춘향전」에서부터 다양하게 재해석될 만한 자양분을 가지고 있지 않았을까? 그렇다. 그 자양분은 청춘 남녀의 사랑이다. 그런데 그들의 사랑은 우리가 생각하는 것 이상으로 색깔이 짙다. 두 청춘 남녀가 보여주는 유혹의 장면들, 농염한 정사 장면들, 거침없이 쏟아내는 야한 말들……. 그런데도 전혀 거북하지 않다. 오히려 볼수록 경쾌한 웃음을 준다. 우리 고전소설의 에로스는 「춘향전」에 와서 생기발랄한 옷을 입었다.

유혹과 수작

문학작품, 특히 소설에서 인물의 캐릭터가 돋보이려면 그 상대역의 캐릭터가 잘 설정되어야 한다. 춘향의 상대역인 이몽룡의 캐릭터는 「춘향전」이 나오기 전까지 문학작품에서 전면에 부상한 적이 없는 캐릭터였다.

이몽룡의 캐릭터는 춘향과 대화하는 장면에서 잘 포착된다. 다음은 단옷날에 이몽룡이 그네 뛰는 춘향을 보고 방자에게 누구인지 물어, 춘향이 기생 월매의 딸이라는 것을 알게 된 후에 벌어지는 대목이다. 편의상 장면 번호를 붙여서 영화 대본처럼 알아보기 쉽게 설정해보았다.

#1

[몽룡] 기생의 딸이라니 급히 가 불러오라.

#2

[방자] 이 애 춘향아. 사또 자제 도련님이 광한루에 오셨다가 너 노는 모양 보고 불러오라는 영이 났다.

[춘향] 내가 지금 기생이 아니거든 여염집 사람을 부를 리도 없고 부른다고 갈 리도 없다. 당초에 네가 말을 잘 못 들은 바라.

#3

[몽룡] 다시 가 말을 하되, '내가 너를 기생으로 앎이 아니라 네가 글을 잘한다기에 청하노라. 여염집 처자 부르기가 괴이怪異하나 이상하게 여기지 말고 잠깐 광한루에 다녀가라.'고 하여라.

#4

방자가 춘향의 집으로 가서 이도령의 말을 춘향에게 전한다. 춘향은 그제야 못 이기는 체하며 겨우 일어나 광한루 건너갈 제~.

다음은 이몽룡이 방자에게 이끌려온 춘향과 대화를 나누는 장면이다.

[몽룡] 네 성은 무엇이며 나이는 몇 살이뇨?

[춘향] 성成가이고, 십육 세로소이다.

[몽룡] 허허 그 말 반갑도다. 나와 동갑이라. 성씨가 다르니 천정天定
　　　이 분명하다. 이성지합은 좋은 연분, 평생 동락하여 보자. 너
　　　의 부모 살아계시냐? 몇 형제냐.

[춘향] 편모슬하에 무남독녀, 나 하나요.

[몽룡] 너도 남의 집 귀한 딸이로다. 천정연분으로 우리 둘이 만났으
　　　니 만년락萬年樂을 이뤄보자.

[춘향] 도련님은 귀공자요 소녀는 천첩이라. 한 번 연분을 맺은 후에
　　　버리시면 독수공방 홀로 누워 한恨이 맺힐 텐데 그런 분부 마
　　　옵소서.

[몽룡] 네 말을 들어보니 어이 아니 기특하랴. 우리 둘이 인연 맺을
　　　적에 금석 같은 약속을 하리라. 네 집이 어디 메냐.

[춘향] 방자 불러 물으소서.

[몽룡] 내 너더러 묻는 일이 허황하다. 방자야. 춘향의 집을 네 일

러라.

[방자] 저기 저 건너 동산은 울울하고 …… 죽림 사이로 은은히 보이는 게 춘향의 집입니다.

[몽룡] 담이 정결하고 송죽松竹이 울창하니 여자 절행節行을 알 만하다.

[춘향] 시속 인심 고약하니 그만 놀고 갑니다.

[몽룡] 기특하다. 그래야지. 오늘 밤 네 집에 갈 것이니 부디 괄시하지 마라.

[춘향] 나는 몰라요.

[몽룡] 네가 모르면 쓰겠느냐? 잘 가라. 오늘 밤에 보자.

이몽룡은 유혹자이고 춘향은 그 대상이다. 대체로 유혹자들은 상대방을 유혹하여 자신이 원하는 바를 얻기 위해서 고도의 설득 전략을 펼친다. 그 설득이 전혀 논리적이지도 않으며, 그렇다고 대등한 거래를 한 것도 아닌데 상대방은 마치 그렇게 된 것처럼 받아들인다.

사랑하는 사람에게 구태여 그런 유혹의 방식을 써야 하는지 반문하는 이들이 있다. 아마도 사랑의 순수성에 흠이 간다고 여겨서일 것이다. 그런데 이몽룡은 달랐다. 춘향을 유혹하면서 조금도 거리끼지 않고, 마침내 춘향의 마음을 사로잡았다. 그 과정은 다음과 같다.

[제1단계] 자신이 무엇을 얻고자 하는지 분명하며, 자신의 의
도를 위압적으로 내세우지 않는다. 이몽룡은 춘향을 유혹하여
사랑을 하고 싶은 목표가 분명했다. 하지만 직접 나서지 않고 방
자를 시켜 말을 전하게 했다. 처음에는 춘향을 곧장 데려오게 했
지만 춘향이 대들자 곧바로 꼬리를 내렸다.

[제2단계] 상대방이 원하는 것이 무엇인지 파악하여 상대방
의 뜻에 동의하고 정서에 공감한다. 이몽룡은 춘향을 유혹할 때
에 춘향이 무엇을 싫어하고, 원하는 것이 무엇인지, 어떤 말을 듣
고 싶어하는지를 잘 파악했다. 춘향이 자신을 기생으로 보았다
는 말을 듣고 만나기를 거절하자, 춘향은 자신을 가리켜 기생이
라고 말하는 것을 매우 싫어하는 것을 알아차렸다.

몽룡은 즉시 말을 바꾸었다. 방자를 통해 "내가 너를 기생으
로 앎이 아니라 네가 글을 잘한다기에 청하노라. 여염집 처자 부
르기가 괴이하나 이상하게 여기지 말고 잠깐 광한루에 다녀가
라."라는 말을 전했다. 말하는 순서에도 한 치의 오차가 없었다.
"네가 글을 잘한다기에 청하노라. 내가 너를 기생으로 앎이 아니
다."라고 말의 순서를 바꾸지도 않았다. 물론 말의 뜻은 변함이
없다. 하지만 이몽룡은 "너는 기생이 아니다."라는 말을 먼저 내

질렀던 것이다. 춘향이 얼마나 듣고 싶었던 말인가.

　[제3단계] 상대방의 기분을 잘 파악하고 될 수 있는 대로 상대방을 치켜세운다. 이몽룡은 춘향의 나이와 이름을 물어서 대답을 들은 후에, "허허 그 말 반갑도다. 나와 동갑이라. 성씨가 다르니 천정이 분명하다. 이성지합은 좋은 연분, 평생 동락하여보자. 너의 부모 살아계시냐? 몇 형제냐."라고 말한 것을 보자. "허허 그 말이 반갑도다."라는 말을 먼저 했다. 도대체 동갑이라는 것이 그렇게도 반가운 말일까? 반갑다는 말은 춘향의 감정을 파고들어 춘향을 기분 좋게 해주었다. 마치 춘향이 이몽룡을 기쁘게 해준 것 같아서 춘향도 기분이 좋아질 수밖에 없다. 그게 아니더라도 이몽룡이 반갑다고 하니, 그 기분 좋은 말이 어떤 논리적 사고의 과정도 없이 바로 춘향에게 전달되지 않았겠는가.

　[제4단계] 자신의 목적을 달성하기 위해 틈틈이 자신이 원하는 것을 은근슬쩍 말한다. 위의 대화에서 보듯, 춘향의 성씨를 들먹이며 성씨도 다르니 둘이 사랑하기에 좋은 사이라고 직구를 던졌다. 평생 동락을 하자는 것이다. 뜸을 들이지도 않았고 어정쩡하게 말하지도 않았다. 그리고 춘향이 다른 생각을 하거나 다른 말을 할 틈을 주지 않고 춘향에게 부모형제에 대해 곧바로 물었다. 춘향이 무남독녀라고 말하자, 몽룡은 자기도 외동아들이라는 공통점을 내세워 바로 사랑을 하자는 말을 반복했다.

이제 다음 단계로 들어서서 이몽룡은 춘향이 넘어왔는지 아닌지를 정확히 판단하여 정곡을 찌르면 된다. 그런데 아직 갈 길이 남아 있었다. 춘향은 "한 번 연분을 맺은 후에 버리시면 독수공방 홀로 누워 한(恨)이 맺힐 텐데 그런 분부 마옵소서."라고 말하는 것이 아닌가. 춘향이 다 넘어온 줄로 알았는데 그게 아니었다. 징후만 보인 것이다.

이몽룡은 기꺼이 제2단계부터 제4단계까지 설득의 전략을 되풀이했다. 그대로 순서를 밟지는 않았지만 어떤 항목도 **빼놓지**는 않았다. 이몽룡은 춘향의 말속에서 가장 염려하는 것이 무엇인지를 알아차리고 즉시 "네 말을 들어보니 어이 아니 기특하랴. 우리 둘이 인연 맺을 적에 금석 같은 약속을 하리라. 네 집이 어디 메냐."라고 대답했다. 춘향의 기분을 좋게 하는 '기특하다'라는 말, 춘향이 원하는 '금석 같은 약속'의 말이 들어 있지 않은가. 그리고 연분을 맺을 때'라는 말도 **빼놓지** 않았다. 사랑을 나누자는 말을 은근슬쩍 끼워 넣은 것이다.

확실히 넘어왔다고 확신할 수 있을 때까지 내친 김에 더 질렀다. 이몽룡은 춘향에게 집이 어디냐고 물으며 은근히 들이댔다. 춘향은 방자에게 물으라고 했다. 이몽룡은 그때, '뭐 이제 서로 약속한 사인데 그럴 것까지 있느냐'라고 호기를 부리지도 않고, "내 너더러 묻는 일이 허황하다. 방자야. 춘향의 집을 네 일

해피 엔딩 로맨스의 두 갈래, 현실성과 환상성

러라."라며 춘향의 말대로 했다. 춘향의 기분이 조금이라도 상할 리가 있겠는가. 더 좋아졌겠지……

이때 이몽룡은 춘향이 왜 갑자기 직접 대답하지 않고 방자를 사이에 두고 대답하려고 했는지 순간적으로 알아챘다. 이몽룡의 속생각을 표현해보면 이쯤 되겠다. '아하, 춘향이 남녀 간에 도리를 내세우고 있구나. 내게 쉽게 보이지 않으려고 하는구나.' 방자가 "저기 저 건너 동산은 울울하고 …… 죽림 사이로 은은히 보이는 게 춘향의 집입니다."라고 대답하자, 이몽룡은 그런 집으로 미루어 춘향이 절개가 있는 여자가 분명하다고 힘주어 말했다. 춘향은 달콤한 사탕발림에 기분이 좋아졌다. 한술 더 떴다. "시속 인심 고약하니 그만 놀고 갑니다."라는 말을 남긴 채 막 자리를 뜨려고 하자, 이몽룡은 "기특하다. 그래야지. 오늘 밤 네 집에 갈 것이니 부디 괄시하지 마라."라고 대답했다. 또 춘향의 기분을 좋게 하는 말부터 꺼냈다. '기특하다. 그래야지.'라고. 그리고 자신이 원하는 말은 반드시 끼워 넣었다. 오늘 밤 춘향을 만나러 갈 것이라고. 그리고 한마디 더 던졌다. 부디 괄시하지 말라고, 잘 해보자고.

[제5단계] 상대방이 넘어왔는지 아닌지를 정확히 판단하여 정곡을 찌른다. 이몽룡은 춘향에게서 "나는 몰라요."라는 말을 들었다. 상식적인 상황이지만 춘향의 말이 무엇을 뜻하는지 정말

모르는 사람이라면 다시 이해시키려고 허둥댔을지도 모른다. 여자의 말을 곧이곧대로 들으면 안 된다는 이야기가 한때 유행한 적이 있다. 춘향도 그랬다. "나는 몰라요."라는 말은 정반대로 "알았어요."를 뜻한다. 이몽룡은 춘향의 마음이 이미 기울어졌음을 헤아리고 곧바로 한마디를 던졌다. "네가 모르면 쓰겠느냐? 잘 가라. 오늘밤에 보자."라고. 몽룡은 춘향에게 한판승을 거두었다.

이몽룡이 춘향을 유혹하는 대목은 우리 고전문학에서 독보적이다. 춘향과 수작하는 이몽룡의 모습은 열여섯 살의 순진한 모습이 전혀 아니다. 유혹의 달인! 활달하다고 해야 할지 바람둥이라고 해야 할지 종잡을 수가 없다.

조선 후기 오렌지족

이팔청춘 열여섯 살 이몽룡. 춘향 앞에서 기생집을 드나들며 향락적인 생활을 일삼았다는 점을 자랑할 정도로 향락 문화에 젖어 있는 서울내기다.

> 서울 있을 때에 삼월 춘풍 화류시와 구추 황국 단풍절에 하루도 빠짐없이 주사청루 일을 삼아 …… 절대가인 침닉하여 청가묘무 희롱할 제 무한 호강하였으며, 연지분에 취색하고 고운 모양 하나 둘이

아니로되, 천만 의외 너를 보니 여중군자며 화중일색이라.남원고사

3월 봄바람에 꽃이 활짝 피는 시절이나 9월 노란 국화꽃이 피고 단풍이 드는 가을이나 하루도 거르지 않고 유흥가에 나돌아다니며 놀았다는 것이다. 열여섯 살짜리가 하루도 빠짐없이 술에 취하고 여자에 **빠져** 살았다는 것이 과장된 표현이기는 하지만, 이몽룡의 성향을 제대로 드러내고자 한 것임은 분명하다.

오늘날로 치면 부모의 재산과 권력을 배경으로 돈에 구애받지 않고 유흥가에서 향락적인 생활에 찌든 오렌지족이었다. 『대중문화사전』에 따르면, "오렌지족은 1990년대 초 강남에 거주하는 부자 부모를 두고 화려한 소비생활을 누린 20대 청년들을 가리킨다. 부유한 부모가 주는 넉넉한 용돈으로 해외 명품 트렌드를 소비하고 고가의 자가용을 타고 다니며 유흥을 즐기던 젊은이들의 과소비 행태를 비꼬는 말로, 한때 과소비의 대명사로 쓰였다."

조선 후기라고 해서 오늘날 오렌지족과 같은 부류가 없었을까? 그럴 리가 없다. 신윤복의 풍속화 「연소답청年少踏靑」에는 조선 후기 오렌지족의 생생한 모습이 담겨 있다. 「연소답청」에서 '연소年少'는 나이 어린 사람이라는 뜻인데 이몽룡과 비슷한 열여섯 살쯤으로 보아도 무리가 없다. '답청踏靑'은 '푸른 풀을 밟다'의 뜻으로 '봄놀이'를 의미한다.

한국 고전문학의 에로스

『문화유산채널』이라는 한국문화재단이 운영하는 유익한 프로그램이 있다. 그 홈페이지에 "신윤복 풍속화 1부 혜원 신윤복 조선의 여인을 그리다"라는 제목을 붙인 7분짜리 영상 자료가 올라 있다. 그 영상물에서는 「연소답청」에 대한 해설을 다음과 같이 했다.

풍속화에는 봄놀이에 나선 세 쌍의 남녀가 있다. 여성들은 모두 기생인데 말을 타고 있다. 먼저 위쪽을 보면 오른쪽에는 기생이 담배를 피우고 있다. 그 앞에는 말구종말고삐를 잡고 말을 앞에서 끌거나 뒤에서 따르는 하인인 듯한 이가 뒤를 돌아 기생을 올려다보고 있다. 아마도 담뱃대를 기생에게 건네준 듯하다. 그런데 그 사람은 실제로는 양반

「연소답청」

해피 엔딩 로맨스의 두 갈래, 현실성과 환상성

인데 말구종 노릇을 하고 있다. 실제 말구종은 말채찍을 한 손에 든 채 맨 뒤에서 따라오고 있다. 첫째 커플은 봄놀이 가는 길에 잠시 멈춰 서서 쉬고 있는 것으로 보인다.

둘째 커플은 잠시 쉬는 자리에 막 도착하는 모습이다. 양반이 말에 탄 기생에게 담뱃대를 막 건네주고 있다. 먼저 쉬면서 담배를 피는 기생처럼 담배를 피우려는 모습이다. 아래쪽에 있는 셋째 커플은 약속 시간에 늦어서인지 바쁘게 달려오고 있다. 기생의 옷차림이 바람에 날리고 있고, 양반은 바쁜 걸음걸이다.

이 풍속화 한 편은 조선 후기 사회의 따스한 봄 날씨만큼이나 흐트러진 양반의 모습을 잘 담아냈다. 유흥에 푹 녹아 있는 오렌지족의 마음까지 배어나는 듯하다. 이몽룡의 행태가 「연소답청」에 그려져 있는 젊은 양반들과 비슷하지 않은가? 몽룡이 열여섯 나이에 유흥과 향락에 젖은 행태는 우연이 아니다. 몽룡이 춘향과 합방을 하기 직전에 월매는 몽룡에게 아버지 이사또에게 꾸짖음을 당할지 모른다고 염려했다. 그러자 몽룡은 월매에게 다음과 같이 말했다.

① 염려 마오. 사또 소시의 우리 앞집에 꾀쇠 누님 친하여 가지고
   개구녁 출입하다가 울타리가지에 눈퉁이를 걸려 다쳤는데 그 상

처가 여태 있네. 염려 말고 들어가세._{고사본 춘향전}

② 그것은 염려 마라. 내 어릴 때 종종 본즉 내의녀_{內醫女}, 은근자, 숫
보기들이 큰 사랑에 오락가락하더구나. 만일 어렵게 되면 그 말
하고 지켜주마._{경판35장본}

①과 ②의 표현이 다르지만 내용은 비슷하다. 아버지가 '개구
멍 출입'을 하다가 눈가를 다쳐서 지금까지 그 상처가 남아 있
고, 큰 사랑에 이런저런 여성들을 불러들인 일이 있다는 것이
다. 예전 한옥에는 황토로 쌓은 담이 둘러 있곤 했는데, 구석 후
미진 곳에 구멍이 뚫린 경우가 종종 있었다. 그쪽으로 개가 드
나들곤 해서 '개구멍'이라고 부른다. 몽룡의 아버지 이사또 또한
개구멍으로 드나드는 바람둥이로 한 가닥 주름을 잡았던 사람이
니 몽룡이 아버지에게 꾸짖음을 당할 리가 없다는 것이다. 부전
자전_{父傳子傳}!

이몽룡은 춘향과 사랑을 나누면서 오렌지족으로 조금도 손색
이 없는 풍모를 드러냈다. 사랑타령, 궁자타령 등이 이어지는데
몽룡이 화류계 행태가 얼마나 능숙한지를 잘 보여준다. 간단하
게 궁자타령을 보면, "너와 나와 합궁하니 한평생 무궁이라 이궁
저궁 다 버리고 네 양각 사이 수용궁에 나의 힘줄 방망치로 길을
내자꾸나"_{완판 84장본}로 되어 있다. 성행위를 암시하는 말이지만, 실

제 표현보다도 더 야하다. 몽룡은 능숙하게 벌거벗고 업음질 놀이, 말타기 놀이 등을 계속하여 펼쳤다. 그 대목을 보자.

춘향과 도련님 마주 앉아 놓았으니 그 일이 어찌 되겠느냐. 춘향의 섬섬옥수 빠듯이 겹쳐 잡고 의복을 공교하게 벗기는데 두 손길 썩 놓더니 춘향 가는 허리를 담쏙 안고 "나삼을 벗어라."

춘향이가 처음 일일 뿐 아니라 부끄러워 고개를 숙여 몸을 틀 제 도련님 치마 벗겨 제쳐놓고 바지 속옷 벗길 적에 무한히 실랑이질 한다. 이리 굼실 저리 굼실 동해 청룡이 굽이를 치는 듯.

"아이고 놓아요, 좀 놓아요."

"에라. 안 될 말이로다."

실랑 중 옷끈 끌러 발가락에 딱 걸고서 끼어 안고 진득이 누르며 기지개 켜니 발길 아래 떨어진다. 옷이 활딱 벗어지니 도련님 거동을 보려 하고 슬그머니 놓으면서 "아차차 손 빠졌다."

춘향이가 이불 속으로 달려든다. 도련님 왈칵 좇아 저고리를 벗겨 내어 도련님 옷과 모두 한데다 둘둘 뭉쳐 한편 구석에 던져두고 둘이 안고 마주 누웠으니 그대로 잘 리가 있나. 골즙 낼 제 이불 춤을 추고 샛별 요강은 청그렁 쟁쟁 문고리는 달랑달랑 등잔불은 가물가물. 맛이 있게 잘 자고 났구나. 그 가운데 진진한 일이야 오죽하랴.

하루이틀 지나가니 어린 것들이라 신맛이 간간 새로워 부끄럼은 차차 멀어지고 이제는 희롱도 하고 우스운 말도 있어 자연 사랑가가 되었구나.

이런 식으로 몽룡은 춘향을 주도하며 사랑을 맺어갔다. 춘향 또한 그런 이몽룡에게 푹 빠져들었다. 둘은 진심으로 사랑하게 되었다.

도도한 기생 딸

그렇다면 춘향은 어떤 캐릭터일까? 우리는 춘향이 온순하고 얌전한 여성이자 순수한 사랑을 추구하며 몽룡을 위해 목숨을 걸고 절개를 지킨 기생으로 알고 있다. 반은 맞지만 반은 틀렸다. 춘향은 얌전한 요조숙녀가 아니었다. 다음은 이몽룡이 단옷날 그네 뛰는 춘향을 보고 누구냐고 묻자 방자가 한 대답이다.

> [방자] 제 어미는 기생이오나 춘향이는 도도하여 기생 구실 마다하고 백화초엽에 글자도 생각하고 여공재질이며 문장을 겸전하여 여염처자와 다름이 없나이다.열녀춘향수절가

방자의 말에 따르면 춘향은 기생의 딸이지만 성격이 도도했다. 글도 하고 문장 실력도 있고 보통 여자들과 같은 행색을 했

해피 엔딩 로맨스의 두 갈래, 현실성과 환상성

다. 기생의 딸로서 기생 구실을 마다한 여성이었다.

조선시대에는 기생의 딸은 아비의 신분과 관계없이 어미의 신분에 따라 기생이 되었다. 물론 아비가 노비이면 그 자식도 노비가 되었다. 자식이 어미 신분에 따랐다는 것은 아비가 양반이어도 어미 신분에 따라 자식의 신분이 결정되었다는 말이다. 이게 종모법從母法이다. 춘향의 아버지는 성참판으로 양반이었지만 어미가 기생이었던 탓에 춘향은 기생의 처지를 벗어날 수가 없었다.

하지만 춘향의 꿈은 매우 컸다. 자신이 "북극천문"에 닿기를 바랐던 것이다. 마침내 춘향은 사또의 아들인 이몽룡과 합방을 함으로써 소망을 이루었다. 더구나 몽룡이 금석 같은 약속을 하지 않았던가?

그후로 춘향의 도도함은 하늘을 찔렀다.

> [사령] 춘향이란 계집애가 양반서방 치렀다고 마음이 도도하여 우리 보면 태를 빼고 오만하며 혹시 말을 부친대도 청이불문聽而不聞하고 옷자락만 제 치마에 시칫하면 대야에 물 떠놓고 치맛귈 부여잡고 초물초물 빤다더니.신학균본

사령 같은 이들과 말을 섞지도 않았을 뿐만 아니라 사령의 옷자락이 춘향의 치마에 슬쩍 스치기만 해도 치마를 빨았다는 것

이다.

빼어난 미모에 걸맞게 도도하여 콧대가 매우 높은 여성이 바로 춘향이었다. 한 가지 약점이라면 기생의 딸이라는 점. 하지만 춘향은 그런 현실적 제약을 전혀 문제 삼지 않았다. 어미의 신분을 이어받아 기녀가 될 처지인데도 자신만은 그렇지 않을 것이라고 믿었다.

평소 춘향은 아름다운 미모가 기생의 처지에서 벗어나게 해줄수 있다고 확신한 철부지였다. 마침 자신의 마음에 드는 이몽룡이 나타나서 아내로 삼아준다는 말을 곧이 듣고 몸과 마음을 다내주지 않았는가.

발악하는 춘향

이사또가 서울로 발령이 나면서 몽룡은 아버지를 따라 서울로돌아가야만 했다. 이몽룡은 춘향을 데려갈 수 없는 탓에 마음을졸이며 그 사실을 알렸다. 춘향은 처음에는 대수롭지 않게 여기고 이몽룡에게 먼저 서울로 올라가면 뒤따라갈 테니 염려하지말라고 말했다.

애타는 이몽룡의 속마음도 몰랐다. 기생의 딸은 관아에 매인노비 신분이라서 아내 혹은 첩으로 삼아 관아를 벗어나 데려갈수도 없었다. 그게 조선의 법이었다. 지방 기생을 첩으로 삼아 서

울로 올라갔다가 법망에 걸려서 신세를 망친 벼슬아치가 한둘이
아니라는 이몽룡의 말을 듣자, 춘향은 비로소 이몽룡의 말뜻을
알아차렸다.

춘향이 이 말을 듣더니 발연 변색이 되며 붉으락푸르락, 눈을 간잔
지런하게 뜨고, 눈썹이 꼿꼿하여지면서, 코가 발심발심하며, 이를
뿌드득뿌드득 갈며, 온몸을 쑤신 입 틀 듯하며 매, 꿩 차는 듯하고
앉더니,

"허허 이게 웬 말이오."

왈칵 뛰어 달려들며 치맛자락도 와드득 좌르륵 찢어버리며 머리도
와드득 쥐어뜯어 싹싹 비벼 도련님 앞에다 던지면서,

"무엇이 어쩌고 어째요. 이것도 쓸데없다."

명경明鏡 …… 두루 쳐 방문 밖에 탕탕 부딪치며 발도 동동 굴러 손
뼉치고 돌아앉아 자탄가自嘆歌로 우는 말이,

"서방 없는 춘향이가 세간살이 무엇 하며 단장하여 뉘 눈에 괴일꼬.
몹쓸 년의 팔자로다. 이팔청춘 젊은 것이 이별될 줄 어찌 알랴. 부
질없는 이 내 몸을 허망하신 말씀으로 내 앞날 신세 버렸구나. 애고
애고 내 신세야. 여보 도련님 이제 막 하신 말씀 참말이요 농말이
요. 우리 둘이 처음 만나 백년언약 맺을 적에 대부인 사또께옵서 시
키시던 일이오니까. …… 죽고지고 죽고지고. 애고애고 설운지고."

춘향은 몽룡을 따라갈 수 없다는 당대의 법도 몰랐다. 어쩌면 잘 알고 있었지만 법망을 무시해서라도 이몽룡이 자신을 데려갈 줄로 확신했을지도 모른다. 철부지 춘향에게 이몽룡의 말은 핑계가 아니라 배신이었다. 그 순간, 사랑의 열정과 앞날에 대한 기대감이 한데 어우러져 분노로 돌변하여 폭발하고 말았던 것이다.

'춘향 – 몽룡'의 철부지 사랑

그렇다면 '춘향 – 몽룡'의 러브 라인은 어떤 성향을 띨까? 도도한 기생 딸과 오렌지족 양반 자제의 철부지 사랑이라는 속성을 지닌다. 물론 이몽룡이 춘향에게 반하지 않은 것은 아니다. 광한루에서 그네 뛰고 있는 모습을 보고 첫눈에 반했다. 그리고 춘향 만나기를 고대하며 춘향 생각으로 허둥댔다. 춘향의 "말소리가 귀에 쟁쟁하고 고운 태도가 눈에 삼삼"할 뿐이었다. 저녁밥을 먹으나 전혀 밥맛을 느낄 수 없었고,『중용』『대학』『논어』『맹자』 등 유학 경전을 소리내어 읽지만 '춘향'이라는 말이 불쑥불쑥 튀어나와 제대로 읽지도 못했다.『천자문』을 읽다가 "춘향입 내 입을 한테다 대고 쪽쪽 빠니 법중 려_呂자 이 아니냐 애고애고 보고지고"라고 잘못 읊어대어 방자의 놀림감이 되고 말았다. 그런데 이몽룡의 사랑은 앳되고 풋풋한 사랑은 아니었다. 앞에서 언급했던 것처럼 서울에서 화류방을 두루 다니던 바람둥이 기질이 몸에 밴 사랑이었다.

춘향 또한 몽룡이 마음에 들지 않은 것은 아니었다. 자신의 미모와 도도함을 무기로 내세웠던 춘향은 한순간에 오렌지족의 유혹에 넘어갔다고 할 수 있다. 원하고 원하던 한마디, '너는 기생이 아니다.'라는 말 한마디에 넘어가고 말았다. 춘향에게는 자신의 도도함이 오히려 덫이 되고 만 것이다. 하지만 두 사람은 사랑의 열정에 빠져들고 있었다.

그런 상황에서 갑작스러운 이별이 닥쳤다. 춘향은 생각지 않은 이별이어서 놀랄 수밖에 없었고, 이몽룡은 예상은 했지만 한순간 눈앞에 닥친 이별이어서 갑작스러웠다. 가문의 배경이 전혀 다른 두 남녀, 부모가 받아들일 수 없는 결혼! 사랑하지만 헤어져야만 했다. 관할 고을에 속해 있는 기생을 사랑하여 데리고 상경했다가 어려움에 처한 벼슬아치가 한둘이 아니었으니 이몽룡도 그런 위험까지 감수할 자신은 없었다. 춘향도 자신의 처지를 받아들여만 했다.

「춘향전」이 나오기까지 제대로 된 사랑의 열정을 보여준 소설은 비극적이었다. '춘향-몽룡'의 러브 라인도 끊어질 위기에 처했다. 하지만 두 사람의 슬픈 이별은 반전되어 해피 엔딩을 맞는다. 춘향이 몽룡과 깊은 사랑에 빠졌을 때에 그 꿈은 이루어질 조짐을 보였다.

[몽룡] 업음질 천하 쉬우니라. 너와 나와 홀딱 벗고 업고 놀고 안고
  도 놀면 그게 업음질이지야.

[춘향] 애고 나는 부끄러워 못 벗겠소.

[몽룡] 에라 요 계집아이야 안 될 말이로다. 내 먼저 벗으마.(옷을 홀
  홀 벗어던진다.)

[춘향] 영락없는 낮도깨비 같소.

[몽룡] 오냐 네 말 좋다. 천지만물이 짝 없는 게 없느니라. 두 도깨비
  놀아보자.

[춘향] 그러면 불이나 끄고 노사이다.

[몽룡] 불이 없으면 무슨 재미있겠느냐. 어서 벗어라 어서 벗어라.

......

[몽룡] 애 춘향아 이리 와 업히거라.

......

[몽룡] 어따 그 계집아이 똥집 꽤나 무겁다. 네가 내 등에 업히니까
  마음이 어떠하냐

[춘향] 한껏 나게 좋소이다.

[몽룡] 좋냐?

[춘향] 좋아요.

해피 엔딩 로맨스의 두 갈래, 현실성과 환상성

[몽룡] 나도 좋다. 좋은 말을 할 것이니 네가 대답만 하여라.

"좋냐?" "좋아요." "나도 좋다." 명대사다. 그것도 둘 다 벌거벗은 채 사랑놀음을 하는 상황에서 나온 명대사다. 비록 오렌지족과 철부지 기생 딸의 사랑이었지만 몽룡은 자신의 바람둥이 기질과는 달리 무엇인지 깊은 사랑에 빠져들고 있었다. 춘향 또한 어느새 몽룡의 등에 업힌 채 "한껏 나게 좋소이다."라고 대답할 정도로 달콤하게 젖어드는 감정을 느끼고 부드러운 속살의 맛을 알게 되었다.

이몽룡과 춘향이 처음 만났을 때에는 서로 밀고 당기기를 했다. 춘향에게 첫눈에 반한 이몽룡은 욕정이 앞설 정도였다. 열정과 욕정이 합쳐진 사랑이라고 할까. 철부지 춘향은 처음에는 도도했지만 점차 좋아하는 감정이 생겨갔다. 둘이 몸을 섞는 횟수가 늘어나면서 사랑의 감정은 열정적으로 변하고 어느새 욕정적인 성향을 띠기도 했다. 그 욕정이 다른 사람을 향한 것이 아니라 상대방에 한정되었음은 물론이다. 두 남녀는 하나가 되는 경험을 했고 마침내 '한껏 나게 좋게' 되었다.

그런데 춘향이 그렇게 '한껏 나게 좋았던 것'에는 한 가지가 더 있었다. 그것은 미래에 펼쳐질 꿈이었다. 춘향이 몽룡을 업고 노래를 부를 때에 거기에는 춘향의 소망이 어리어 있었다.

흉중대략을 품었으니 명만일국名滿一國 대신 되어 주석지신 보국충신 모두 헤아리니 사육신을 업은 듯, 생육신을 업은 듯, …… 충무공을 업은 듯, 우암, 퇴계, 사계, 명재를 업은 듯, 내 서방이제 내 서방이제 진사 급제 …… 도승지로 당상하여 팔도 방백 지낸 후, 내직으로 각신, 대교, 복상, 대제학, 대사성, 판서, 좌상, 우상, 영상, 규장각 하신 후에 내삼천內三千 외팔백外八百 주석지신, 내 서방 알들 간간 내 서방이제.완판 84장본

춘향은 벌거벗은 이몽룡을 등에 업었지만 달콤한 육체적 관계에 만족하는 것으로 그치지 않았다. 이왕 사랑할 바에 더 얻고 싶은 것을 얻을 수 있다면 금상첨화다. 이몽룡이 출세하여 일국 대신, 충신이 되면 춘향은 그런 남편의 정실부인이 될 것이니 이보다 좋은 것은 없었다.

학자들 중에는 춘향은 기녀의 처지를 벗어나고자 하는 욕망, 신분 상승의 욕망을 지니고 있었기에 사랑의 순수성이 그만큼 떨어진다고 보는 이들이 있다. 그런데 변학도의 수청 요구를 받아들이지 않고 옥에 갇혀서 죽기를 기다리던 춘향의 모습에서 순수한 사랑을 찾지 못한다면 무엇을 찾을 수 있다는 말인가.

다음은 춘향이 옥에 갇혀 혼자 탄식하며 부르는 노래 '옥중가'의 일부 내용이다.

낭군 그리워 가슴 답답 불이 붙네.

한숨이 바람 되어 붙는 불을 더 붙이니 속절없이 나 죽겠네.

홀로 섰는 저 국화는 높은 절개 거룩하다.

눈 속의 청송靑松은 천고절千古節; 영원한 절개을 지켰구나.

푸른 솔은 나와 같고 누른 국화 낭군같이

슬픈 생각 뿌리나니 눈물이요 적시느니 한숨이라.

한숨은 청풍淸風 삼고 눈물은 세우細雨; 가랑비 삼아

청풍이 세우를 몰아다가 불거니 뿌리거니 님의 잠을 깨우고저.

……

살아 이리 그리느니그리워하느니 아주 죽어 잊고지고.

차라리 이 몸 죽어 공산空山에 두견이 되어

이화월백李花月白 삼경야三更夜에 슬피 울어 낭군 귀에 들리고저.

청강에 원앙 되어 짝을 불러 다니면서

다정코 유정有情함을 님의 눈에 보이고저.

삼춘에 호접胡蝶; 나비 되어 향기 묻은 두 나래날개로

춘광春光을 자랑하여 낭군 옷에 붙고지고.

청천에 명월 되어 밤 당하면 돋아 올라

명명히 밝은 빛을 님의 얼굴에 비추고저.

이내 간장 썩는 피로 님의 화상畵像 그려내어

방문 앞에 족자 삼아 걸어두고 들며 나며 보고지고.

수절 정절 절대가인 참혹하게 되었구나. ······

변학도가 제시하는 달콤한 삶이 눈앞에 어른거릴지라도 춘향은 목숨 걸고 거절했다. 오로지 이몽룡을 그리워할 뿐이고, 죽은 후에도 두견새, 원앙새, 나비, 밝은 달이 되어 이몽룡 곁에 가고 싶은 간절한 마음뿐이었다. 그 순수한 사랑은, 신분을 숨긴 채 거지꼴로 나타난 이몽룡에게 춘향이 당부하는 말에서 재차 확인할 수 있다. 춘향은 더 이상 유혹의 달콤함만 찾는 철부지가 아니었다. 탐관오리에게 죽임을 당할지언정, 첫사랑 몽룡이 거지로 전락했을지언정 그 사랑을 순수하게 지켜내고자 하는 여인이었다.

마침내 이몽룡의 암행어사 출두로 한순간에 모든 상황은 반전되고, 춘향의 순수한 사랑은 이루어졌다. 이몽룡 또한 처음에는 오렌지족에 걸맞게 처음에는 춘향과 한판 놀아볼 요량이었지만, 어느새 춘향을 지켜내는 인물, 자신과 춘향의 사랑을 지켜내는 인물로 변했다.

조선 후기 사회에서 춘향이 정실부인이 되는 것은 현실적으로 일어날 수 없는 일이기에 일각에서는 「춘향전」은 당시의 암울한 현실을 호도하는 것이라며 작품의 한계를 짚어내는 학자들이 있다. 하지만 「춘향전」은 우리 고전소설의 흐름에 비추어볼 때 청춘 남녀의 러브 라인에 웃음과 행복을 불어넣은 작품이라는 점

해피 엔딩 로맨스의 두 갈래, 현실성과 환상성

에서 그 가치를 찾을 수 있다.

행복한 결말을 이루어낸 것은 에로스였다. 현실적으로 극복하기 어려웠던 신분과 배경을 뛰어넘어 천민 기생의 딸과 양반 자제의 철부지 사랑을 남의 입에 오른내리는 것으로 끝내지 않고 해피 엔딩으로 이끌어간 것도 에로스였다. 거기에서 그치지 않았다. 에로스는 변학도로 대변되는 탐관오리의 위세 앞에서 '내 사랑은 내가 지킨다'라는 강한 의지를 불러일으키고 마침내 조선 후기 사회의 비뚤어진 압제까지 뚫어버렸다. 철부지 사랑이 일을 내고 만 것이다.

에로스가 춘향에게 자유를 가져다준 원동력이었다. 춘향 앞에서 거들먹대던 몽룡은 더 이상 춘향을 기생의 딸로 취급할 수 없었다. 그것이 에로스의 힘이다. 비로소 로맨스가 로맨스다워졌다.

인류의 역사는 에로스의 역사라고 말할 수도 있다. 에로스는 새로운 사회, 새로운 시대를 열었다. 「춘향전」의 에로스가 곧바로 조선 후기의 사회를 바꾼 것은 아니지만……

한국 고전문학의 에로스

2

「구운몽」
환상적 로맨스

「구운몽」은 17세기 후반에 김만중이 지은 소설이다. 임진왜란, 병
자호란은 우리 사회의 문제로 한정
되지 않았다. 동아시아의 여러 나라
들이 국제 질서의 혼돈 속에서 저마
다 새로운 길을 모색하고 있었다. 그
런 상황에서 우리의 많은 학자와 관
료들은 당면 문제를 해결하고 미래
의 좌표를 설정하고자 노력했고, 그
과정에서 학문적으로 정치적으로 치
열하게 대립하기도 했다.

서포 김만중

해피 엔딩 로맨스의 두 갈래, 현실성과 환상성

그 대립의 중심부에 있던 사람들 가운데 하나가 서포西浦 김만중1637~1692이다. 그는 1665년현종 6 정시庭試에서 장원급제하여 벼슬길에 발을 들여놓았다. 당시에는 정치적 대립이 몹시 격렬하여 김만중 또한 그런 정쟁의 소용돌이에 휘말릴 수밖에 없었다. 김만중은 정치 활동 27년 동안 세 차례에 걸쳐 귀양살이를 했는데 그 기간은 총 4년 6개월이고, 마지막 유배지에서 세상을 떴다.

당대의 많은 정치인, 지식인들과는 달리 김만중은 소설 창작으로도 큰 발자취를 남겼다. 「사씨남정기」와 「구운몽」이 그의 대표 작품이다.

「구운몽」은 '현실 - 꿈 - 현실'의 환몽 구조로 되어 있다. 현실 세계는 '성진'이 구도자의 길을 걷는 연화도장이고, 꿈의 세계는 '성진'이 '양소유'로 환생하여 펼쳐내는 지상 공간이다. 상식적으로 지상 공간이 현실이고 꿈의 세계가 초월 공간인데, 「구운몽」에서는 그것을 뒤바꿔놓음으로써 작품 세계를 다소 환상적으로 끌고 갔다. 더욱이 두 공간이 확연히 구별되지 않고 인물들이 지상 공간꿈속과 초월 공간현실을 넘나들기도 해서 그 환상성은 커진다.

주인공 '성진'은 연화도장에서 구도求道 생활을 하지만, 지상 공간에서 '양소유'로 환생하여 부귀영화를 누린 후에 다시 연화도장으로 돌아가 지상에서 산 것이 일장춘몽임을 깨닫기에 이른다. 이러한 주인공의 여정에서 큰 비중을 차지하는 것은 남주인공과 여덟 여성이 맺는 '1:8'의 러브 스토리다. '1:8'의 다각 관계는 오늘날의 관점으로 보기에는 반감이 일기에 충분하지만, 당시 일부다처제 사회에서 볼 때에는 이상적이고도 환상적이었다고 할 수 있다.

어떤 점에서 이상적이고 환상적일까?

양소유의 '1:8' 여성 편력

양소유는 과거에 장원급제한 후 벼슬을 하면서 외국의 국왕을 설득하는 외교적 능력까지 지닌 인물이다. 게다가 문학적 재능과 예술적 재능을 겸비한 풍류랑이기도 하다. 그의 풍류적인 면모는 여덟 여성을 상대로 러브 스토리를 펼쳐낼 때 한껏 발휘된다.

열다섯 살 때에는 과거를 보려고 상경하는 도중에 화주 화음현에서 진채봉을 만나 결혼을 약속했다. 지방에 민란이 일어나서 고향으로 돌아왔다가 이듬해 16세 때에 다시 과거에 응시하려고 서울로 올라가는 중에 낙양 지방에 들러 권력층 자제들의 잔치 자리에서 명기 계섬월과 눈이 마주쳐 동침했다.

서울에 도착해서는 과거를 며칠밖에 앞두지 않은 시점이었지만 정경패라는 상층 양반의 딸이 어떤 여성인지 궁금하여 여자로 변장하고 그 집에 들어가서 정경패의 모습을 확인했다. 장원급제한 후에는 정경패와 약혼하고 그녀의 몸종인 가춘운까지 얻어 동침하기도 했다.

그후에 하북 세 절도사의 반란을 제압하러 가던 중에 기생 적경홍과 동침하고, 오랑캐 나라인 토번의 침입을 제압하러 가는 과정을 전후로 해서는 백능파와 심요연을 얻었다. 모든 일을 성공적으로 마친 후에는 난양공주 이소화와 결혼한다.

흥미롭게도 양소유가 과거 응시생이었을 때에 학업에 정진하는 모습은 부각되지 않는다. 오랑캐를 물리칠 때에도 위력적이고 영웅적인 활약상은 그려지지 않는다. 적국의 왕을 대면하면서도 초조해하거나 애를 쓰는 모습은 보이지 않고 한순간에 상대방을 설득하여 임무를 완수하는 면모가 부각되는 정도다.

하지만 양소유가 문학적 재능과 예술적 재능을 마음껏 발휘하는 면모는 부각된다. 다음은 양소유가 진채봉과 '양류사楊柳詞'를 주고받는 대목이다.

[양소유의 노래]

버들이 푸르러 베 짜는 듯하니,	楊柳靑如織
긴 가지 그림 그린 누각에 스쳤도다.	長條拂畵樓
원컨대 그대는 부지런히 심으라,	願君勤裁植
이 나무가 가장 풍류로우니라.	此樹最風流

버들이 자못 푸르고 푸르니,　　　　　　楊柳何靑靑

긴 가지 빛나는 기둥에 스쳤도다.　　　　長條拂綺楹

원컨대 그대는 부질없이 꺾지 말라,　　　願君莫攀折

이 나무가 가장 정이 많으니라.　　　　　此樹最多情

[진채봉의 노래]

누 앞에 버들을 심어,　　　　　　　　　樓頭種楊柳

낭군의 말을 매어 머물게 하렸더니.　　　擬繫郞馬住

어찌하여 꺾어 채를 만들어,　　　　　　如何折作鞭

재촉하여 장대章臺 길로 내려가느뇨.　　催下章臺路

　양소유는 버드나무의 휘늘어진 아름다운 경치를 보고 봄의 정취를 시에 담았다. 그런데 그의 마음은 봄 경치에 취하는 것에 그치지 않고 이미 누각 위의 어느 여인을 향하고 있었다. 양소유는 휘늘어진 버드나무를 보고 어떤 여인이 아름다운 실로 베를 짜는 것을 연상하고는 그 여인의 정이 가장 많이 실린 수양버드나무를 함부로 꺾어서는 안 된다고 읊조린 후에 떠나려고 했다.

　그때 누각 위에는 양소유를 보고 첫눈에 반한 여성 진채봉이 있었다. 진채봉은 버드나무를 심어둔 이유를 노래로 밝혔다. 자신의 마음에 드는 남자가 나타나서 말을 매어두고 머물게 하려고 했다는 것이다. 그렇게 노래한 후에 이어서 자신의 마음에 드는 남자가 바로 당신인데 왜 나뭇가지를 꺾어 말채찍으로 삼아 바로 떠나려고 하느냐며 양소유에게 사랑의 감정을 털어놓았다.

이에 양소유는 '월하의 인연을 맺자[願作月下繩]'는 내용의 답시 答詩를 보내어 서로의 마음을 확인하고 두 사람은 결혼을 약속한다. 양소유에게 첫눈에 반한 진채봉, 다가오는 진채봉을 막지 않는 양소유. 첫 만남에서 이들은 육체적 관계도 맺지 않고 바로 결혼을 약속했다. 첫눈에 반하는 사랑의 열정이 지닌 힘이 어떤 것인지를 실감케 한다.

하지만 이튿날 다시 만나기로 약속했지만 난리가 일어나 뜻을 이루지 못하고 헤어지고 말았다. 사랑의 열정이 피어오르는 것은 나중으로 미루어진다. 난리 통에 아버지가 적당에 가담한 죄로 걸려 진채봉은 궁녀로 전락하게 된다. 진채봉은 양소유를 사랑하는 마음을 간직한 채 지내다가, 훗날 출세하여 궁궐을 드나드는 양소유를 만나 소원을 풀게 된다.

양소유가 다음으로 만난 여성은 계섬월이었다. 양소유는 우연히 권문세가의 귀공자들과 이름난 기생들이 어우러진 잔치판에 끼어들게 되었다. 그 잔치판이 어땠을까? 양반 자제들과 기녀들이 어우러져 술잔치를 벌이며 시 짓기 시합을 벌이려는 판이었다. 계섬월이 선택한 시를 지은 사람이 그녀와 하룻밤을 잘 수 있는 내기가 걸려 있었다.

　양소유는 그 기회를 놓치지 않고 한방에 계섬월의 마음을 파고드는 시를 지었다.

① 향기로운 티끌이 일고자 하고 저문 구름이 많으니,

② 모두들 고운 계집의 한 곡조 노래를 기다리는구나.

③ 열두 거리 위에 봄이 늘어졌고,

④ 버들꽃이 눈 같으니 어찌 근심이 있으리오.

⑤ 꽃가지가 옥인의 단장을 부끄러워하니,

⑥ 가느다란 노래를 채 부르기 전에 입의 기운이 향기롭도다.

⑦ 하채와 양성도읍의 귀공자은 도대체 거리끼지 아니하되,

⑧ 다만 쇠한 애를 얻기 어려울까 근심하노라.

⑨ 기정 저문 눈에 양주 자사를 부르니,

⑩ 이 가장 왕랑의 득의한 때로다.

⑪ 천고 사문 원일맥하니,

⑫ 전배로 하여금 풍류를 천하게 하지 마라.

⑬ 초나라 손이 서로 놀매 길이 진에 들었으니,

⑭ 술다락에 와 낙양춘洛陽春에 취하였도다.

⑮ 달 가운데 붉은 계수를 뉘 먼저 꺾을꼬,

⑯ 금대今代에 문장이 스스로 사람이 있으리로다.

해피 엔딩 로맨스의 두 갈래, 현실성과 환상성

①②행에서 양소유는 오후가 한참 지난 저녁 무렵 참석자들이 자신의 시가 뽑히기를 바라는 풍경을 담아냈다. ⑤⑥행에서 옥인계섬월을 봄의 꽃가지보다 아름답다고 노래하고, 아직 어느 선비의 시를 뽑을 것인지 정하지도 않았는데도 벌써 계섬월의 입 속에서 향기가 발한다고 칭찬했다.

⑨⑩행에서 양소유는 자신을 지난날 왕랑과 같은 참된 선비라고 일컫고, 바로 이어 ⑪⑫행에서 많은 귀족 자제들과는 달리 자신만이 진정한 풍류랑이라고 치켜세웠다. ⑬⑭에서는 초나라 사람양소유의 고향이 초나라 지역임이 주점에서 '낙양춘洛陽春'이라는 술을 마시고 취하게 되었다고 노래했다'춘春'자는 술을 뜻한다. 그 술값이 일만 냥이나 나가는 고가의 명품 술이다.

마지막으로 양소유는 ⑮⑯에서 월하에 계수를 꺾을 자, 즉 밤중에 계섬월과 동침할 자가 있는데, 그 자가 양소유 자신이라고 치켜세웠다. 마침내 계섬월은 양소유의 시를 뽑아 동침할 사람으로 정했다.

이몽룡이 춘향을 유혹했을 때와 비슷하다. 그런데 이몽룡이 춘향에게 자신을 바람둥이라고 노골적으로 들이댄 것과는 대조적이다. 이몽룡은 춘향의 대응에 따라 용의주도하게 유혹하는 방식을 구사했지만, 양소유는 간단하게 한 편의 시로 계섬월을 유혹했다. 유혹이 격조가 있고 수준이 높다.

갑자기 끼어들어 유혹하는 나그네와 그에게 호감을 지니게 된 계섬월. 그리고 두 사람을 향한 잔치석상의 많은 시선들. 그중에는 계섬월을 수중에 넣을 것이라고 믿어 의심치 않은 낙양의 권세 있는 자제, 귀공자의 의기양양한 시선도 있었다. 그리고 시 한 편의 유혹. 생면부지의 두 사람의 시선이 딱 마주쳤다. 그 순간 두 사람은 이미 연애의 감정에 사로잡히고 말았다. 사랑의 감정은 어떤 격식에도 얽매이지 않고 이상적인 로맨스를 자유롭게 펼쳐내기에 이른다.

양소유는 계섬월과 진한 사랑을 나눈 후 상경했다. 과거에 응시할 날이 며칠 남지 않았는데도 양소유의 애정 행각은 계속된다. 이번에는 상층 집안의 딸, 정경패였다. 그녀의 명성이 장안에 자자했다. 여러 겹으로 가로막은 대문은 오히려 양소유의 호기심을 불러일으켰고 마침내 사랑의 감정에 불을 붙였다. 양소유는 여자로 변장하고 들어가 정경패 모녀 앞에서 예상우의곡, 진후주의 옥수후정화, 호가십팔박, 왕소군의 출새곡, 해중산의 광릉산, 백아의 수선조, 공선부의 의란조, 대순의 남훈곡 등 여덟 곡을 거문고로 연주했다. 앞에 앉은 여자가 남자인지도 모른 채. 정경패는 곡명을 낱낱이 알아맞혔다.

양소유는 마지막 곡으로 사마상여司馬相如가 탁문군卓文君을 희롱하였다는 봉구황鳳求凰; 봉이 황을 구함을 연주했다. 자신의 실체가

해피 엔딩 로맨스의 두 갈래, 현실성과 환상성

남자라는 것을 은근히 밝히면서 정경패를 유혹했다. 정경패는
곧장 앞에 앉아 연주하는 여자가 남성임을 알아차리고 분을 품
고 물러갔다. 과거에 급제한 후에 정경패의 아버지와 양소유가
혼사를 의논할 때에 정경패는 여자로 변장한 양소유에게 희롱을
당했다고 하소연했지만 부모는 오히려 양소유가 풍류가 넘치는
사람이라고 칭찬하며 그를 사위로 삼는 데 주저하지 않았다.

한편 상대 여성이 먼저 나서서 양소유에게 구애하는 경우도
있다. 난양공주는 양소유에게 첫눈에 반하여 정경패와 약혼한
사람임을 알고서도 물러서지 않고 황제를 졸라 기어코 양소유와
결혼하고 만다. 상대 여성의 마음을 사로잡는 능력의 소유자, 심
지어 여성 쪽에서 먼저 적극적으로 다가설 수밖에 없는 남성. 그
런 남성이 양소유였다.

어쩌면 양소유는 격식에 얽매이지 않고 자유분방하게 연애를
즐기는 사람이다. 이런 자유분방성은 풍류로 이어진다. 양소유
는 궁중의 기녀 800인을 각각 400인씩 두 교방敎坊으로 나누어 가
무와 관현管絃을 가르쳐 매월 세 번씩 서로 재주를 비교하곤 했다.
승자에게는 석 잔 술로 상을 주고 머리에 꽃가지를 꽂아서 영광
을 빛내고, 패자에게는 냉수 한 잔을 벌로 먹이고 이마에 먹으로
점을 찍어가며 즐거움을 누렸다.

그런 풍류 생활은 양소유가 승상이 된 후 풍류 대결을 벌이는

데에서 한껏 고조된다. 양소유는 공주의 오라비인 월왕의 요청으로 낙유원 잔치에서 미색美色과 풍악風樂을 겨루었다.

> 이튿날 승상이 일찍 일어나 좌우에 궁시를 차고 눈빛 같은 천리 숭신마를 타고 사냥할 군사 삼천을 조발하여 성남으로 향하니, 계섬월, 적경홍이 결속을 신선같이 하고 비룡 같은 말에 날아올라 ……옥 같은 손으로 진주고삐를 가벼이 희롱하며 승상 뒤에 가까이 모셔 섰고 여기에 팔백 명이 단장을 매우 빛나게 하여 뒤를 좇아 중로에서 월왕을 만나니 군용의 성대함과 여악女樂의 번화함은 더욱 형용하여 이르지 못할 정도였다.

이 대결에서 계섬월과 적경홍이 각각 노래 시합, 활쏘기·말타기 시합에서 월왕의 진에 속한 무창 만옥연, 금릉 두운선, 진류 소채아, 장안 호영영을 꺾는다. 원래 만옥연, 계섬월, 적경홍은 청루삼절靑樓三節로 명성이 높았던 명기들이었는데, 그중 만옥연은 월왕의 사랑을 받았고 계섬월과 적경홍은 양소유의 총첩이되었다. 작중 인물인 백 살 먹은 늙은이의 말에 따르면, "아 이제현종 황제 청화궁華淸宮 거동을 보니 정히 이러하더니 늙은 후에다시 태평경상을 볼 줄 생각지 못했는데."라고 한 것처럼 양소유가 누리는 풍류는 당나라 현종의 풍류에 버금갈 정도였다.

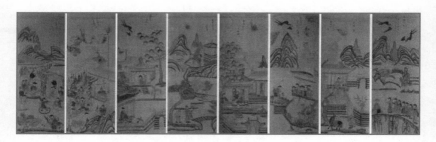

「구운몽도」

　「구운몽」을 그림으로 그린 「구운몽도」가 여러 종으로 전해오고 있다. 정병설 교수는 최근에 『구운몽도』라는 책을 냈는데 부제를 '그림으로 읽는 「구운몽」'이라고 달았다. 조선 후기에 「구운몽」은 문학으로 그치지 않고 '구운몽 문화'를 형성했다고 할 만하다. 그 요체는 양소유와 여덟 여성이 만나는 장면인데, 그들이 이루는 '1:8'의 환상적 로맨스가 조선 후기의 사회 문화 속으로 성큼 들어오게 된 것이다.

여성의 자발적인 여성 추천

'1:8'의 다각 관계에서 양소유의 상대가 되는 여덟 여성들은 서로 겹치지 않는 독특한 캐릭터를 지닌다. 신분도 다양하다. 진채봉은 평민 여성이었다가 나중에 궁녀가 된다. 계섬월과 적경홍은 기생이다. 정경패는 상층 양반가의 외동딸이고 가춘운은 정경패의 몸종이다. 이소화는 난양공주고, 심요연은 오랑캐 토번국의 여성이다. 이들 일곱 여성은 모두 지상계의 여성이다. 거기에 더해서 양소유의 상대 여성이 초월계로 확대되기도 한다. 바로 용왕의 딸인 백능파다. 이들 중에 정경패와 난양공주이소화가 양소유의 정실부인이 되고 나머지 여섯 명은 첩이 된다.

그런데 여덟 명의 여성들은 처첩 갈등을 일으키지 않는다. 오히려 한 여성이 다른 여성을 소개해줄 정도로 미덕을 발휘한다. 기생 계섬월은 양소유와 관계를 맺은 후에 첩으로 사는 것에 만족한다면서 양소유에게 장안의 상류층 외동딸인 정경패를 만나 정실부인을 삼으라고 추천(?)했을 정도다. 또한 계섬월은 일찍이 적경홍과 한 남편을 섬기기로 약속한 사이다. 훗날 연왕을 설득하고 돌아오는 양소유가 계섬월을 만나 동침했는데 아침에 일어나 보니 그 여자는 적경홍이었다. 계섬월이 적경홍을 침소로 들인 것이다.

또한 정경패는 양소유와 약혼한 상태에서 난양공주가 양소유를 남편으로 삼으려 했을 때에 기꺼이 양보했다. 난양공주도 정경패를 황제의 수양딸로 들게 하여 정경패와 의자매를 맺고 함께 양소유를 남편으로 섬겼다. 그뿐 아니라 정경패는 우연히 몸종 가춘운의 시에서 그녀의 마음이 양소유에게 쏠렸음을 알아차리고 다음과 같이 생각했다.

해피 엔딩 로맨스의 두 갈래, 현실성과 환상성

춘운이 내가 자는 침상에 저도 오르고자 하였으니 나와 함께 한 남
자를 섬기고자 하는구나.

정경패는 조금도 기분이 상하지 않은 채 오히려 가춘운과 함
께 남편 양소유를 섬기기로 하고, 아버지에게 요청하여 허락을
받아냈다.

조선시대에 투기를 일삼는 여성을 칠거지악으로 다스렸을지
라도 현실적으로 투기 질투나 처첩 갈등이 없었을 리가 없다. 한
나라의 최고 권력자인 국왕도 비빈 갈등에 시달리지 않았던가?
이는 동서고금에서 일반적으로 나타나는 현상이다. 김만중은 그
런 모습을 「사씨남정기」에서 매우 섬세하게 다루었는데 그 결말
은 첩으로서 분수를 지키지 않고 처첩 갈등을 일으킨 교채란을
철저히 응징하는 것이었다. 김만중은 「사씨남정기」와는 달리 「구
운몽」에서는 투기심이나 처첩 갈등을 일으키지 않는 여성들의
조화로운 모습을 이상적으로 그려냈다.

「구운몽」에서 한 남성을 중심으로 펼쳐지는 '1:8'의 다각 관
계는 철저히 남성 중심의 사고방식을 담아낸 것이라고 평가하기
에 충분하다. 여성들의 마음속 깊은 데에도 어떠한 투기 질투가
자리를 잡고 있지 않았다. 계섬월과 적경홍은 두 기생이 한 남자
를 섬겼다면, 정경패와 가춘운은 주인과 몸종이 한 남자를 섬겼

다. 심지어 정경패의 아버지는 딸과 가춘운이 서로 좋아하니 한 남편을 섬기는 것이 마땅하다고 여기고, 가춘운을 보내어 양소유의 적막함을 위로해주어야 한다면서 그 방법을 고민할 정도였다. 이런 식으로 여덟 명의 여성은 자진해서 양소유의 아내가 되었다.

남녀의 사랑은 배타적인 사랑이라고 한다. 사랑하는 연인 사이에 제3자가 개입하는 것을 용인하지 않기 때문이다. 「조신」에서 김낭자는 조신과 첫눈에 반하는 사랑을 나누기 위헤 가출할 수밖에 없었다. 「주생전」에서 배도와 선화는 주생을 사이에 두고 시기 질투할 수밖에 없었으며, 「운영전」에서 운영은 안평대군의 호의에도 불구하고 김진사를 선택할 수밖에 없었다. 「춘향전」에서 춘향은 연인 이몽룡을 위해 목숨을 걸고 변학도에게 반항했다.

그런데 「구운몽」은 전혀 다르다. '1 : 1'의 양자 관계가 아니라 '1 : 8'의 다각 관계를 형성하는데도 여덟 명의 여성은 서로 경쟁의 상대도 아니었고 시기 질투의 상대도 아니었다. 오히려 서로 신분도 다르고 안면식도 없어서 만날 수 없는 사이였다. 사랑의 감정이 배타적인 것을 넘어선 것이다.

'1:8' 다각 관계의 지향

그런데 「구운몽」에서는 어떤 성향의 남성상을 그려내고자 했을까? 앞에서 언급한 대로 양소유는 풍류랑의 대명사라고 할 수 있다. 여덟 명의 여성들이 원하는 남성상도 공통적으로 풍류랑이었다.

계섬월과 적경홍은 자신들의 마음에 드는 남성은 문장 재능과 풍류를 겸비한 남성이었다. 한 가지 목표만을 위해 정진하고 그 밖에 다른 것들에는 눈길을 돌리지 않는 외골수가 아니었다. 또한 부귀영화를 내세우며 자신만만하고 거드름을 피우는 남성도 아니었다. 적경홍이 연왕의 후궁이 되어 부귀영화를 누릴 수 있었는데도 양소유를 따라 도망쳐 나온 것은 양소유가 문재文才를 바탕으로 하는 풍류가 있었지만 연왕은 그렇지 않았기 때문이다.

난양공주 이소화가 양소유의 배우자가 될 때에도 양소유의 풍류랑다운 모습에 반했다: 정경패 역시 양소유의 배우자가 되면서, "양생이 바야흐로 열여섯 살 서생으로 석 자三尺 거문고를 이끌고 재상집 깊고 깊은 중당中堂에 들어와 규중처자를 내어 앉히고 거문고 곡조로 희롱하니 이렇듯 한 기상을 지닌 자가 어찌 한 여자의 손에서 늙으리요? 양생이 승상에 오르면 몇 여자를 거느릴 줄 알리이까?"라며 자신의 시비 가춘운이 양소유의 첩이 되도록 자진해서 주선했다. 난양공주 이소화의 모친인 태후가 공주에게 말할 때에도 "이 일은 너의 종신대사이니 본디 너와 의논하고자 했다. 양상서 풍류가 조정신하들 중에 비할 자가 없을뿐더러 통소 한 곡조로 인연을 정한 지 오래다."라고 했을 정도다.

그렇다면 「구운몽」은 '1:8' 다각 관계를 누리는 풍류랑의 여성 편력을 이상화한 작품에 불과할까? 양소유는 자유분방한 풍류를 누리면서도 여성 관계에서 한 가지 빼놓지 않은 점이 있었다. 여성들의 감정이 흐르는 대로 자연스럽게 놓아두었다는 것이다. 여성을 강압적으로 대하지 않았을 뿐 아니라 부귀권세를 내세워 유혹하지도 않았다. 또한 어떤 여성이든지 양소유 자신에게 호감을 품으면 그 여성의 감정을 존중하여 거절하지 않았으며, 자신이 먼저 여성에게 접근할 때에도 문학적 재능과 음악적 재능을 활용하여 그 여성이 자신에 대한 호감이 생기도록 부드럽게 접근했다.

양소유는 '오는 여자 안 막고 가는 여자 붙잡지 않는' 남성임이 틀림없다. 하지만 양소유와 여덟 여성의 다각적인 애정 관계는 거기에서 멈추지 않는다. 더러 바람둥이 기질이 있는 남자는 상대 여성에게 원하는 바를 얻어낸 후에는 그 여성을 무시해버리는 경향이 있다. 「주생전」에서 주생이 그런 모습을 보여준다. 주생은 기생 배도와 육체적인 관계를 맺은 후에는 배도가 기녀 신분을 벗어나고자 하는 소망에는 별로 관심을 두지 않고 오히려

해피 엔딩 로맨스의 두 갈래, 현실성과 환상성

선화라는 새로운 여자를 사랑함으로써 배도를 배신하고 말았다.

이와는 달리 양소유는 한 번 가까이 한 여성이라면 다른 여성을 좋아하게 되었을지라도 전에 사귀던 여성을 배신하지 않았다. 한 걸음 더 나아가 양소유는 여덟 여성들이 저마다 소망을 달성하는 데 힘이 되어주었다. 그런 탓에 양소유는 여덟 여성과 러브 라인을 다각적으로 형성하고 유지할 수 있었다. 한 남성이 풍류를 누리면서도 개성이 다른 여덟 여인의 꿈과 소망을 짓밟지 않고 수용했다는 것, 이것이 '1:8'의 러브 라인을 형성하는 바탕이다.

계섬월과 적경홍의 사랑과 소망

여성들의 소망은 무엇이었을까? 여기에서는 계섬월과 적경홍의 소망을 중심으로 살펴보기로 한다. 계섬월과 적경홍은 둘 다 기녀다. 그만큼 「구운몽」에서 기녀가 차지하는 비중이 크다.

계섬월은 여러 재주 중에서 노래를 잘 부르는 재주를 지닌 가기歌妓였다. 양소유가 시를 지은 중에, "꽃가지 옥인의 단장을 부끄러워하니, 가느다란 노래를 부르기도 전에 입의 기운이 향기롭도다."라고 표현했듯이 노래 솜씨가 뛰어난 기녀였다. 훗날 낙유원 잔치에서 월왕은 이 시의 구절을 재차 언급하며 노래 불러주기를 청했을 만큼 계섬월의 노래 실력은 자타가 공인하는 실력이었다.

적경홍은 말타기와 활쏘기에 능숙한 기녀다. 연왕의 후궁으로 있다가 양소유를 흠모하여 뒤따라왔을 때에 양소유가 떠난지 열흘이 되었지만 이틀 만에 뒤쫓아갈 정도로 승마乘馬에 능숙했다. 낙유원 잔치 경쟁에서 적경홍은 '나는 듯이 말에 올라 장전에 두루 다니더니 꿩 하나가 개에게 쫓기어서 높이 솟아오르거늘 경홍이 가는 허리를 돌이켜 활시위를 타며 오색 깃이 이이하여 공중으로서 낼지니 승상과 왕이 대희'하였던 것처럼 활쏘기와 말타기 실력을 유감없이 발휘한다.

계섬월과 적경홍은 양반의 풍류 생활에 부응하는 기녀들이지만, 한편으로 자신들의 소망을 성취하고자 하는 여성들이다. 일찍이 계섬월은 양소유의 시를 노래로 불러 그를 하룻밤 동침 상대로 정했을 때, 천한 기녀로서 마음에 드는 선비를 만나 진실한 삶을 살아보겠다는 욕망을 지니고 있었다. 원래 계섬월의 부친은 '역승驛丞'이었다. 역승은 종6품 지방 관리로서 각 역에 배치되어 교통·체신에 관한 사무를 관장하는 역장이다. 그녀가 기녀로 전락할 수밖에 없었던 것은 부친의 죽음으로 가계가 빈곤해져서 계모가 그녀를 창가에 팔아넘겼기 때문이다. 하지만 계섬월은 자신의 마음에 드는 남성을 만나 기녀의 처지에서 벗어나고자 했다.

해피 엔딩 로맨스의 두 갈래, 현실성과 환상성

적경홍은 자신의 꿈을 실현하기 위해서 모험적인 삶을 선택하는 여성이었다. 계섬월이 양소유에게 적경홍을 소개하는 대목에 잘 나타나 있다.

경홍은 파주 양가집 여자라 부모가 일찍 죽고 아주머니께 의지하였습니다. 십사 세에 용모가 아리따워서 하북 지방에서 유명했는데 근처 사람이 처첩을 삼으려고 중매가 문에 메였습니다. …… 경홍이 스스로 헤아리되 지방의 여자로서 스스로 사람을 듣고 보기 어렵다 하고 오직 창녀는 영웅호걸을 많이 보니 가히 마음대로 가리라 하여 자원하여 창가에 팔렸습니다. 일이 년이 못 되어서 이름이 크게 일어나 하북 지방의 열두 고을 문사들이 모여 크게 잔치할 제 …… 보는 사람이 다 선녀만 여기니 …… 경홍이 일찍이 저와 마음을 터놓고 의논했는데 피차 두 사람 중에 아무나 마음에 드는 낭군을 만나거든 서로 천거하여 함께 살자고 했습니다.

적경홍은 마음에 드는 인물을 선택하기 위하여 일부러 기녀로 팔렸지만 몸을 함부로 굴리지는 않았다. 그러던 중에 자신의 의지와 관계없이 어쩔 수 없이 권력자 연왕에게 팔려갈 수밖에 없었지만 적경홍은 연왕이 베푸는 잔치에서 양소유를 보고 첫눈에 반하여 위험을 무릅쓰고 연왕의 천리마를 훔쳐 타고 양소유를 뒤쫓았다.

계섬월과 적경홍이 고대하던 남자 양소유는 두 기녀의 기대에 어긋나게 행동하지도 않았으며 두 기녀의 소망을 꺾지도 않았다. 다른 여성들도 마찬가지였다. 진채봉은 아비가 적당과 내통한 죄목으로 죽임을 당한 후 궁녀로 전락한 인물이며, 가춘운은 부친이 병사하자 평소 친분이 있던 정사도에게 의탁하여 정경패의 시녀가 된 여성이다. 심요연 역시 조실부모하고 도사를 따라 검술을 배우고 토번국의 자객이 되었고, 백능파는 동정용왕의 딸이지만 남해태자의 핍박으로 인해 백룡담에 피신해 있었다.

양소유의 첩이 된 여섯 여성은 한결같이 고난과 핍박을 당하던 이들이었다. 양소유는 이들 여성의 사랑을 외면하지 않았으며 육체적 향락의 수단으로 삼지 않고 진심으로 사랑했다. 그리고 그들이 어려운 처지를 벗어나고자 하는 소망을 이루게끔 해주었다. '1 : 1'의 애정 관계에서도 이런 모습을 찾아보기 힘들지 않은가. 이상적이고 환상적이다.

하층 여성의 빛나는 사랑

작가 김만중의 생각이나 태도는 「구운몽」에 설정된 '1 : 8'의 다각 관계를 바라보는 데 도움을 준다. 서포는 17세기 기녀 풍속과 관련하여 자신의 입장을 명확하게 표명하고 있어 눈길을 끈다.

조선시대 전 기간에 걸쳐 특히 17세기 숙종 연간에 기녀제도를 없애자는 논의가 일었지만 그렇게 되지 않았다. 기녀를 데리고 술 마시고 향락 행위를 하다가 발각되면 처벌당했지만 그런 풍속은 좀처럼 수그러들지 않았다. 오히려 시간이 흐름에 따라 기녀를 첩으로 삼는 일이 성행했고, 관아에 소속된 기녀를 개인의 기녀로 삼는 일도 생겼다.

「구운몽」이 출현했을 무렵인 17세기에 사회 일각에서는 양반의 풍류 생활이 향락적으로 치닫고 있었다. 양소유가 계섬월과 적경홍 같은 기녀, 가춘운 같은 사노비와 육체적 관계를 맺는 것도 그러한 풍속을 어느 정도 반영한 것이라고 볼 수 있다.

김만중은 향락적인 세태를 바로잡고자 했다. 그는 숙종 6년 1680 10월 2일에 양반 관리의 풍기문란 현상을 비판하고 기녀와 애정 행각을 벌인 관리들을 엄히 단속하자고 주장했다. 현종 7년 1666 예조좌랑 시절에는 진사 기인을 위해 수절한 단천 기녀 일선 逸仙의 행실을 보고받고 세상에 드러내어 널리 알리는 정표旌表를 내리자고 건의했다. 이 건의가 받아들여지지 않자 김만중은 예조좌랑 자리를 박차고 나와버렸다. 그녀의 삶을 엮어 노래를 지었고, 훗날 일선의 집안을 회복시키기도 했다.

다음은 서포가 일선의 삶을 노래로 지은 총 203구로 된 장편 서사시 「단천절부端川節婦」의 일부다.

한국 고전문학의 에로스

일선이 진사를 전송할 제 마운령 마루에서 송별하도다.

고개 마루에 물이 흐르는데 동서로 따로 흘러가누나.

흐르는 물결이 나날이 멀어져서 천리 또 천리로다.

진사가 일선에게 이르기를 이 이별은 이 물과 같도다.

한창 나이는 버릴 수 없고 독수공방하기 어려우리.

휘휘 늘어진 버들가지는 행인마다 손을 대리로다.

새 서방 잘 섬기고 가끔씩 옛 사람 생각하구려.

일선이 울먹이며 말하기를 이 말씀 어찌 차마 들으리요.

동거한 지 두 해 남짓에 첩의 몸은 님의 몸이었네.

두 몸은 비록 헤어질지언정 두 마음은 나뉠 수 없으리.

……

안찰사가 서쪽 길로 오는데 옥절이 어리번쩍하더라.

옥새 찍힌 문서 말머리에 있고 도로에 절로 빛이 나네.

……

외치는 소리 동네가 떠들썩 성화처럼 급히 재촉한다.

기생점고를 하는데 실은 일선을 찾으려는 수작이라.

……

고을 원 뜻을 돌리겠는가 도리어 노여움만 사고 말았지.

그 어미 송구스러워 타이르기를, 애가 어찌 어리석을까

관기의 몸으로 태어났으니 너를 좋아하는 이 모두 서방이라.

해피 엔딩 로맨스의 두 갈래, 현실성과 환상성

남들이 천하게 보는 신세지만 또한 남들이 부러워하기도 한다.

더구나 안찰사를 모시기만 하면 평지에서 신선으로 날아오른다.

네 한몸 영화 말할 것 없고 우리 집안의 영광이 될 것이다.

......

일선이 사랑한 진사의 이름은 기인1618~1649이다. 기인은 서울 사람으로 단천 군수로 부임한 기만헌1593~1651의 외아들이었다. 기인은 아버지가 단천 군수로 부임한 지 2년쯤 지난 1639년에 단천으로 찾아와서 진사시에 합격했다는 기쁜 소식을 알렸다. 그때 기생 일선은 기인과 깊은 사랑에 빠져들었다. 기인은 이미 경

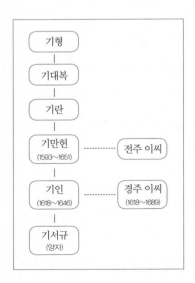

주 이씨를 정실부인으로 두고 있었지만 그 당시 풍조로는 전혀 문제될 게 없었다. 두 사람은 2년간1639~1641 동거하다가 헤어지게 되었다. 아버지 기만헌이 단천 군수에서 파직되어 서울로 돌아가야만 했기 때문이었다.

그때 기인은 마운령 고갯마루에서 일선에게 다른 남

자를 만나 새 정이 들지라도 자신과 함께 한 옛 정을 가끔은 생각해달라고 이별의 인사를 했다. 그러나 일선은 몸은 나눌 수 있어도 마음은 나눌 수 없다면서 진심을 밝혔다. 두 사람이 이별한 후에 중앙 정부에서 보낸 안찰사가 단천 지방을 들렀다가 일선을 찾았다. 수청들게 하려는 의도였다. 그때 일선은 악질에 걸렸다고 둘러대며 수청을 거절해서 소속 관장인 단천 군수의 분노를 샀다. 일선의 어미조차 창기로 태어나서 관료에게 수청을 드는 일이 일선의 영광이자 집안의 영광임을 내세웠으나 일선은 듣지 않았다. 우물에 몸을 던져 자살 소동을 일으킴으로써 비로소 일선은 기인을 향한 사랑을 지켜낼 수 있었다.

하지만 기인은 서울로 떠난 지 몇 해 지나지 않아 병에 걸려 죽고 말았다. 일선은 미망인으로서의 예를 차리기 위해서 패물을 팔아 서울로 기인의 집을 찾아갔다. 시어머니와 정실부인은 처음에 기인의 죽음이 모두 요망한 일선 탓이라고 핍박했지만 일선은 정성을 다했고, 마침내 두 여인으로부터 칭송을 들었다.

김만중은 기녀제도 자체를 부정하지는 않았지만 양반 권력층이 기녀에게 수청을 강요하는 것은 경계했다. 그 반대로 하층 여성이 자발적으로 순수하게 사랑하는 것은 소중하게 여겼다. 그런 차원에서 김만중은 일선의 절행과 함께 순수한 사랑을 높이 샀다. 그런 모습이 「구운몽」의 계섬월과 적경홍에서 확인된다.

계섬월은 양소유를 향한 순수한 사랑을 지켜내기 위해 기녀 생활을 피하고 은둔 생활을 하면서 모진 고난을 무릅쓰는 것으로 그려냈으며, 적경홍은 매파로부터 많은 청혼을 물리치고 전혀 동요하지 않으며 자신의 마음에 드는 남성이 나타나기만을 고대하는 것으로 그려냈다.

김만중의 그런 생각은 「구운몽」에서 '1:8'의 다각 관계의 근간이 된다는 점에서 눈길을 끈다. 양소유는 기녀 계섬월을 연석宴席: 잔치자리에서 만났지만 애정을 구걸하거나 강요하지도 않았고 시재詩才를 사용하여 풍류로 접근했다. 적경홍을 만났을 때도 적경홍의 자발적 의사대로 따랐을 뿐이지 연왕처럼 싫다는 기녀를 돈으로 매수하여 억지로 데리고 살지도 않았다. 김만중은 남녀의 러브 라인을 설정할 때에 남성과 여성의 사랑의 감정을 똑같이 존중하고자 했고, 상층 신분보다는 하층민의 순수한 사랑의 감정을 존중하는 태도를 취했던 것이다.

'1:8'의 다각 관계는 오늘날 일부일처제의 입장에서 보면 비판받고도 남는다. 특히 여성주의자들, 곧 페미니즘 입장에서 비판의 강도는 더 세질 수밖에 없다. 하지만 '1:8'의 다각 관계를 여성의 감정과 의사를 존중하는 차원에서, 특히 하층 여성들의 감정과 의사를 존중하는 차원에서 설정했다는 점은 새롭게 보아야 하지 않을까 한다. 당시 사회에서는 그런 생각을 직접 표명하기가 어려웠다는 점을 고려하면 더욱 그렇다.

또한 '1:8'의 다각 관계는 당대의 시각에서 볼 때 그다지 향락
적 유희의 범주에 들지 않고 그와는 거리를 둔, 비교적 건전한 풍
류의 시각으로 바라볼 수 있다. 그 점은 「청백운」의 나교란과 여
섬요의 행태와 비교할 때 잘 드러난다. 이들 두 기녀는 벽성선과
적경홍처럼 기녀 신분을 벗어나려는 소망을 지녔지만, 그 꿈을
실현하는 방법과 도달점은 달랐다. 나교란과 여섬요 두 기생은
남주인공 두쌍성을 관능적 애욕으로 사로잡아 셋이서 동침하는
난잡한 성교性交를 맺었으며, 두쌍성의 첩실이 된 후에는 다른 남
성들과 결탁하여 육체관계를 맺고 두씨 집안을 멸망의 길로 끌
고 갔다. 나교란과 여섬요는 극도의 향락적 유희에 탐닉하게 하
는 방법을 좇았으며 그 종말은 파멸이었다.

오늘날 연구자들이나 독자들 중에는 「구운몽」에서 설정한
'1:8'의 다각 관계가 남성 중심의 성차별적 사고, 양반 중심의 신
분 차별적 사고를 담아냈다고 혹독하게 비판하는 이가 있다. 동
의한다. 그런데 너무 거대한 틀에 사로잡혀서 지나치게 도식적
으로 작품을 읽는 태도는 돌이켜보아야 하지 않을까? 「구운몽」에
서 설정한 '1:8'의 다각 관계는 양반 남성 중심의 사고가 팽배한
17세기 무렵에 여성과 천민의 사랑의 감정을 중시하고 해피 엔
딩으로 마무리했다는 점에서 새롭게 평가할 만하다.

5

상층 가문의 열정적 사랑,
팜파탈과 욕정적 환락

우리 고전소설 중에 상층 가문의 사람들끼리 빠져든 '첫눈에 반하는 사랑'이나 '열정적 사랑'을 다룬 소설이 있을까? 유교 윤리가 엄정한 조선 사회에서 특히 법도 있는 상층 가문에서 열정적 사랑이 가당키나 하느냐고 반문할 수 있다. 소설 작품일지라도 열정적으로 사랑하는 상층 여성의 캐릭터를 설정하기가 어렵기 때문이라는 이유를 대면서……

하지만 많은 사람들의 예상과는 달리 그런 캐릭터를 설정한 소설이 적지 않다. 우리 고전소설은 상층 가문의 남녀가 서로 첫눈에 반한 사랑의 열정으로 가슴이 콩닥콩닥 뛰고 밤새 잠을 이루지 못하는 모습, 남몰래 연애편지를 주고받는 모습, 늦은 시각에 으슥한 곳에서 만나는 모습 등등을 상세하고 곡진하게 담아냈다.

이런 소설들은 대부분 장편 분량으로 되어 있다. 그것도 엄청나게 많은 분량이다. 학자들은 조선 후기에 출현한 그런 소설을 가리켜 대하소설이라고 부른다. 대장편소설이라고 부르기도 한다. 대하소설은 다른 소설에 비해 무수히 많은 사건들이 얼기설기 얽혀 있고, 일일이 기억할 수 없을 정도의 많은 인물들이 등장한다.

그러한 대하소설 중에는 남녀의 열정적 에로스를 중심 스토리로 설정한 작품이 적지 않고, 에로스의 폭을 욕정적, 관능적 에로스까지 넓힌 작품도 있다. 「유이양문록」은 첫눈에 반하는 사랑의 열정을 여러 커플에 걸쳐 보여주었다. 첫눈에 반하는 사랑을 집대성해 놓았다고 할 만하다. 이 책에서 다루지는 않았지만, 「벽허담관제언록」은 욕정적, 관능적 에로스를 상층 여성과 연계하여 무려 다섯 명의 팜파탈, 즉 요부형 여성을 집중적으로 조명하기도 했다. 그리고 상층 가문의 남주인공_{장차 상층 가문을 이루는 남주인공}이 팜파탈형 두 기생에 의해 욕정적 환락의 세계로 빠져드는 과정을 현실감 있고 밀도 있게 담아낸 「청백운」도 있다.

집안의 어른 몰래 벌이는 비밀 연애, 이미 사귀고 있으니 결혼을 허락해달라는 폭탄 선언, 부모의 강한 반대 그리고 연인들의 상사병……. 당시 독자들은 오늘날 TV 시청자들처럼 러브 스토리가 어떻게 전개될지 호기심을 가진 채 작품 속으로 빠져들었으리라. 그리고 남성을 이리저리 요리하는 팜파탈, 그런 요부의 유혹이 치명적이라는 것을 뻔히 알면서도 빠져들고 마침내 환락의 세계에서 허우적거리는 남주인공……. 이런 상황에서 대하소설은 외설과 교훈의 경계선 혹은 외설과 예술의 경계선을 넘나들지 않았을까?

1

「유이양문록」
상층 가문의 열정적 사랑

「유이양문록」은 77권으로 된 대하소설이다. 상층 가문의 '첫눈에 반하는 사랑'을 다양한 층위로 끌어모은 작품이라는 점에서 눈여겨볼 만하다. 성별에 따라 (1) 남성과 여성이 서로 첫눈에 반하는 사랑, (2) 남성이 여성에게 첫눈에 반하는 사랑, (3) 여성이 남성에게 첫눈에 반하는 사랑으로 나뉜다. 이 커플은 다시 남녀 캐릭터에 따라서 차별성을 두었다. 즉, 남성은 군자다운가, 호방풍정형인가로 구분되고, 여성은 현숙한가, 사랑의 감정을 품었는가, 애정이 지나쳐서 욕정적인가로 나뉜다.

그렇게 해서 일곱 커플에 걸쳐 '첫눈에 반하는 사랑'을 펼쳐냈다. 쌍둥이 겹사돈까지 포함하면 총 여덟 커플이다. 참고로 대하소설의 범주에 드는 「유씨삼대록」에서는 첫눈에 반하는 사랑의 모습을 보여주는 커플이 세 쌍이며 그것도 남녀가 모두 호방풍정형 남성과 욕정적인 여성으로 되어 있을 뿐이다. 「명주기봉」에서는 남녀 캐릭터에 변화를 주어 첫눈에 반하는 사랑을 설정했지만 그 또한 세 커플에 불과하다. 그에 비하면 「유이양문록」은 첫눈에 반하는 사랑을 서사적으로 풀어낸 백과사전이라고 해도 지나치지 않을 듯하다.

그리고 「유이양문록」은 첫눈에 반하는 사랑으로 끝내지 않고 그후로 이어지는 에로스의 궤적을 담아냈다. 에로스는 상층 가문에서 어떤 풍파를 일으켰고, 어떤 자취를 남겼을까? 여기에서는 편의상 위에서 붙인 (1), (2), (3)의 순서에 따라 일곱 커플의 첫눈에 반하는 사랑을 살펴보면서 짬짬이 에로스가 어떻게 폭을 넓혀가는지 알아보기로 한다.

쌍둥이 겹사돈 커플의 첫눈에 반한 사랑

(1) 남성과 여성이 서로 첫눈에 반하는 사랑의 경우에는 세부적으로 ㉮ '군자다운 남성과 현숙한 여성' 커플, ㉯ '호방풍정형

남성과 애정추구형 여성' 커플로 나누어 설정하는 묘미를 부렸다.

㉮ '군자다운 남성과 현숙한 여성' 커플의 경우에는 쌍둥이 형제유세행, 유세윤와 쌍둥이 자매최일벽, 최차벽가 맺는 겹사돈 커플이다. 네 명 모두 평소에 군자다운 남성이고 현숙한 여성으로 부모에게 유순하고 순종적인 인물들이었다. 모범생 같은 이들이 서로 첫눈에 반하는 사랑에 빠진 것이다.

> 사인四人이 대하매 …… 그윽이 흠애하는 정이 간절하니 이 중 세행은 장소저언니를 반기고 세윤은 차소저동생을 반기니 두 소저 뜻이 또한 다름이 없는 중 …… 날이 어두워져서 이끌어 나갈새 유공자 이인이 예를 갖춰 말하기를, "진실로 이별이 섭섭하나 후일에 만남이 있으리라……"

유세행·세윤 형제와 최일벽·차벽 자매는 처음 만나는 순간부터 서로 반가운 정을 나누고 사랑하는 마음이 간절함을 느낀다. 부모가 정혼해주기 전에 이미 첫눈에 반하는 사랑에 빠짐으로써 양가의 반대에 부딪치지만, 결국 쌍둥이 커플은 탄생한다. 그 과정에서 외부 인물들에 의해서(예컨대 조백명 - 조완삼촌 간의 매파 수뢰·사주, 최부 노비와의 공모, 술법사 금강탑과의 제휴 등으로)

결혼이 난관에 부딪히는데, 사랑의 열정은 그런 난관을 뚫고 결실을 맺기에 이른다.

집안의 반대를 극복함은 물론이고, 제3자가 개입하는 것을 끝까지 막아내고 '1:1'의 열정적인 사랑을 고수했다. 이들의 사랑은 열정적인 사랑, 에로스의 본령을 제대로 보여준다.

'유부남 – 미혼녀' 커플의 열정적 사랑

남성과 여성이 서로 첫눈에 반하는 사랑을 하는 경우 중에 ㉯ '호방풍정형 남성과 애정추구형 여성'의 커플을 맺는 것으로는 '설영문 – 이차염' 커플과 '장계성 – 양연화' 커플이 있다.

['설영문 – 이차염' 커플]

설영문이 숙모를 보러 이부^{이씨} _{집안}에 왕래가 잦았다. 이차염이 숙모의 침실에 와서 한가롭게 담소를 나누는 중이었다. …… (이차염이) 절세미인이라 …… (설영문은) 사람들의 눈길을 피하지 않은 채 대놓고 서서 보았다. 설부인이 급히 조카딸을 창밖으로 밀어내고 조카를 책망했다.

"선비가 되어 행실을 삼가지 않고 어찌 이렇게 무례하냐?"

설영문이 크게 용서를 빌고 돌아갔다.

이차염이 침소로 돌아와 설영문 생각이 났는데 얼굴과 풍채가 아주 빼어나 진실로 멋있는 남자였다.

"제 또한 나를 보는 눈이 무심하지 않으니 반드시 내게 품은 정이 있으리라."

이차염은 …… 설영문을 사모하여 그가 아니면 다른 데로 결혼할 뜻을 품지 않았다.

설영문 또한 이차염의 아름다운 자태를 보고 정신이 흩어져 이렇게 생각했다.

'…… 내가 반드시 재취하여아내를 하나 더 얻어 향기로운 방에 즐거움을 온전히 하리라.'

설영문은 상사병이 날 정도로 생각이 깊어졌으나 이렇다 할 계교는 없었다. 이부이씨 집안에 날마다 드나들며 …… 가만히 편지를 지어 이차염에게 날렸다.

이차염은 설영문을 사모하는 병이 들었다가 그가 보낸 정서情書; 연애 편지를 보매 기쁘고 놀랐다. 그의 두터운 정을 고마워하고 인연을 이루어 육례로 맞이해달라는 내용의 답장을 보냈다.

그 음란한 이야기를 어찌 다 기록하리요?

['장계성 – 양연화' 커플]

(장계성이) 이윽히 서서 보니 추파를 띤 두 눈은 두 별이고, 달같이 둥근 이마에 봉황 같은 눈썹과 불그레한 뺨에 붉은 입술이 절세미

인이며 애교스럽고도 원숙함이 찬란했다. …… 그 미인과 눈이 마주치니 미인이 크게 놀라 들어갔다.

장계성이 …… 동자에게 말했다.

"밖으로 가서 뉘 집인가 알아오라 ……."

붓과 벼루를 빼놓고 작은 종이에 썼다.

"소나무 아래에 있던 사람을 찾고자 하거든, (나는) 산서 순무어사 장계성이오. 내게 돌아올 뜻이 있으면 신의를 지켜 저버리지 않겠소."

그 편지를 소나무 입 사이에 끼워두고 돌아가며 …… (그 미인을) 한시 바삐 취할 뜻을 품었다.

소나무 아래에 어떤 소년 남자가 제 집을 향하여 뚫어질 듯이 보는데, 양연화는 그의 눈과 마주치자 곧 놀라 집안으로 들어가 몸을 감추고 다시 보았다. 그 소년은 하늘에서 내려온 신선과 다름이 없었다. 호탕한 골격과 빼어난 풍모가 이태백李太白의 호탕함과 두목지杜牧之의 화려함을 겸했으니 …… 크게 놀라 마음속으로 감탄해 마지 않았다. 정신을 차리지 못할 지경이었다.

양씨양연화는 나지막이 탄식하며 말했다.

" …… 지금부터 내 신세를 다른 사람에게 의논하지 않으리라. …… 이 사람에게 나의 삶을 끝까지 맡기겠다. 혹시라도 부모가 (내 결혼을) 다른 집안에 의논하는 일이 없게 하리라."

이차염은 설영문의 빼어난 모습에 반하여 마음을 빼앗겼고, 설영문은 이차염의 아름다운 모습에 정신을 차리지 못하는 상태에 빠졌다. 두 사람 모두 사랑의 열병을 앓은 채 비밀 연애편지를 주고받으면서 결혼할 마음까지 먹었다.

장계성은 양연화를 멀리서 보았는데도 처음 본 순간에 그녀의 아름다움에 빠져들었고, 양연화는 놀라서 정신을 차리지 못할 지경이었다. 양연화는 처음 본 순간에 결혼하려는 마음을 품었으며, 장계성은 부모에게 알리지 않고 비밀리에 결혼을 진행시키기에 이른다.

미혼 남녀 사이에 일어나는 첫눈에 반하는 사랑만큼 매력적인 것도 없다. 「로미오와 줄리엣」을 비롯하여 많은 세계의 명작들은 사랑의 열정을 미혼 남녀 사이에 설정했다. 「유이양문록」에서도 그랬다. 앞에서 간략하게나마 소개한 유세행, 세윤 쌍둥이 형제와 최일벽, 차벽 쌍둥이 자매의 사랑이 그랬다.

그런데 '설영문 – 이차염' 커플과 '장계성 – 양연화' 커플은 그런 상식에서 크게 벗어나 있다. 첫눈에 반하는 사랑의 열정을 '유부남 – 미혼녀' 커플로 확대해놓은 것이다. 설영문은 이미 결혼하여 정실부인을 둔 유부남이었고, 장계성은 한술 더 떠서 이몽혜, 여경요, 범옥주 등 세 여성과 약혼하거나 혼인한 상태였다.

당연히 양쪽 집안에서 엄청난 풍파가 일어날 수밖에 없었다.

가부장제에 정면으로 도전하는 '유부남 – 미혼녀'의 자유연애이자 연애결혼이지 않은가. '설영문 – 이차염' 커플은 양쪽 집안 가부장의 허락이 떨어져서 결혼이 진행되는 절차를 밟긴 했지만, 그 파문을 가라앉히기까지 당사자들이 겪어야 했던 고통은 매우 컸다. 그보다 한 걸음 더 나아가 '장계성 – 양연화' 커플은 부모의 허락을 얻어내기 전에 자기들 마음대로 연애결혼을 하고 말았으니 그 충격은 이루 말할 수 없었다.

양쪽 집안의 가부장은 물론이고 할아버지, 할머니, 어머니, 형제자매 등이 모두 놀라 자빠졌음은 물론이고 부모 자식 간의 인연을 끊으려는 시도가 있었을 만큼 거센 태풍이 몰아쳤다. '유부남 – 미혼녀' 커플의 열정적인 사랑은 결코 허락할 수 없는 것이었으며, 작품 속에서 작가가 끼어들어 그들의 사랑을 '음란(?)'한 것으로 비난했을 정도다.

하지만 사랑의 열정은 그런 부정적인 시선을 넘어서는 틈새를 확보했다. 유필염은 덕성을 갖추고 사려 깊은 여성으로 부친의 결정에 따라 중매결혼한 이씨 가문의 며느리였는데 그런 유필염이 시누이 이차염의 첫눈에 반하는 사랑을 처음부터 인정하고 나선 것이다. 정신 상태와 몸가짐이 반듯하고 현숙한 유필염이 시누이 이차염의 애정 행각을 부정적으로 보기는커녕 자진해서 유부남과 사랑에 빠진 딸을 불쾌하게 여기는 시어머니 정부인를

위로했고, 나아가 남편에게는 시누이의 애정 행각이 "하늘이 정한 운수"니 "염려 말고 혼사를 수이 이루게 하소서."라고 설득했다.

'장계성 – 양연화' 커플의 경우에도 마찬가지다. 양연화는 장계성을 만나기 전에 꿈속에서 백두옹으로부터 "그대의 백년 배필은 내일 소나무 아래에 이를 것이니 모름지기 인연을 어기지 말라."는 지시를 받았다. 장계성 또한 하늘이 정한 인연에 따라 부모에게 알리지 않고 양연화와 혼례를 올렸다.

이렇듯 '유부남 – 미혼녀'의 첫눈에 반한 사랑은 '하늘이 정한 운수' 혹은 '하늘이 정한 인연'으로 해피 엔딩을 맞았다. 이로써 '유부남 – 미혼녀' 커플의 자유연애와 연애결혼은 더 이상 '음란'한 것이 아니라 긍정적으로 수용되는 자리를 잡게 되었다.

조선시대는 일부다처제이기에 남성이 여러 여성을 들일 수 있었다. 그렇다면 설영문이 정실부인 외에 이차염을 들인 것은 별 문제가 없는 것이라고 대수롭지 않게 받아들일 수 있다. 그런데 조선시대에 비일비재했던 남편과 여러 아내 사이를 단순하게 일부다처제라고 말하는 것은 현대적 시각이다. 당시에는 축첩제蓄妾制라는 말이 더 정확한 표현이다. 즉 조선시대에는 정실부인을 한 명만 두고 첩은 여럿을 둘 수 있었다. 왕이라도 왕비는 딱 한 명밖에 둘 수 없었다.

재취로 혼인한 여성이 처음 정실의 뒤를 이어 정실이 될 수 있었다. 그런데 그런 경우는 정실이 소박을 당하거나 이세상을 떴을 때다. 정실 자리가 비었을 때에 다음에 들이는 정실을 계실繼室이라고 한다. 계실도 정실인 것이다.

그런데 '설영문 – 이차염'의 경우에 이차염은 첩이 아니라 정실이 있는 상태에서 둘째 부인으로 들어온 경우다. 이차염은 상층 가문 출신으로 부모가 모두 순수한 양반 혈통이어서 첩이 될 수 없었다. 이차염을 둘째 부인으로 삼되 '정실 대우(?)'를 한 것이다. '장계성 – 양연화'의 경우도 크게 다르지 않다. 이는 조선 현실을 그대로 수용했다기보다는 작품 세계에서 허구적으로 설정한 것으로 보는 게 이치에 맞다. 작품의 공간적, 시간적 배경을 중국 왕조로 하여 조선 현실과는 거리를 둔 것도 그렇다.

유부남의 에로스

대부분의 소설은 첫눈에 반하는 열정적 사랑에 초점을 맞추고 거기에서 이야기를 끝맺는다. 결혼하면 해피 엔딩이고 그렇지 않으면 비극적인 게 일반적이다. 그런데 그 이후의 삶은? 우리 대하소설은 그 점을 놓치지 않았다. 열정적 사랑으로 결혼한 이후까지 부부의 문제를 곡진하게 풀어냈다.

'설영문 – 이차염' 커플의 경우 이차염은 결혼을 전후로 해서

상층 가문의 열정적 사랑, 팜파탈과 욕정적 환락

예전의 애정 행각을 철저히 반성하고 덕성과 인품을 온전하게 갖추어 현숙한 여성으로 거듭난다. 그런데 그 정도가 지나쳐 이차염은 부부 관계까지 피하는데, 설영문은 그런 아내에게 애인이 생겼다고 의심하고, 아내를 처가로 내쳐버린다. 이런저런 과정을 거쳐 오해가 풀리고 부부가 화목한 관계를 이룬다. 하지만 설영문은 주색잡기로 몸을 망쳐 나이가 서른 살이 되기 전에 세상을 뜨고 말았다.

'장계성 – 양연화' 커플의 경우, 장계성은 호방하고 바람기 있는 남성으로 처음부터 끝까지 여성 편력을 계속 멈추지 않았다. 양연화와 열정적인 사랑을 하는 중에도 부용_{양연화의 시비}과 육체관계를 맺었다. 양연화는 그런 남편에게서 사랑을 빼앗기지 않으려고 투기질투를 해대며 악행을 서슴지 않았다. 이런저런 과정을 거쳐 자신의 잘못을 뉘우치고 현숙한 여성으로 거듭났다. 장계성은 끝까지 출세가도를 달렸다.

요컨대 「유이양문록」은 유부남 설영문과 장계성의 첫눈에 반하는 사랑을 열정적인 사랑으로 연계하면서, 거기에 정욕적인 사랑을 가미했다. 설영문과 장계성이 보여주는 에로스를 열정적인 쪽이나 욕정적인 쪽 중에서 어느 한 쪽으로 몰고 간 것이 아니라 두 성향을 합쳐낸 것이다. 그런데 두 유부남이 비슷한 에로스 성향을 띠었음에도 설영문은 요절한 것으로 설정한 반면에 장계성은 전혀 끄덕하지 않고 장수하면서 가문을 일으켜 세운 것으로 설정한 것으로 보아, 작가는 열정적 성향과 정욕적 성향이 합쳐진 에로스를 전적으로 부정적인 시선으로 대하지는 않았다고 할 수 있다.

「유이양문록」은 유부남에게 에로스가 어떻게 자리를 잡고 어떻게 흘러가는지, 에로스의 모습을 통찰력 있게 포착했다고 할 수 있다. 물론 일부다처제라는 조선 사회라는 틀 안에서.

호방풍정형 남성이 현숙한 여성에게 첫눈에 반한 사랑

(2) 남성이 여성에게 첫눈에 반하는 사랑은 호방풍정형 남성과 현숙한 여성 사이에 일어나는 경우로 설정했다. 바람기가 많은 장계성은 또 다른 여성에게 첫눈에 반하는 사랑에 빠지고 말았다. 그 상대는 이몽혜였다.

한 규방의 처자가 아름다운 치마를 끌면서 나와 붉은 난간을 서성거렸다. (장계성은) 반가움과 기쁨을 이기지 못하여 눈을 다시 씻고 보니 사이가 멀어 아스라해서 자세히 분간할 수 없었다. 그러나 …… 찬란한 빛이 조용히 비치니 옥구슬이 부끄러워 물러나고 금마 金馬가 자리를 피할 정도였다. 현비賢妃, 태자비 이몽난의 무한한 얼굴빛과 장씨의 무궁한 광채보다 더하지는 않으나, …… 아리땁고 빛이

상층 가문의 열정적 사랑, 팜파탈과 욕정적 환락

나서 …… 온갖 것이 꺼리지 않은 것이 없어 사람의 정신이 황홀했다. 아름다운 봉황 같은 어깨와 새로 움이 돋은 버들 같은 허리 …… 이미 장성함이 나쁘지 않았다. 장생_{장계성}이 정신이 황홀하고 얼떨떨하게 바라보며 정신을 잃고 아득히 보다가 오래지 않아 몸을 돌이켜 들어가서 주렴을 걷으니 …… 흔적이 간 데 없었다. 너무 어이가 없어 실망하여 반나절이나 황홀하여 얼떨떨하다가 …….

장계성은 일찍이 태자비인 이몽난의 미모를 본 뒤 그녀의 동생인 이몽혜도 아름다울 것이라 미루어 짐작했다. 이몽혜의 미모를 직접 눈으로 확인하려고 며칠을 기다리다가 완월루에 나타난 이몽혜를 훔쳐보는 순간, 첫눈에 반하고 말았다. 황홀하고 얼떨떨하다 못해 정신을 잃을 뻔했다. 장계성은 사랑의 열정이 불타올라 이몽혜의 시비를 사주하여 원앙패를 훔쳐오게 하는가 하면, 잠을 이루지 못해 뒤척거리기도 했다.

반면에 이몽혜는 철저히 규중에 깊이 박혀 세상과는 격리된 채 지내던 현숙한 여성이었다. 언니의 시댁으로 갈 때에도 외부 사람의 눈길을 피하려고 가마를 탄 채 언니 방안까지 들어갔다. 그런 이몽혜가 잠깐 방 밖으로 나와 화원 구경을 하다가 그만 장계성의 시야에 포착되고 말았다. 전혀 뜻밖이었다. 바람둥이 장계성에 의해 일방적으로 '찍힘'을 당하고 만 것이다.

한국 고전문학의 에로스

장계성은 이몽혜를 아내로 들이기 위해서 자신의 마음을 고백하는 편지를 이몽혜에게 전했다. 그리고 이몽혜의 아버지인 이연기에게도 편지를 써서 딸을 달라고 했다.

[장계성이 이몽혜에게 보낸 편지]

이소저에게 글을 올리니 …… 소저가 절부당에 머물고 계실 때 완월루에 마침 올라갔다가 소저의 아름다운 모습을 바라보았습니다. 비록 성인들의 가르침을 생각했지만 …… 눈에 아른거리고 잊지 못하여 마음속에 못이 되어 음식을 먹으려 하면 가슴에 내려가지 않고 잠을 자려 해도 눈이 감기지 않았습니다. …… 나 장계성이 무슨 마음으로 이소저 같은 숙녀를 사모하지 않으리오? …… 그대의 아버님은 전혀 알지 못하시고 나를 생각지 않으시고 다른 가문에서 사위를 고르시려고 바쁘시니 만일 아득한 중에 지체하다가 별 볼일 없는 자에게 빼앗기게 되면 나 계성은 한갓 청년 원혼이 되고 말 것입니다. 그러하면 소저의 백년 신세 어떻게 되겠습니까? 소저가 비록 국공태자의 장인의 매우 귀한 보물이시나 계성이 사모함이 이 지경에 미친 후에는 다른 가문에 뜻을 두지 못할 줄로 고하면서 옥비녀 하나로 나의 정을 표합니다. 바라건대 소저는 나의 세세한 정을 살펴서 답장을 보내주시기를 원합니다.

상층 가문의 열정적 사랑, 팜파탈과 육정적 환락

[장계성이 이연기에게 보낸 편지]

소생 장계성은 절을 두 번 올리고 당돌하나 절박한 마음을 초국공 이연기 대인께 고합니다. …… 대인의 귀하신 딸의 향기로운 이름이 저같이 미친놈의 귀에 우레같이 크게 들리니 어찌 사모함이 없겠습니까? …… 명공이연기의 평소 넓으신 처사가 오늘에 이르러서는 박절함이 심해져서 귀하신 따님을 빈 규방에서 늙게 하시고 도대체 허락할 뜻이 없으니 애달프고 노할 일이 아니겠습니까? 바라건대 명공께서는 얼른 생각하셔서 화평한 처사를 행하여 바르고 온순한 결혼을 쉬 이루어지게 하소서. 조용히 품은 생각을 아뢰는데도 듣지 않으시면 저 장계성이 처벌을 당하여 변방에 귀양살이를 할지언정 미친 짓을 그만두지 못할 것입니다. 명공께서는 얼른 일을 처리하고 후에 뉘우치지 마소서.

두 편지에는 첫눈에 반한 사랑에 빠져 자제력을 잃은 장계성의 비이성적인 모습을 충분히 엿볼 수 있다. 장계성은 이몽혜에게 보낸 연애편지에서 이몽혜에게 첫눈에 반하는 사랑에 빠진 내력을 밝히고, 이몽혜가 다른 남자와 혼인하게 되면 자신은 '청년귀신'이 되고 말 텐데 그렇게 되면 이몽혜의 신세가 어떻게 될 것이냐고 말했다. 거의 협박 수준이다.

내친 김에 장계성은 이연기이몽혜의 부친에게 편지를 보내어 자신의 심정을 밝혔다. 노골적으로 이몽혜를 사랑한다고 밝히면서 딸을 달라고 요청했다. 요구가 관철될 때까지 미친 짓을 그만두지 않을 것이며 나중에 뉘우칠 일이 생길지도 모를 것이라며 으름장을 놓았다.

이연기는 장계성의 행위를 가문의 명성에 먹칠을 하는 중대 사건으로 여겨 그만 무리한 선택을 하고 만다. 그간 다른 가문과 오가던 이몽혜의 혼담을 철회하고 이몽혜를 독신으로 살게 하기로 결정했다. 그리고 장문현장계성의 부친에게 아들의 행위를 '세상이 미쳐 돌아가는 미친 짓'이라며 항의하는 편지를 보냈다. 장문현은 얼굴을 붉히면서 한마디 말도 하지 못했고, 이로써 이씨 가문과 장씨 가문 사이에 찬바람이 불었다.

아울러 장계성의 행위는 첨예한 부자 갈등을 낳기에 이른다. 겨우 정신을 수습한 아버지 장문현은 아들에게 50여 대의 매질을 가했고, 그것도 부족하여 가부장의 권위를 내세워 여경요를 며느리로 받아들였다. 그런데 사건은 이상하게 흘러갔다. 할아버지는 아들장문현이 손자장계성 며느리로 여경요를 선택한 것을 성급한 처사라고 나무라고 직접 이씨 가문을 찾아가 이몽혜와의 혼사를 주선했다. 그 과정에서 태자가 황제에게 요청하여 장계성과 이몽혜의 결혼을 이루게 한다.

이몽혜는 자신의 의도와는 전혀 상관없이 집안 어른들의 결정에 따라 장계성과 결혼하지만, 자신과 아버지에게 닥친 장계성의 무모한 행위에 감정이 상하여 장계성의 사랑을 거부한 채 살았다. 많은 시련과 역경, 이런저런 사건들을 겪다가 이몽혜는 장계성의 진심을 받아들여 행복한 부부 관계를 이루었다.

한편 아버지의 강요로 이루어진 '장계성 – 여경요'의 중매결혼은 어떻게 되었을까? 장계성은 아내 여경요를 돌아보지 않고 홀대했다. 여경요는 남편으로부터 사랑을 받지 못하자 허전한 마음으로 지내다가, 이몽혜에게 악행을 서슴지 않았다. 다른 남자와 음행을 저지르기까지 했다. 당사자들이 불행해졌음은 물론이고 장씨 가문이 패망의 위기로 치달았다.

여기에서 흥미로운 점이 있다. 아들이 자신의 마음에 드는 여자를 아내로 선택한 결혼_{장계성 – 이몽혜} 커플이 아버지가 결정한 결혼 '장계성 – 여경요' 커플보다 좋은 결과를 맺었다는 것이다. 이는 가부장제 사회에서 사랑 없는 결혼이 오히려 많은 부작용을 낳을 수 있음을 보여준다. 아마도 사랑 없는 결혼으로 고통을 당하는 사람이 적지 않았을 텐데, 그 속사정을 장계성을 둘러싼 상반된 두 결혼을 통해 잘 포착한 것으로 보인다.

대하소설의 범주에 드는 많은 작품에서는 여성 편력이 심한 바람둥이 남성이 현숙한 여성을 원하는 결혼은 거의 이루어지지 않는다. 바람둥이는 대개 약혼한 남녀 커플 사이로 비집고 들어

한국 고전문학의 에로스

가 그 여성을 가로채기 위해 악한 짓을 서슴지 않는다. 「부장양문열효록」에서는 현숙한 부월혜가 다른 남자와 약혼하는데, 그 사이에 끼어든 위왕이 부월혜에게 첫눈에 반하는 사랑에 빠지지만 뜻을 이루지 못했다. 「임화정연」의 진상문 또한 그랬다. 진상문은 갖은 유혹을 하며 무려 세 여성에게 들이댔지만 결국 실패하고 말았다. 위왕이나 진상문은 악인이었을 뿐이다.

「유이양문록」에서 장계성도 바람둥이였지만, 위왕이나 진상문과는 달리 현숙한 이몽혜를 끝내 정실부인으로 삼고 행복한 결말을 맺었다. 많은 독자들은 특히 남성 독자들은 장계성 같은 인물을 달갑게 여기지 않을 수도 있었겠지만 작가는 독자들의 허를 찌르고 바람둥이 편을 들어주었다. 마침내 장계성은 가문의 발전을 이끌고, 두 가문의 연대를 굳게 하는 주요 인물로 부상했다.

세상에서도 그런 남자들이 있지 않은가? 물론 편지 내용이나 결혼 과정을 과장하여 허구적으로 그려내긴 했지만 「유이양문록」은 그런 사회상을 외면하지 않았다. 어쨌든 대하소설은 도덕률로 재단할 수 없는, 에로스를 둘러싼 인간사의 이모저모를 묘한 설정을 통해 드러냈다.

상층 가문의 열정적 사랑, 팜파탈과 욕정적 환락

욕정적인 여성이 군자다운 남성에게 첫눈에 반한 사랑

다음으로 (3)여성이 남성에게 첫눈에 반하는 사랑을 살펴보고
자 한다. '한난혜 - 이연기' 커플, '윤운빙 - 이창원' 커플, '영릉공
주 - 이창희' 커플이 그에 해당한다. 여성들은 모두 애욕적인 인
물로 설정했고, 남성들은 캐릭터에 차이를 두어 ①군자다운 남
성이연기 · 이창원과 ②호방풍정형 남성이창희으로 나누어 설정했다.

　먼저 ①욕정적인 여성이 군자다운 남성에게 첫눈에 반하는
사랑에 빠지는 경우를 보자. '한난혜 - 이연기' 커플과 '윤운빙 -
이창원' 커플이다.

[한난혜의 경우]

소녀 난혜가 우연히 이한림이연기을 엿보고 …… 식음을 잊었다. 난
혜는 귀한 가문의 딸로서 재실로 들어감을 감당해야 했지만 부디
(이연기를) 좇고자 했다. 한부마는 딸의 소원을 황제에게 청하여 사
혼조서를 얻어 이씨 가문을 핍박했다. …… 황제의 명령을 거역하
지 못하고 육례六禮를 갖추어 한소저를 맞이했다.

[윤운빙이 이창원에게 반한 모습]

한 번 봄에 일천 궁녀들이 넋을 사르고 운빙이 한 번 보고 혼백이 유
유히 흩어져 속이 놀라 작은 쥐가 날뛰는 듯하고 좋아하는 음정淫情

이 발산하니 얼굴이 파랗고 희게 되어 …… 주변 사람들이 이상하게 여기더라. 내가 그릇 한 번 저를 본 후로부터 혼백이 몸에 붙어 있지 않고 놀람이 가슴에 작은 잔나비 뛰는 듯하니 내 반드시 …… 오래 가지 않아서 죽으리로다.

한난혜는 이연기를 우연히 엿보고 첫눈에 반해 식음을 잊고 말았다. 윤운빙은 이창원의 풍채를 보는 순간 혼백이 흩어지고 가슴에 원숭이가 뛰노는 듯했다. 작품의 다른 곳을 보면 윤운빙은 이창원 얼굴이 눈에 어른거리고 목소리가 귀에 들리는 듯하여 밤에 잠을 들지 못했다고 한다.

그런데 그 사랑은 상대남의 호응을 얻지 못하는 짝사랑이 되어 고통으로 끝날 위기에 처했다. 오늘날 TV 드라마에서 종종 보듯 이들 여성은 자신의 사랑의 욕망을 채우기 위해 수단을 가리지 않았다. 한난혜는 부모가 부마_{한경}이고 공주_{양성공주}라는 배경을 이용하고, 윤운빙은 윤황후_{이복자매}의 배경을 이용하여 황제로부터 결혼하라는 명령을 얻어내 마침내 상대남의 재실로 들어앉는 데 성공했다.

남편의 쌀쌀함과 차가움 앞에서 심적 고통을 겪었지만, 내심 남편의 사랑을 기대하고 기대했다. 윤운빙은 남편으로부터 시가 어른들에게 죄를 청하고 덕을 갖추라는 타이름을 들을 때에 남편의 권면 자체보다는 부드러운 태도에 마음이 풀어지고 혹시나 하는 심정으로 남편의 사랑을 또다시 기대했다.

한난혜는 남편에게 미혼단을 먹여서라도 깊은 사랑을 나누고자 했다. 미혼단은 정신을 잃게 만들고 성적 쾌감을 높이는 약이다. 비록 그런 약을 먹여 나눈 사랑이었지만 한난혜의 입장에서는 귀하고도 귀한 사랑이었다. 그 묘사한 대목을 보면, "한씨 평생에 한림 생각함이 뼈에 사무쳐 죽어 원혼이 맺힐러니 한낱 약의 힘을 빌려 오늘 저녁에 끝없는 즐거움을 푸니 남녀 간의 정이 산이 낮고 바다가 얕았다."라고 되어 있다. 얼마나 고대하던 사랑이었는지 짐작하고도 남는다.

사랑하는 사람으로부터 사랑을 받아내지 못하면 그 불만이 다른 사람을 향해 폭발하기 마련이다. 한난혜와 윤운빙도 그랬다. 한난혜는 시어머니와 시누이를 자기편으로 만들고 여러 번 정실부인 유필염을 고통속에 빠뜨렸으며 남편과 정실부인 사이를 이간질했다. 술수를 부려 시아버지를 지방관으로 나가게 한 후에 유필염이 간음했다고 누명을 씌웠다.

윤운빙은 친정어머니를 끌어들여 시어머니와 정실부인을 모함하는 편지 조작 사건을 벌였고, 시부모를 독살하고자 했으며, 심지어 이씨 가문이 역모를 꾸몄다고 누명을 씌웠다. 두 여성의 죄악이 얼마나 악독했던지 이들 여성의 죄악을 낱낱이 밝혀서

한국 고전문학의 에로스

처형할 때에 이씨 가문과 유씨 가문에서는 한난혜의 간과 염통을 번갈아가며 베어 먹었을 정도다.

욕정적인 여성이 호방풍정형 남성에게 첫눈에 반한 사랑

위의 한난혜와 윤운빙은 애욕적인 여성이 일방적으로 군자다운 남성에게 첫눈에 반하는 사랑의 열정에 빠진 경우다. 남자가 군자다운 인물이어서 애욕적인 여성을 탐탁지 않게 여기기 때문에 충분히 그럴 수 있다. 그렇다면 상대 남성이 호방풍정형의 인물로 다분히 바람기가 있다면, 여성 일방의 열정적인 사랑은 어떤 경로를 밟게 될까?

'영릉공주 – 이창희' 커플을 보자.

대신이 두 소년으로 더불어 들어가 황제를 뵙고 나오매 …… 풍채가 늠름하여 태을진인이 세상에 내려온 듯했다. …… 어린 태도와 부드러운 거동이며 이를 데 없이 뛰어난 태도가 크게 아름다우니, 공주가 크게 놀라 얼굴빛이 달라지며 말했다.

"어떤 사람인가?"

전근이 대답했다.

"공주는 어찌 모르십니까? 이는 신임 한림학사 이창희니, 정궁의 아이십니다."

공주는 깜짝 놀라 얼굴빛이 달라지며 어지러운 듯이 바라보았다. 이창희는 벌써 전에 내려가 궁궐 문밖으로 나갔다. 공주는 잃어버린 것이 있는 듯하여 침실로 돌아와 머리를 싸매고 누워 잠도 자지 않고 음식을 먹지도 않았다.

공주는 말했다.

"…… 나의 마음이 무수한 문무백관 중 이 사람에게 마음이 돌아가니, 이는 하늘의 뜻이 아닌가 한다. 만일 이 사람에게 돌아가지 못하면 결단코 서방을 맞지 않으리라."

첫눈에 반하는 사랑의 열정은 한 나라의 공주라도 비켜가지 않았다.

공주의 상대남인 이창희는 성질이 급하고 맹렬하며 혈기가 왕성했다. 그는 여색을 밝혀 열두세 살 때부터 집안 미인들과 관계했고, 열다섯 살 때에는 기녀 10여 명과 정을 맺었다. 어린 나이에 전력이 이렇게 화려할 수 있을까. 하지만 이창희는 영릉공주를 안중에 두지도 않았다.

영릉공주는 이창희를 수중에 넣기 위해서라면 물불을 가리지 않았다. 설백경을 사위로 삼은 황제의 결정에 순종하지 않고 혼사를 물려달라고 요청했고, 거절당하자 의기소침하기는커녕 황실에서 도망쳐 나왔다. 변장하여 신분을 숨긴 채 이창희에게 접

근하여 미혼주, 즉 정신줄을 놓게 하는 술을 먹인 후에 육체적인
관계를 맺었다.

영릉이 밤낮으로 이창희의 자취를 바라다가 그가 취하여 …… 불
을 들어 곁에 놓고 자세히 보니 취한 얼굴이 평소 얼굴보다 백 배나
뛰어나고 …… 명월이 광채를 뱉으며 홍백 모란이 섞어 핀 듯 ……
음녀淫女의 혼백이 흩어져 …… 드디어 옷을 벗고 드러누우니 이한
림이 다만 독한 술기운에 총명이 아주 빠져 옥 같고 꽃 같은 미인
이 드러누워 곁에 있으니 방창한 취객이 어찌 삼갈 일이 있으리오.
…… 음녀의 삼사 개월 맺히고 맺힌 정욕이 쾌하여 즐거워하는 거
동이 이루 말할 수 없어서 차마 기록하기 어려웠다.

영릉공주는 한난혜보다 심했다. 한난혜는 남편에게 미혼주를
먹였다면 공주는 결혼 전에 자신의 신분을 속인 채 이창희에게
미혼주를 먹여 마음껏 욕정을 풀었다. 공주는 이창희와 몇 차례
더 육체관계를 맺고 마침내 잉태하고 만다.
훗날 영릉공주는 자신의 죄상이 드러나자, 황제에게 자신의
과거사를 털어놓으면서 심정을 밝혔다.

새해 아침에 조정에서 신하들이 황제에게 인사를 올리던 모습을 구

상층 가문의 열정적 사랑, 팜파탈과 욕정적 환락

경하다가 우연히 한림 이창희와 눈이 마주쳤는데, 그의 얼굴을 보는 순간부터 그가 눈에 박히고 마음에 얽혀 병이 되었나이다. 여자가 되어 외간 남자를 아무 까닭도 없이 그리워하는 마음을 지닌 채 다른 가문에 시집갈 뜻을 두겠습니까? 그럴 수 없는 일입니다. 남자를 그리워하는 일이 있어서도 안 되지만 능히 떨쳐내지 못하니, 이는 분명코 하늘의 뜻이고 신의 뜻입니다. 맹세컨대 이창희와 결혼하지 못하면 단연코 죽어서 망부석이 되고자 합니다. 폐하께서 갑자기 설백경과 결혼하라고 정하셔서 장차 면할 길이 없어서 드디어 전근, 일운을 데리고 도망쳤던 것입니다. ……

공주는 자신의 잘못을 용서해달라고 빌지 않았다. 오히려 이창희에게 반한 첫눈의 사랑을 숨김없이 밝힌 후에 이창희를 기어이 남편으로 삼고 말았다. 하지만 영릉공주는 끝내 이창희로부터 사랑을 받아내지 못했다.

욕정적, 애욕적 여성의 비참한 말로

「유이양문록」은 상층 가문의 여성이 일방적으로 첫눈에 반한 사랑을 해서 그 사람을 남편으로 삼았지만, 사랑하는 남편에게서 사랑을 받지 못한 경우를 여러 여성들을 통해 보여주었다. 그중에 윤운빙과 영릉공주는 다른 남성과 부적절한 관계를 맺는 선

한국 고전문학의 에로스

까지 나아갔다.

그런데 이들 여성의 불륜은 음탕한 욕정에서 비롯되는 것으로 설정했다. 윤운빙은 이창원을 처음 보는 순간 음정淫情이 솟았고 혼인 첫날밤에는 즐거움이 미칠 듯하며 온갖 교태를 머금었다. 영릉공주도 마찬가지였다. 영릉공주는 일찍이 음란한 궁녀였다가 첩여가 된 여자의 딸이었고, 게다가 어릴 때부터 기생 출신이었던 유모, 보모, 궁녀의 무리로부터 음란함을 배워서 음욕이 요동쳤다.

다음은 윤운빙이 유세창과 불륜을 저지르기 전에 유세창을 보고 반한 때이다.

그윽이 생각하니 내가 창원을 좋아하여 좋음은 그의 멋있는 모습을 흠모해서였지. 구차하게 살아온 시간이 일 년이나 지났지만 부부 사이에 운우지락은커녕 남편의 얼굴을 얻어 보기도 어려웠다. 열다섯 청춘이 속절없이 세월만 보내니 어찌 우습지 않은가? 유세창의 모습을 보니 창원보다 뒤지지 않고 나를 창원처럼 매몰하게 대할 것으로 보이지 않는다. 그의 눈부신 기상을 보니, 미인의 다정한 짝이 될 만하다. 진실로 나의 배필이다. 하지만 내가 그르쳐서 창원의 아내가 되고 말았다. 이미 남편이 있는 몸이어서 천인賤人같이 임의로 다른 남자를 좇지 못할 노릇이니, 어떻게 해야 유세창의 사람이 될 것인지……. 밤낮으로 생각이 깊어져 번민하고 초조하여 잠을 이루지 못하거늘 …….

윤운빙은 남편이 아닌 유세창을 보고 사랑의 열정에 빠지고, 심지어 이창원과 결혼한 것을 후회하기도 했다. 그후 윤운빙은 녹운동으로 거처를 옮긴 후에 신운화로 이름을 고쳤다. 유세창을 유혹하여 깊은 관계를 맺고 혼례를 올린 후에 유씨 가문의 며느리로 들어갔다. 그뿐 아니라 윤운빙신운화은 새 남편의 눈에 정실을 추녀로 보이게 하고 자신에게만 빠지게 유혹하며 농염한 육체관계를 맺곤 했다.

윤운빙이 자진해서 불륜을 저지른 것과는 달리 영릉공주의 불륜은 유모가 중간에 개입했다. 유모는 미소년 영강이 영릉공주를 겁탈하게 하고, 그후로는 영강을 궁 안에 숨겨두고 공주와 지속적으로 육체적인 관계를 맺게 했다. 음욕에 불이 붙은 공주는 점차 욕정의 화신으로 변해갔다. 유모가 영릉공주를 비롯해서 그 누구에게 원한이 있어서가 아니었다. 단지 남편의 사랑을 받지 못하는 공주의 처지를 불쌍히 여겨서 그랬던 것이다. 거기에는 창기 출신인 유모가 한몫을 했음은 물론이다.

여기에 부모들에 의해 중매결혼을 한 여성이 남편의 사랑을 받지 못하자 불륜을 저지르는 경우를 보태기도 했다. 그 인물이 여경요다. 여경요는 결혼 전에 첫눈에 반하는 사랑을 하는 여자는 아니었지만, 결혼 후에는 남편에게 진실된 사랑을 받고자 했다. 아무리 애를 써도 남편으로부터 사랑을 받지 못하자 투기 질투를 부리며 악행을 일삼다가 쫓겨났다. 그후에 다른 남자를 택하고자 하던 중에 조왕의 미희가 되어 밤마다 환락을 일삼았다.

「유이양문록」에서는 윤운빙, 영릉공주, 여경요를 통해 '1：2'의 삼각관계가 3회 반복하는 모습을 띤다. 왼쪽 라인은 부부 관계인데 남편으로부터 사랑을 받지 못하고, 오른쪽 라인은 불륜 관계인데 사랑을 나누는 사이다. 물론 그 사랑은 순수한 사랑이 아니라 욕정적 사랑의 형태를 띤다. 비록 부정적인 시각을 부여했지만 상층 가문에 속하는 여성의 사랑과 욕정을 극대화한 것으로 볼 수 있다.

이들 여성의 애정, 애욕, 음욕은 장계성의 두 소실과 이창희의 두 소실의 수절守節과 대비된다. 이들 소실은 모두 창녀 출신으로 장계성과 이창희에게 풍류와 향락의 대상에 불과했으나 시기 질

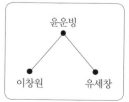
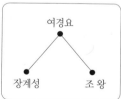
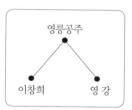

투하지 않았으며 다른 남자와 불륜을 저지르지도 않았다. 기녀들이 그랬다면, 상층 가문의 여성은 더 말할 나위도 없고, 설령 남편에게 다른 처첩이 있을지라도 수절하며 부덕婦德을 보여야만 했다.

그러나 이들 여성은 전혀 그런 모습을 보여주지 못했다. 자신의 애정이 남편에게 받아들여지지 않자, 남편에게 원한을 품고 또 다른 남자를 택하여 정분을 맺었고 시가마저 멸망시키려 했다. 그들은 초지일관 자신이 사랑하는 남자를 선택하되, 자신의 애정을 받아주는 남성을 택하고자 했던 것이다. 이런 사랑은 당사자들에게는 가슴 아픈 일이지만 사회적 통념과는 배치되는 것이어서, '여성의 짝사랑' 내지는 '여성의 일방적인 사랑'으로 격하되고 말았고, 그 종말 또한 비극적일 수밖에 없었다.

기녀에게는 정조를 묻지 않던 것이 당시의 사회적 통념이었다. 그런 기녀들이 한 남성과 육체적 관계를 맺은 후에 그 남성에게 수절한 것은, 더욱이 상대 남성이 첩으로 들인다고 약속하지 않았는데도 수절한 것은 남성 중심의 가부장제적 이데올로기를 단적으로 드러낸 것이라 할 수 있다. 마찬가지로 상층 여성이 남편과 가문을 지키지 않고 욕정에 휘둘려 불륜을 일삼고 마침내 비극적 종말을 맞이한 것도 남성 중심의 가부장제적 이데올로기를 보여주는 것이라 할 수 있다.

여성의 일방적인 사랑에 긍정적으로 길을 터주지 못하고 시종일관 부정적으로 색칠했다는 한계를 지니고 있긴 하다. 예나 지금이나 첫눈에 반하는 사랑은 반드시 있다. 열정적인 사랑이 아름다울 수도 있지만, 인간이 열정적 사랑의 노예가 된다면 파멸할 수도 있다. 작가는 그런 점도 생각했음이 틀림없다.

'유부녀 – 미혼남' 커플로의 이동, 욕정적 여성의 또 다른 길

여타의 대하소설에서는 욕정을 채우려는 여성들은 여러 남성의 품을 전전하다가 비극적 종말을 맞이하고 만다. 윤운빙도 죽임을 당하고 만다. 그런데 「유이양문록」에서는 상층 여성들의 욕정을 부정하기만 할 수는 없었는지 영릉공주에게는 새로 가정을 꾸리는 것을 허용하는 길을 터놓았다. 이씨 가문의 연부인이 며느리 영릉공주의 음란함을 알아채지만, 죄를 묻지 않은 채 비밀에 붙이고 남편과 상의하여 며느리를 영릉궁으로 보냈다. 그후 영릉공주가 미소년 영강과 사랑에 빠져 자식을 낳았지만 그것마저 세상에 알리지 않고 그대로 두었다. 불륜을 저지른 영릉공주를 살려둔 것이다. 그동안 이창희와 영릉공주 사이에 자식이 태어나지만 이씨 가문에서는 그 자식을 거두어 양육한다.

유부녀와 미혼남 간의 불륜 관계인 '영릉공주 – 미강' 커플은 당대 사회의 테두리 안에 놓일 수는 없었다. 경계 밖에서나 살아

갈 수 있었을 뿐이다. 하지만 여성의 일방적인 '첫눈에 반하는 사랑'이 욕정적 성향을 띨지라도 그런 여성을 쉽게 단죄할 수 없다는 작가의 의도가 숨어 있는 듯하다. 벌열가부장제의 위압적인 틀에 은폐되어 있던 여성의 욕정을 조심스럽게 끄집어낸 것이라고나 할까?

2

「청백운」
팜파탈과 욕정적 환락

「청백운靑白雲」은 한문본, 한글본으로 전한다. 한글본은 10권으로 되어 있는데 200자 원고지로 띄어쓰기를 하지 않고 대략 1,150매 정도가 되는 장편소설이다. 작품 세계는 중국 송나라를 배경으로 한다. 한문본 맨 앞에 작가가 써놓은 '서序'가 있는데, 그 내용을 통해 작가가 조선 사람임을 알 수 있다. 작가는 '서'에서 '초료산주인'이라는 호를 밝혔을 뿐이다. 아직은 작가가 누군지 밝혀내지 못했다.

「청백운」의 인물과 개요

[두쌍성] 여동생 두혜화와 함께 홀어머니 밑에서 자랐다. 호승수, 한

현진과 친한 친구 사이다. 호승수의 동생인 호강희와 결혼한 후 두 기생 나교란과 여섬요의 유혹에 빠져 온갖 어려움을 겪는다. 아내 호강희의 정성으로 총기를 되찾는다.

[호강희] 두쌍성의 아내이자 호승수의 여동생이다. 시어머니를 정성 껏 모시고 남편을 잘 보살피는 현모양처다. 두 기생 나교란 과 여섬요를 첩으로 들이게 했다가 온갖 고통을 겪는다.

[호승수] 군자형 인물이다. 두쌍성과 한현진의 친구다. 두쌍성과 함 께 과거에 응시하여 급제한다. 친구 한현진의 여동생인 한경 의와 결혼한다.

[한경의] 한현진의 여동생이다. 현모양처다. 호승수와 결혼한다.

[한현진] 군자형 인물이다. 두쌍성, 호승수와 친한 친구 사이다. 두 쌍성의 여동생인 두혜화와 결혼한다. 두쌍성의 두 기첩에게 곤욕을 치른다.

[두혜화] 두쌍성의 여동생이다. 한현진과 결혼했다. 현모양처다. 남 편 한현진과 함께 두 기생 나교란, 여섬요를 꾸짖었다가 두 기생의 모략으로 귀양살이를 한다.

[나교란, 여섬요] 두쌍성의 두 기첩이다. 본래 기생인데 두쌍성을 유 혹하여 그의 기첩이 된다. 수단 방법을 가리지 않고 악행을 일삼는다. 창가에서 사귀었던 목평질과 음란한 짓을 계속하 며 남편 두쌍성과 그 집안을 위기에 몰아넣는다. 훗날 악행

이 밝혀져 처벌을 당한다.

① 중국 송나라 때 두쌍성은 선도仙道에 입문하여 수학한 뒤에 하산했다.

② 두쌍성은 호강희와 결혼하고 화목한 삶을 누렸다.

③ 두쌍성은 과거에 장원급제하여 벼슬길로 나아갔다.

④ 호승수호강희의 오빠와 한경의가 결혼하고, 한현진한경의의 오빠과 두혜화두쌍성의 여동생가 결혼했다.

⑤ 두쌍성은 나교란과 여섬요의 유혹에 빠져 방탕한 생활을 하는데, 아내 호강희가 두 창기를 첩으로 들이게 했다.

⑥ 두 기첩妓妾은 호강희에게 누명을 씌우고, 자신들을 꾸짖는 '한현진 – 두혜화' 부부를 곤경에 빠뜨렸다.

⑦ 두 기첩은 결탁하여 다른 남자들과 간음하고 정실 호강희를 살해하라고 사주했으나, 호강희 모녀는 가까스로 위기를 모면했다.

⑧ 나교란은 서하왕을 꼬드겨 송나라를 침략하고, 여섬요는 궁궐로 들어가 궁녀가 되어 두쌍성에게 복수할 기회를 노렸다.

⑨ 정실 호강희의 정성으로 두쌍성은 총기를 되찾고, 나교란 무리를 잡아들여 죄를 다스렸다.

⑩ 두쌍성과 한현진이 국가에 공을 쌓고, 기생 여섬요를 잡아들여 처벌했다.

⑪ 두씨 가문, 한씨 가문, 호씨 가문의 자녀들이 결혼하여 행복한 삶을 누렸다.

⑫ 두쌍성, 한현진, 호현진이 벼슬에서 사퇴하고 자연에서 생활하며 선도에 몸을 담고 지내다가 세상을 떴다.

세상의 부귀공명: 삼각혼三角婚을 통한 가문연대

조선시대에 가문은 사회와 국가 발전의 단위라고 할 만큼 그 비중이 컸다. 그런데 조선 전기에는 개개의 가문, 즉 한 가문의 위상을 중요하게 여겼다면, 조선 후기에는 가문과 가문의 연합, 즉 가문연대家門連帶가 부상했다. 가문연대는 학문의 성향이 같고 당의 색깔이 같은 가문끼리 혼인을 맺음으로써 이루어졌다.

대하소설에서는 가문연대라는 사회 문화적 현상을 수용했는데 주먹구구식으로 가문 간의 결혼을 설정하지 않고 그 나름대로 흥미로운 틀을 창안했다. 두 가문의 연대, 세 가문의 연대, 네 가문의 연대 등으로 가문연대의 방식을 나름대로 정형화한 것이다. 두 가문의 연대는 겹사돈 방식을 통해서 하고, 세 가문의 연대는 삼각혼을 통해서 하며, 네 가문의 연대는 1부 3처혼을 통해서 하는 묘미를 부렸다.

「청백운」은 삼각혼을 통한 세 가문의 연대를 확보했다. 두씨 가문, 호씨 가문, 한씨 가문의 가부장들은 생전에 서로 친한 친구

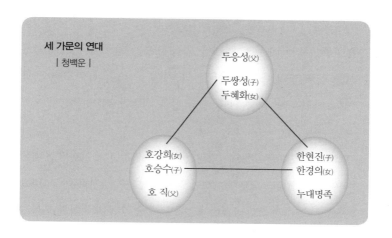

세 가문의 연대
| 청백운 |

두응성(父)

두쌍성(子)
두혜화(女)

호강희(女)
호승수(子)

호 직(父)

한현진(子)
한경의(女)

누대명족

였고, 각각 아들과 딸을 두었는데 자녀들이 꼬리에 꼬리를 무는 방식으로 잇달아 결혼하기에 이른다. 세 가문의 아들들도 친한 친구가 되며 모두 출세한다. 두쌍성과 한현진은 각각 1등, 2등으로 급제하여 변방의 도발을 진압하고 도탄에 빠진 백성들을 보살피고, 호승수는 이들보다 조금 뒤에 장원급제하여 주요 내직을 맡았다. 두쌍성, 한현진, 호승수는 각각 오국왕, 월국왕, 위국왕에 봉해지고 정실부인들은 각각 수국부인, 월국부인, 위국부인에 봉해졌다.

팜파탈

소설은 인간사의 어떤 문제를 제기해서 서사적으로 펼쳐내는 문

265

학 장르다. 「청백운」은 한 가문의 존립을 위협하고 그 가문을 중심으로 하는 세 가문의 연대를 와해시키는 문제를 서사적으로 펼쳐냈다. 문제의 핵심 요인은 팜파탈femme fatale이다.

『문학비평용어사전』에서는 팜파탈을 이렇게 설명했다.

> 팜파탈이란 프랑스어로 '치명적인 여자'를 일컫는다. 아름답고 매혹적인 외모를 지닌 요부형 여성이 남성을 성적으로 유혹하여 파멸로 이끈다, 여성 자신도 비극적인 삶을 맞기도 한다. 팜파탈이 문학적으로 잘 형상화된 것은 보들레르의 시집 『악의 꽃』인데, 보들레르는 아름답고 매력적인 여인의 열 가지 태도를 정의해 팜파탈의 구체적인 모습을 그려냈다.

팜파탈에 의해 남주인공은 자신도 모르는 사이에 나락으로 빠져들었고, 그의 가문 또한 몰락의 길을 걸었으며, 나아가 친분과 결혼으로 공고히 연대한 세 가문마저 서서히 무너져 내렸다.

우리 소설에서 팜파탈 캐릭터는 17세기 무렵 「사씨남정기」에서 첫선을 보였다. 교채란은 유연수의 첩실로 들어가 아름다운 외모와 예술적 재능으로 남주인공 유연수를 사로잡는 데 성공했다. 정실부인 사정옥이 자제하라고 타이르자 교채란은 사정옥에게 간음했다는 누명을 씌워 집안에서 쫓겨나게 했고, 나중에는 남편마저 궁지에 몰아넣었으며 사람을 사주하여 살해하려고 했다. 기생으로 전락하고 마침내 죽임을 당하고 말았다.

그후로 팜파탈은 소설사(小說史)에서 하나의 흐름을 형성하게 되었다. 「청백운」의 나교란과 여섬요, 두 기생은 그런 팜파탈 캐릭터를 계승한 것이다. 작품 전체 분량인 10권 중에서 2권에서 9권까지 두 기생의 팜파탈 캐릭터와 직접적이거나 간접적으로 관련을 맺는 내용이 들어 있을 만큼 팜파탈의 비중은 매우 크다.

나교란과 여섬요, 두 기생은 자신들의 욕망을 채우기 위해서라면 어떤 수단도 가리지 않았다. 청루(靑樓, 기생집)에 드나드는 많은 남성들과 육체적인 관계를 맺었을 뿐 아니라 길을 걸어가는 남자를 불러들여 관계를 맺곤 했다. 재물을 얻을 수 있으면 그만이었다.

때로는 자신들의 마음에 드는 남성과 성적인 욕망을 채울 수 있어도 괜찮았다. 그런 먹잇감이 두쌍성이었다. 이들은 '포도주'를 비롯하여 '어부업은주' '산가옥액주' '동정항감주' '낙양춘' 등 명품 술로 두쌍성을 취하게 한 다음, 셋이서 음탕한 관계를 맺었다. 두쌍성의 첩실로 들어앉은 후에도 그런 욕정은 수그러들지 않았고 오히려 더 크게 분출되었다.

다음은 나교란과 여섬요가 서로 마음속을 터놓고 대화한 대목이다. 현대어로 쉽게 풀어놓았다.

[나교란] 우리 본디 동네 아이들로 창루에 빠졌더니 이제 한 사람^두
_{쌍성}을 섬기게 되었으니 우리 인연이 우연히 맺어진 것은 아
니다. 어찌 마음속 생각을 서로 숨기리요? 인생이 풀 위의 이
슬과 같으니 비록 뜻을 펴 마음껏 퇴폐적인 삶을 누릴지라도
백년을 누릴 수 없다. 어쩌면 백년이란 세월은 더디 오지 않
는가? 그런데도 우리는 뜻을 펴지 못한 채 숨을 낮게 쉬며 사
람의 턱밑의 기운을 받으니, 어찌 가련치 않은가? 우리네 삶
이 항상 이러한데 어느 누가 고관대작의 소실이 좋다고 말했
지? 옛적에 우리 둘이 누 위에서 옥술병을 기울이고 금방울을
던지던 일을 생각하니 그때가 도리어 상쾌하지 않았던가?

[여섬요] 말해서 뭐해? 마음이 편하지 않으니 과연 오래 견딜 수 있
을까?

　　두 기생은 두쌍성의 첩실이 되어서 기생의 처지에서 벗어난
것을 다행스럽게 여기기는커녕 오히려 청루 시절에 마음껏 술
마시고 길을 지나가는 남자들에게 거리낌 없이 금방울을 던지며
희롱하던 시절을 그리워했다. 첩실살이를 '오래 견딜 수 없다.'고
말한 대로 이들 두 기녀는 곧 음란한 생활로 되돌아가고 만다. 지
난날 청루^{靑樓: 기생집}에 있던 시절에 기생집의 아들인 목평질, 기
생집에 드나드는 어사 초악을 집안으로 불러들여 서로 경쟁이나

하듯이 관능적인 육체관계를 맺곤 했다.

두 기생의 음탕한 자질은 기녀 시절부터 형성된 것이다. 그들은 그동안의 자신의 음행에 대해서 털끝만큼도 죄의식을 지니지 않았으며, 오히려 두쌍성의 첩실이 된 후에 두 기생은 향을 피워 놓고 의자매를 맺고 협력하여 자신들의 욕망을 성취하자고 약속했다. 욕망을 성취하는 데 방해가 된다면, 그 대상이 누구일지라도, 심지어 남편일지라도 공격의 대상으로 삼았다.

남편을 잘 모시라는 정실 호강희에게 누명을 씌우는 것쯤은 아무 일도 아니었다. 때 묻은 옷을 입고 호강희가 옷을 대주지 않는다고 덮어씌우는가 하면, 두쌍성이 평소처럼 노래를 불러달라고 하자 호부인이 노래를 부르지 못하게 했다고 없는 말을 지어 내기도 했다. 심지어 여섬요는 거짓으로 임신한 것처럼 꾸민 다음, 호강희가 준 독약을 먹고 낙태하였다고 모략하기도 하고 별당에 불을 지르고 호강희의 소행으로 뒤집어씌웠다. 호강희를 귀양 보낸 후에는 그것도 부족하여 사람을 시켜서 살해하라고 사주하기도 했다.

두 기생이 펼쳐내는 막장 드라마는 그것으로 그치지 않았다. 두 기생은 '한현진 – 두혜화' 커플이 두쌍성에게 충고하며 자신들을 꾸짖자, 앙심을 품고 그들을 두씨 집안에 얼씬거리지 못하게 하려고 목평질, 어사 초악 등과 결탁하여 한현진을 계주자사로

나가게 했다. 그 과정에서 두 기생은 목평질, 어사 초악 등에게 뇌물을 주고 육신적으로도 결탁하여 간음을 일삼았다.

꼬리가 길면 잡히는 법. 두 기생은 자신들의 죄상이 탄로나 도주하게 된다. 그런 사태가 자신들의 죄의 대가라고 여긴 적은 한 번도 없었고 오히려 두쌍성을 향한 복수심을 불태웠다. 두쌍성이 선하게 대한 것도, 정신을 차리지 못할 정도로 사랑한 것도 걸림돌이 되지 않았다. 여섬요는 신분을 숨긴 채 송나라 왕실의 궁녀로 들어가 두쌍성에게 복수할 기회를 엿보았다. 나교란은 자신의 정부情夫인 목평질과 함께 남매 사이라고 꾸미고 서하왕조원호의 후궁으로 들어가, 서하왕을 부추겨 중국을 침범하게 했다. 서하왕이 중원을 침략하여 패배하자 두 기생은 멈추지 않고, 서하왕에게 거짓으로 항복하여 두쌍성을 살해하라고 꼬드겼다.

한편 이들 두 기생은 욕정 이외에도 큰 욕망이 있었다. 정실 자리를 차지하고자 하는 욕망이었다. 두 기생은 두쌍성의 첩실로 살아가는 동안 호강희에게 누명을 씌워 쫓아낸 후에 정실 자리를 차지하기 위해 온갖 모략을 일삼았다. 두 기생은 이구동성異口同聲으로 이렇게 말했다.

이제 정실 자리가 오랫동안 비었는데 상서두쌍성의 뜻이 감감하다. 무슨 좋은 일이 있느냐? …… 가만히 두면 나쁜 일이 생기기 쉽지.

한국 고전문학의 에로스

만일 성서두쌍성가 장가들면 …… 지난번 우리 함께 작당한 일이 어찌 헛수고가 되지 않겠느냐? 마땅히 때를 잃지 말고 힘써 도모해야지.

그런데 이들이 정실 자리를 차지하는 것은 정실로서 남편을 보살피고 집안과 가문의 크고 작은 일을 맡아 처리하는 의무를 다하는 것과는 거리가 매우 멀었다. 정실 자리에 올라 아랫사람들에게 명령이나 해대며 자신들이 원하는 대로 행동하고 욕정을 불사르고 싶을 뿐이었다.

남편 두쌍성에게 자신들을 정실로 삼아달라고 간청했다가 두쌍성이 단호히 거절하자, 두 기녀는 앙심을 품고 만다. 훗날 나교란은 서하왕에게 빌붙어서 두쌍성에게 복수하려고 했는데, 다음은 나교란이 서하왕을 충동질하는 대목이다.

두쌍성은 나의 큰 원수인지라, 청컨대 그의 집안을 깔아뭉개고 싶습니다. 어사 초악은 제게 하늘 같은 덕과 결코 잊을 수 없는 은혜를 베풀어주었습니다. 초악은 재주와 식견이 뛰어나고 충성심이 다른 사람보다 많으니 그에게 큰 임무를 맡기시면 대왕의 근심이 사라질 것입니다.

나교란은 자신을 사랑하였던 두쌍성을 미워하고 오히려 불륜 관계를 맺고 있던 초악을 두둔했다. 두쌍성이 자신을 정실부인으로 삼아주지 않았기 때문이다. 여섭요가 송나라 왕실의 궁녀로 들어간 것도 자신을 정실로 삼지 않는 두쌍성에게 훗날 복수하기 위해서였다.

두 기생은 처음부터 기생은 아니었다. 한 동네에서 살다가 어떤 사연에서인지 기생집에 팔려간 신세가 되고 말았다. 기생으로 전락하는 순간부터 기생의 처지에서 벗어나고자 하는 소망이 있었을 텐데, 불행하게도 시간이 흐르면서 그 소망은 점점 희미해지고 나날이 욕정의 세계에서 길들여져갔다. 남성을 환락의 세계로 끌어들여 자신들이 원하는 재물을 끌어 모으면 그만이었고, 운 좋게도 괜찮은 남성을 만나 기생의 처지에서 벗어나면 더좋았다.

목평질과 어사 초악은 애초부터 욕정의 상대였을 뿐이지 자신들을 기생의 처지에서 벗어나게 해줄 재목은 아니었다. 두쌍성이야말로 기생의 처지에서 벗어나게 해주는 사람이었다. 그후에 두 기생은 자신들이 정실 호강희를 몰아내고 첩실에서 벗어나 정실을 차지할 줄로 여겼지만, 그 예상은 빗나가고 말았다. 실망이 한순간에 증오로 변하는 것은 문제도 아니었다.

첩실이 정실이 되고 싶은 욕망은 인지상정이라고나 할까. 그

한국 고전문학의 에로스

런 욕망은 17세기 후반에 출현한 「사씨남정기」의 교채란에서부터 그후 「일락정기」의 위계선, 「쌍선기」의 부실 윤씨, 「난학몽」의 위녀에 이르기까지 한 흐름을 형성했다. 「청백운」에서는 첩실이 기생이라는 점이 독특하다고 할 수 있는데, 기생첩으로 설정하면 성적 욕망과 정실이 되고자 하는 욕망을 결합하기가 더 쉬웠기 때문으로 보인다.

환락의 세계: 팜파탈의 유혹에 놀아난 남성

대하소설은 가문 몰락의 요인으로 팜파탈을 설정했다. 그런데 동전의 양면과 같이 그 책임을 팜파탈에 빠져든 남성 쪽에서 찾을 수도 있지 않을까?

술과 여자를 모른 채 앞만 보고 나아가던 사람이 한순간에 환락의 세계로 빠져들어 일생을 망치는 경우가 더러 있다. 두쌍성이 그런 인물이다. 두쌍성은 단순히 문학작품에서 허구적으로 설정한 캐릭터에 그치지 않는다. 조선시대는 물론이고 오늘날에도 주변에서 종종 찾아볼 수 있다. 두쌍성은 어느 곳 어느 시대에도 있었을 캐릭터다.

두쌍성이 천천히 대궐문을 나가 수레를 타고 집으로 향했다. 하늘과 땅이 고요한데 한 조각 둥근 달이 술에 취한 흥을 돋웠다. 수레에 높이 걸터앉았는데 하늘을 찌르는 의욕이 불끈 솟았다. 그때 어디선가 이별의 노랫소리가 가느다랗게 흘러나왔다.

두쌍성이 수레를 끄는 종에게 물었다.

"이 소리가 어디에서 나느냐?"

종이 대답했다.

"기생집에서 나는 노랫가락입니다."

두쌍성은 속으로 생각했다.

'서울 거리에 번화한 곳을 내 일찍 다 보았으나 오직 가지 않은 곳은 기생집과 술집뿐이다. 이제 한번 가서 구경해보자.'

드디어 고삐를 재촉하여 기생집으로 갔다. 거기는 원래 창녀 목진 랑이 운영하는 곳이었다. 양가집 여자를 기생으로 삼고, 시골 아이들을 아름답게 꾸며 손님들에게 아양을 떨게 하여 돈을 벌어들이고 있었다. 다른 기생집보다 이곳 기생들이 예뻐서 재물을 가장 많이 벌어들였다.

두쌍성이 천천히 들어가자, 귀밑머리를 만지작거리며 노래를 익히고 있던 예닐곱 명의 아름다운 여자들이 웃으며 두쌍성을 맞이했다. 목진랑이 술을 권하자 그중에 한 미인이 곡조를 부르며 술잔을 올렸다.

원래 기생집에서 파는 술은 포도로 담근 것도 아니며, 값비싼 명품 술도 아니다. 아무도 모르는 재료로 은밀한 방법으로 만들어 한 모

금 마시면 뼈가 무르녹고 두 모금 마시면 마음이 흐트러지고, 세 모
금 마시면 정신이 혼란해져서 조금도 거리낌이 없게 된다. 맛이 산
뜻하고 향기도 특이하여 예로부터 길을 가다가 이곳에 멈추면 관리
들은 벼슬을 잃고, 선비들은 학업을 끊으며, 장사치들은 재산을 탕
진해도 돌아갈 줄을 몰랐다. 그야말로 별천지 화류의 세계였다.

두쌍성이 이미 술에 취하여 흥이 막 올라오는지라 여인이 희디 흰
손으로 다투어 권하는 술잔을 어찌 물리칠 수 있으리오? 순식간에
네댓 잔을 마시고 몽롱한 눈빛으로 죽 늘어서 있는 여인들을 바라
보았다. 그중에 두 미인이 빼어났다. 고운 눈썹에 두툼한 뺨이 무궁
화처럼 고왔다. 허리는 가늘고 걸음걸이는 사뿐거렸다. 두쌍성이
나오라고 말하고는 그녀들에게 기댔다. 그는 이미 흠뻑 취하여 스
스로 무너졌다. 몽롱한 가운데 잠이 쏟아졌다.

원래 이 기생들은 문에 서서 웃음을 팔면서 좋은 남자를 만나면 유
혹하는 무리들이었다. 마침 두쌍성이 나와 앉으라고 하지 않았던
가? 더욱이 그는 취해서 정신을 차리지 못하고 있으니, 고양이 앞에
비린 생선이 놓여 있는 격이었다. 두 기생은 두쌍성의 옷을 끌러 벗
기고 이불에 눕힌 후, 촛불을 끄고 향을 피웠다. 그리고 두 기생은
서로 다투듯이 이불속으로 들어갔다. …… 그때 두쌍성이 얼핏 깨
었는데, 두 미인이 좌우에 누워 있었고, 여인들의 부드러운 살결이
스쳤다. 두쌍성은 술기운을 이기지 못하고 그녀들과 동침했다.

상층 가문의 열정적 사랑, 팜파탈과 욕정적 환락

이튿날 일어나 두 여인의 이름을 물으니 하나는 나교란이요 다른 하나는 여섬요였다. 모두 이팔청춘에 미모가 뛰어났다. 집으로 돌아와 생각해보니 두렵기도 했고 낯부끄럽기도 했다. 하지만 이미 술이 오장육부에 담겨 있고 골육에 젖어 있어 그곳을 지나칠 때면 불쑥불쑥 다시 가고 싶은 마음이 들곤 했다. 한번 가고 또 가고 여러 번 가게 되자, 어느새 일상적인 일이 되어 어떤 때에는 낮에 머물기도 했고, 어떤 때에는 밤을 새기도 했다.

그럭저럭 수십 일이 지났다. 두쌍성은 마음이 그곳에 매이는 것을 느꼈다. 차츰 조정의 일처리도 게을리했고 집에 돌아오는 시간도 늦어지곤 했다. 어머니께 드리는 문안 인사도 놓치곤 했다.

하루는 정실부인 호소저가 말했다.

"낭군께서 요즘 얼굴이 수척해지고 행동거지가 이상하여 마치 술독에 빠져 여색을 탐하는 사람 같습니다. 낭군의 바른 행실에 이런 일이 있을 리 없겠지요. 혹시 몸이 불편한 곳이 있으십니까? 어머님께서도 근심하시니 더 나빠지기 전에 얼른 고쳐야 하지 않겠습니까?"

두쌍성은 호소저에게 모호하게 대답하고는 나가서 마음을 바로잡았다.

'한때 미친 흥을 참지 못하고 급한 욕정을 억제하지 못하여 부정한 땅을 밟고 여색을 범해 스스로 몸을 해쳤다. 홀어머니께서 마음을 쓰시고 어진 아내가 염려하니, 참으로 부끄럽다. 이제부터는 모든

것을 끊고 지난 잘못을 돌이키리라.'

다음 날, 조정으로 가는 길에 나교란과 여섬요가 주렴을 걷고 기다리고 있었으나 못 본 체하고 지나쳤다. 원래 두 기생은 두쌍성이 오는 소리를 들으면 반드시 눈썹을 다시 그리고 난간에 기대어 두쌍성을 불러서 들어오게 하곤 했다. 그후로는 두쌍성이 들어오지 않았는데 그렇게 하기가 무려 십여 차례였다.

하루는 가는 비가 추적추적 내렸다. 두 기생은 집밖에서 온몸이 비에 젖은 채 움직이지 않고 뚫어질 듯이 두쌍성을 바라보았다. 그 모습이 마치 해당화가 봄 이슬을 맞아 꽃망울을 숙이고 있는 것과 같았다.

두쌍성은 갑자기 불쌍한 생각이 들었다.

'저것들이 비록 천한 여자들이지만 내가 이미 마음을 끊은 것을 모르고 저렇듯 나를 간절하게 바라니 마땅히 한번 보고 좋은 말로 타일러야겠다.'

기생집을 지나치다가 수레를 뒤로 돌리게 했다. 나교란과 여섬요는 웃음을 머금고 좌우에서 붙들며 술을 권했다. 두쌍성은 마음을 바로잡고 말했다.

"내가 어찌 너희에게 정이 없겠느냐? 그러나 너희를 거두고자 해도 우리 조상들은 첩을 들인 적이 없으니 어쩔 도리가 없다. 오늘부터는 다시 나를 기다리지 마라."

두 기생은 목이 메여 말했다.

"저희들이 비록 이 남자 저 남자를 만나고 이곳저곳에서 먹고 자는 사람이지만 당신을 모신 지가 벌써 얼마입니까? 화류계에 있는 저희들을 데려다가 길이 함께하는 첩으로 삼아주시기를 바라는 마음입니다. 죽을 때까지 당신을 섬기기를 맹세했습니다. 오늘 하신 말씀이 이와 같으시니 저희들은 누구를 믿고 살겠습니까? 천한 것들이지만 죽을지언정 다른 곳으로 갈 수는 없습니다."

……

두쌍성이 비록 소매를 떨치고 집으로 돌아오기는 했으나 편치 않은 마음이 풀리지를 않았다. 두 기생이 너무 안타까워서 집으로 오는 사이에도 마음이 천백번이나 바뀌었다. 가슴속에 무엇인지 꽉 막혀서 오르락내리락해서 스스로 이상하게 여겨 술을 마시고 책상에 의지하여 마음을 진정시키고자 했다. 그러나 눈을 감으면 슬피 우는 모습과 서러워하는 말이 앞에 어른거리고 눈을 뜨면 아양을 떠는 얼굴과 아름다운 모습이 앞에 있어 불쌍하기도 하고 황홀하기도 했다.

두쌍성은 생각했다.

'내가 일찍이 진도남 선생께 단전을 연마하는 공부를 한 후 마음이 요동친 적이 없었는데, 요즘 사악한 생각이 끊이지 않고 걷잡을 수가 없구나. 장차 내 목숨이 다하려고 해서 본심이 변하는 것인가?'

일어나 바르게 앉아 정신을 가다듬었으나 입에는 오히려 미인이 따

한국 고전문학의 에로스

라주던 술맛이 머물고, 코로는 미인의 몸에서 나는 향기가 들어왔다. …… 이후로 수많은 원숭이가 뛰노는 듯, 거기에 또 말들이 뒤섞여 달리는 듯, 가슴이 뛰어 음식을 먹지 못한 채 자리에 누웠다. 그렇게 하기를 몇십 일이 지났다.

위에서 길게 인용한 글은 조정에서 일을 잘 처리하여 임금에게 인정을 받은 두쌍성과 같이 사회적으로 신망이 두텁고 능력이 뛰어난 사람이 한순간에 환락의 세계로 빠져드는 과정을 여러 단계로 설정하여 흥미진진하게 담아냈다.

[제1단계: 술에 취하는 단계] 때는 조용한 밤이었고 주인공은 취해 있었다. 그런 그에게 욕정이 파고들었는데, 그 욕정의 실마리는 고즈넉하게 들려오는 노랫가락이었다. 노랫가락은 두쌍성을 기생집으로 불러들였다.

[제2단계: 환락가로 발길을 향하는 단계] 생전 처음으로 기생집에 들렀다. 기생들은 두쌍성을 그냥 놓아둘 리가 없었다. 원래 온갖 교태를 부려 재물을 모으는 이들이었으니……. 기생들이 권하는 술잔에 취한 상태였던 두쌍성은 그만 정신이 혼미해지고 말았다. 그 술은 정신줄을 놓게 하는 술이었으니, 그 누구도 당해낼 재간이 없었다.

상층 가문의 열정적 사랑, 팜파탈과 욕정적 환락

[제3단계: 욕정적 환락을 처음 경험하는 단계] 이어지는 두 기생들과 두쌍성, 세 명의 동침. 두쌍성이 빠져든 환락의 세계에서는 불나방과 같은 욕정에 사로잡힌 몸부림이 있을 뿐이다.

[제4단계: 반성하고 결심하는 단계] 이튿날 두쌍성은 그날 사건이 두렵기도 하고 부끄럽기도 해서 그만두겠다고 굳게 다짐했다. 처음에는 매우 굳은 결심이었다. 기생집을 지나치면서 기생들의 손짓에 거들떠보지도 않았다.

[제5단계: 욕정이 다른 모습으로 표출되는 단계] 욕정은 모습을 바꾸어 두쌍성의 마음속에서 연민을 불러일으켰다. 두쌍성을 기다리는 기생들이 불쌍해져서 두쌍성은 기생들에게 한번쯤 자신의 결심을 말해주는 것이 도리라 여기고 두 기생을 다시 만났다.

[제6단계: 환락의 세계에 푹 빠지는 단계] 곧은 결심은 무너져 내리고 말았다. 이제는 환락의 세계에 대한 후회와 반성의 태도는 마음 저쪽에 꼭꼭 묶어둔 채 욕정적 환락의 세계에서 여러 날을 보내고, 그런 삶에 젖어들고 말았다.

[제7단계: 성정이 바뀌어 죽을 것만 같은 단계] 군자의 성품이 한순간에 변하여 욕정적 사람이 되고 마니, 그렇게 변하여 죽는 것이 아닐까 하는 두려움이 엄습해오는 것도 경험했다. 하지만 빠져나올 수는 없었다.

당시 독자들은 위 대목을 접하면서 실감났으리라. 어찌 조선 후기의 독자들에게만 한정되겠는가. 많은 남성들에게 시사하는 바가 크다.

두쌍성은 욕정의 노예가 되어 헤어나지 못하는 속사정을 털어 놓지 못해서 죽을 지경에 이르렀지만, 다행인지(?) 아내 호강희가 눈치를 채고 두 기생을 첩으로 들게 해서 남편을 살려낸다. 축첩제 사회에서 현숙한 아내를 통해 남편의 욕정적 에로스가 받아들여지는 길을 확보했다고 할 수 있다.

궤도를 벗어난 에로스의 마지막

그런데 두쌍성의 병은 나았는지 모르지만, 오히려 새로운 병이 똬리를 틀고 있었다. 두 기첩이 팜파탈의 본색을 드러냄으로써 더 큰 위기에 처하고 만 것이다. 두 기첩의 모략으로 두쌍성은 눈과 귀가 멀어 요조숙녀인 아내를 의심하는 의처증에 걸려서 정실부인을 내치고, 가문의 나아갈 길을 헤아리지 못하여 마침내 두씨 가문을 거덜내고 말았다.

예나 지금이나 세상에는 나교란, 여섬요와 같은 팜파탈이 주변에 있기 마련이다. 그 책임을 그런 여성에게만 돌려야 할까, 남성에게도 책임이 있지 않을까? 누가 더 책임이 있느냐가 중요한 것은 아닐지도 모른다. 「청백운」은 그 점을 짚어냈다. 작가는 작품 속의 서술자가 되어 "이 요사스러운 계교를 이루기를 원하고 음란한 행실을 조금도 꺼리지 아니하니 세상에서 주색에 빠져드는 자는 사리를 가려야 할 것이라."라며 경계하는 목소리를 담아내는 것을 빼놓지 않았다.

지금까지 열정적 사랑, 욕정적 사랑을 펼쳐낸 아홉 편의 작품을 살펴보았는데, 이들 작품과는 달리 「청백운」은 남성이 욕정의 포로가 되어 한순간에 환락의 나락으로 빠져드는 과정을 적나라하게 포착함으로써 애정소설 그리고 대하소설에서 새로운 지평을 열었다. 열정적 에로스가 욕정의 옷을 입더니 궤도를 벗어나 환락으로 향하고 마침내 한 남성을 파멸에 이르게 했다.

「청백운」은 궤도를 벗어난 에로스의 마지막 단계를 포착한 작품이라 할 만하다. 두쌍성이 정신을 차리고 욕정적 환락의 세계에서 벗어남으로써 부부 재회와 가문 발전이라는 해피 엔딩을 맞는 것으로 반전을 이루기는 했지만 …….

참고문헌

자료

『뉴니양문록』(77권 77책, 권6, 권74 낙질), 한국학중앙연구원 장서각 소장.

『벽허담관제언록』(26권 26책), 한국학중앙연구원 장서각 소장.

『삼국유사』

「운영전」, 『필사본고전소설전집』 2, 아세아문화사, 1980.

「운영전」, 이상구 역주, 『17세기 애정전기 소설』, 월인, 1999.

「이생규장전」, 심경호, 『매월당 김시습 금오신화』, 홍익출판사, 2000.

『청백운』(10권 10책), 한국학중앙연구원 소장.

『태평통재』

『태평광기』

『한국민족문화대백과사전』, 한국학중앙연구원.

김기란 · 최기호, 『대중문화사전』, 현실문화연구, 2009.

한국문학평론가협회, 『문학비평용어사전』, 국학자료원, 2006.

논문 및 단행본

김경미, 「운영전에 나타난 여성 서술자의 의의」, 《한국고전여성문학연구》 4, 한국고전여성문학회, 2002.

김병국, 「서포 김만중의 시세계」, 《한국문화》 14, 서울대학교 한국문화연구소, 1993.

김종철, 「고려 전기소설의 발생과 그 행방에 대한 재론」, 『한국서사문학사의 연구 Ⅲ』, 중앙문화사, 1995.

_____, 『판소리의 정서와 미학』, 역사비평사, 1996.

김태준, 『조선소설사』, 청진서관, 1933.

김현양, 「최치원, 버림 혹은 떠남의 서사」, 《고소설연구》 32, 한국고소설학회, 2011.

박기석, 「운영전」, 『한국고전 소설 작품론』, 집문당, 1990.

박일용, 「최치원의 형상화 방식과 남·녀 주인공의 성적·사회적 욕망」, 《한국고전 연구》 통권 23, 한국고전연구학회, 2011.

_____, 『조선시대의 애정소설』, 집문당, 1993.

박희병, 「춘향전의 역사적 성격분석—봉건사회 해체기적 특징을 중심으로—」, 『전환기의 동아시아문학』, 창작과비평사, 1985.

_____, 『한국 전기소설의 미학』, 돌베개, 1997.

설성경, 『춘향예술의 역사적 연구』, 연세대학교출판부, 2000.

소재영, 『고소설통론』, 이우출판사. 1983.

송성욱, 『조선시대 대하소설의 서사문법과 창작의식』, 태학사, 2004.

신재홍, 『고전 소설과 삶의 문제』, 역락, 2012.

심경호, 『매월당 김시습 금오신화』, 홍익출판사, 2000.

얼 나우만, 김은우 옮김, 『첫눈에 반한 사랑(Love at first sight)』, 뿌리와이파리, 2002.

에리히 프롬, 황문수 역, 『사랑의 기술』, 문예출판사, 2006.

위르크 빌리, 심희섭 역, 『사랑의 심리학』, 이끌리오, 2003.

이능화, 『조선해어화사』, 동문선, 1992.

이명옥, 『팜파탈』, 시공아트, 2008.

이민희, 「이생규장전 다시 읽기」, 《어문학보》 32, 강원대학교, 2012.

이상택, 「구운몽과 춘향전, 그 대칭위상」, 『김만중연구』, 새문사, 1983.

_____, 『한국고전소설의 탐구』, 중앙출판, 1981.

이세영, 「진경시대의 사회경제 변화」, 『진경시대 1』, 돌베개, 1998.

이승복, 『고전소설과 가문의식』, 월인, 2000.

이종묵, 「주생전의 미학과 그 의미」, 《관악어문연구》 16, 서울대 국어국문학과, 1991.

임치균, 「소현성록에 나타난 혼인의 양상과 의미」, 《한국고전연구》 13, 한국고전연구학회, 2006.

_____, 『조선조 대장편소설연구』, 태학사, 1996.

임형택, 「나말여초의 전기문학」, 《한국한문학연구》 5, 한국한문학연구회, 1981.

_____, 『한국문학사의 시각』, 창작과비평사, 1984.

장시광, 『조선시대 대하소설의 여성반동인물』, 한국학술정보(주), 2006.

정 민, 「주생전의 창작 기층과 문학적 성격」, 《한양어문연구》 9, 1991.

정병설, 『구운몽도』, 문학동네, 2010.

_____, 『완월회맹연 연구』, 태학사, 1998.

조광국, 「유이양문록」에 구현된 '첫눈에 반하는 사랑'의 양상과 의미」, 《국문학연구》 22, 국문학회, 2010.

_____, 「주생전과 16세기 말 소외양반의 의식 변화와 기녀의 자의식 표출의 시대적 의미」, 《고소설연구》 8, 한국고소설학회, 1999.

_____, 「청백운에 구현된 기첩 나교란 · 여섬요의 자의식」, 《정신문화연구》 91, 한국학중앙연구원, 2003.

_____, 「다문화 가정의 부부 교육 방안」, 《한중인문학연구》 28, 한중인문학회, 2009.

_____, 『기녀담 기녀등장소설 연구』, 월인, 2000.

_____, 『한국문화와 기녀』, 월인, 2004.

지준모, 「신라 수이전 연구」, 《어문학》 35, 한국어문학회, 1976.

차용주, 「운영전의 갈등양상에 반영된 작가의식」, 『한국고소설의 조명』, 아세아문화사. 1990.

최귀묵, 「전기 최치원 다시 읽기」, 《문학치료연구》 16, 한국문학치료학회, 2010.

최길용, 『조선조 연작소설 연구』, 아세아문화사, 1992.

최숙인, 「이생규장전 연구」, 《이화어문논집》 3, 이화여자대학교한국어문학연구소, 1980.

한윤정, 『명작을 읽을 권리』, 어바웃어북, 2011.

신문 및 방송 기사

《경남일보》(2009.3.19.), "도내 다문화가정 이혼율 급격히 증가".

『문화유산채널』, "신윤복 풍속화 1부 혜원 신윤복 조선의 여인을 그리다", 한국문화재단.(http://www.k‒heritage.tv/hp/index.do)

《주간경향》 878호(2010.6.8), "춘향의 끝없는 변신".(http://weekly.khan.co.kr/)

《중앙일보》(2011.5.13), "성춘향 vs 춘향전".(http://news.joins.com/)

KBS1TV, "러브인 아시아 제147회 카르멘 부부의 사랑 20년".(2008.11.25), (http://www.kbs.co.kr/1tv/sisa/loveasia/)

TBS, "1962년 5월 20일 시간 뉴우스".(http://tvcast.naver.com/v/396281)

찾아보기

조광국은 현재 아주대학교 인문대학 국어국문학과 교수로 있다. 서울대학교 인문대학 국어국문학과를 졸업하고, 서울대학교 대학원 국어국문학과에 진학하여 고전문학 분야에서 석사학위와 박사학위를 받았다. 한국 문화, 문화 콘텐츠 분야, TV 드라마 분야로 연구의 폭을 넓혀가고 있다. 주요 저서로는 『기녀담 기녀등장소설 연구』(2000), 『한국 고전소설의 세계』(공저, 2005), 『기녀 스캔들 메이커』(2014), 『TV 홈드라마의 세계』(2014) 등이 있다. 최근의 주요 논문으로는 「사씨남정기의 사정옥: 총부 캐릭터」(2012), 「TV드라마 내 딸 서영이: 결연 구조와 사랑의 스펙트럼」(2013), 「고전소설 교육에서 새로운 재미 찾기: 홍계월의 양성성 형성의 양상과 의미」(2014) 등이 있다.

대우휴먼사이언스 006

한국 고전문학의 에로스
열정과 관능의 장면을 들추다

1판 1쇄 찍음 | 2015년 12월 1일
1판 1쇄 펴냄 | 2015년 12월 7일

지은이 | 조광국
펴낸이 | 김정호
펴낸곳 | 아카넷

출판등록 | 2000년 1월 24일(제406-2000-000012호)
주소 | 413-210 경기도 파주시 회동길 445-3
전화 | 031-955-9511(편집)·031-955-9514(주문)   팩시밀리 | 031-955-9519
www.acanet.co.kr

ⓒ 조광국, 2015

Printed in Seoul, Korea.

ISBN 978-89-5733-474-4 94810
ISBN 978-89-5733-452-2 (세트)

이 도서의 국립중앙도서관 출판예정도서목록(CIP)은 서지정보유통지원시스템 홈페이지(http://seoji.nl.go.kr)와 국가자료공동목록시스템(http://www.nl.go.kr/kolisnet)에서 이용하실 수 있습니다.(CIP제어번호:CIP2015032882)

이 제작물은 아모레퍼시픽의 아리따글꼴을 사용하여 디자인 되었습니다.